秋天來臨之前。

Before The Fall

花聆 著

目次 Contents

序章　冷雨灑下的那一天

寄件者：葉望 <nozomu.yeh@autumnleaf.com.tw>

收件者：邱蔓 <mandy.chiou@mail2000.com.tw>

主旨：還好嗎？

邱小姐：

這幾天妳挺著肚子去臺北同學家住，同學會還順利嗎？昨晚打電話妳沒接，LINE 妳也已讀不回，有點擔心，若看到此信請務必報個平安。氣象預報說有寒流，衣服有帶夠吧？

葉先生

❀

寄件者：邱蔓 <mandy.chiou@mail2000.com.tw>

收件者：葉望 <nozomu.yeh@autumnleaf.com.tw>

主旨：re：還好嗎？

親愛的葉先生：

來，跟我一起念：「懷孕生小孩的女人超偉大」，同時請買禮物送我，向我的偉大致敬——我要一卡香奈兒經典黑色真皮鏈條包，型號不拘，下回出差搭飛機請至各大免稅店購買，謝謝。

話說昨晚同學會，大家去麻辣鍋吃到飽餐廳，同學提醒我：「孕婦吃麻辣鍋，還點大辣，對寶寶不好吧？」

我還理直氣壯的說：「老娘就是想吃，兒子得配合我！」

結果兒子不買帳，我拉了整晚的肚子，今天早上十點被送去耕莘醫院掛急診。不過你不用擔心，我沒事，所以我沒通知你從新竹上來，還把送我到醫院的同學趕去上班。我只是宮縮有點厲害，護士勒令我躺在產房的待產床上，肚子上綁一條奇怪的帶子，用來監聽胎心音和宮縮，不准翻身、不得側躺。

待產室用綠色布幕拉出隔間，我什麼也看不到，產房的一舉一動卻很聽得清楚。我無聊得要命，只好光明正大的聽隔壁的人在幹麼。

我的左邊躺了一個快要生產的女人，聽說已經待四個小時了，子宮頸開到三指半，要全開才能上產檯；她哭得很淒厲，她老公也跟著叫：「妳不要再抓我手了，寶貝，我的手快斷了！我拿毛巾給妳抓好不好？」媽啊，生孩子會這麼痛嗎？我現在懷孕十三週，二十七個星期後就換我慘叫……

（到時可能會抓斷你的手，哈哈）

另一側，是一個懷孕十七週的女人，比我晚二十分鐘送進醫院，她說一星期前才應老公要求去做羊膜穿刺，這天早上肚子有點痛，又不小心在家裡滑倒了。送她來的是個歐巴桑，好像是她的家政婦，叫她「鄭太太」，哭哭啼啼一直道歉，反倒是鄭太太安慰她：「不是妳的錯，妳有說吸完地板就要拖地，提醒我要小心慢慢走。是我自己從房間出來時走太快滑倒了。」

護士一直跟鄭太太說，有份文件一定要配偶簽名。我一驚，她肚裡的孩子沒事吧？鄭太太只淡淡的說：「我先生昨天把手機留在辦公室，今天說會去拿，我不清楚何時才聯絡得上他。」

鄭太太的手機沒電，家政婦打了幾十通電話給她先生。她囑咐家政婦，Google 她先生公司的電話，還有一家「米朗琪餐廳」的號碼，說她先生可能在那裡。

家政婦找不到人，我以為鄭太太要開始摔東西了，沒想到她只是冷冷的回答：「大概早就去哪家汽車旅館了。」

家政婦還安慰她：「怎麼會，鄭先生是正派的人哪。」

她只說：「我都看到他的 LINE 對話記錄了。」

我停止宮縮半小時後，總算獲准離開，那時已經下午兩點多了，鄭太太的先生才出現。他白白淨淨，戴金邊眼鏡，頭髮又茂密又黑，好有書卷氣質喔（別怪我，我就是喜歡斯文型的帥哥，誰叫你不是），我想到家政婦提到的汽車旅館，心都揪起來——這樣的男人真的會幹這種事嗎？還真的看不出來耶！

走出產房時，幾個護士正在竊竊私語。

「三號床的寶寶沒心跳了，可憐哪。」

「她先生終於來簽引產同意書了。」

「欸，她先生好像是跑我們醫院的藥廠業務，還知道我們幫他太太打的軟化子宮頸藥，是輝瑞的喜克潰。」

「聽說，遇到這種事情，像三號面無表情且還有辦法安慰旁人的，受創最嚴重。如果當場大哭，情緒有宣洩出來，說不定還振作得比較快。」

我聽了大吃一驚，真是太諷刺了！我的左鄰即將迎接寶寶，右側卻流產失去小孩而且老公還疑似外遇……

出院後，想到這位和我隔著布簾沒照面的鄭太太，我發誓，一定要好好保護肚裡的寶寶，再也不吃麻辣鍋了。（或者，湯頭點小辣就好。）

邱小姐

P.S.

一、宮縮就是子宮收縮，我想你不知道。

二、我聽護士向鄭太太核對姓名：ㄒㄧㄚˋ ㄩˋ ㄑㄧㄥˊ，聽起來跟你在竹北高中時喜歡的女生名字很像。別擔心，我沒有請徵信社，是前幾天在新竹的家找東西，不小心翻到你的高中歷史課本，寫滿了這個女生的名字啦。哈哈哈。你們有交往嗎？

❀

寄件者：葉望 <nozomu.yeh@autumnleaf.com.tw>

收件者：邱蔓 <mandy.chiou@mail2000.com.tw>

主旨：re：還好嗎？

邱小姐：

沒事就好，謝謝這位電視臺王牌編劇，為我做產房半日遊實況轉播。
包包的照片傳給我吧，下次我出差，直接請免稅店小姐幫我找。
我和那位女同學沒有交往。還有，以後不要亂翻我東西，謝謝。

葉先生

第一章　這個夏天將有所不同

陽光好明亮，像是檸檬塔蛋糕的暖黃。

我低頭一看，身上穿著藍色背心裙制服，課桌上有一包精緻手工綜合小餅乾。

坐在我後面的好友許成薇，一把搶過餅乾，幫我打開包裝袋，「夏喻晴，分我一片巧克力餅乾吧！」

她一邊大嚼餅乾，一邊問我：「又是鄭宜諾的心意？好準時喔，每個星期三午休後都會出現欸。」

「對啊，星期二晚上，他去新竹火車站前補習物理，順便繞去百貨公司的 TR 麵包買餅乾。」

「鄭宜諾不是都不承認？」許成薇不置可否。

我看著餅乾包裝袋上照例出現的一枚綠葉形狀小貼紙，聳聳肩，「大概怕我叫他不要亂花零用錢吧。等到上高三他就不補物理了，應該就沒機會再繞過去買餅乾啦。」

許成薇好像還想說些什麼，但上課鐘聲響了。

叮咚！叮咚！為什麼鐘聲好像我家的門鈴聲？

我枕在頭下的右手不自覺抽動一下，我睜開眼，原來自己蜷曲著身體，臥在床鋪上。

這裡是哪裡？

我看到床腳堆著六個月前搬回來的紙箱雜物，是新竹市西門街的老家，我離家上大學前睡了十八年的臥室。

我踢了雜物箱一腳，哼！我才不稀罕鄭宜諾送的TR小餅乾，老娘自己去買。不過TR麵包早已從小小的店面，變成府後街和竹北白橋一路的人氣排隊名店，要買動作要快，所以，我該起床了。

「喝！」我一鼓作氣起身，床頭櫃有張五個月前貼上的「夏喻晴復出大作戰」便利貼。

一、減重六公斤，鍛鍊肌肉，降低體脂肪。
二、閱讀書單：《可不可以，一個人也很好》、《剩女又怎樣，我是自己的真命聖女》、《完全風水指南：居家開運招桃花，一本就夠》、《這樣化最開運：改運造命的美麗化妝術》。
三、每天放鬆嘴邊肌肉，練習微笑。
四、復職後將爭取永青航空年曆美女資格，打破三十歲以上不得上年曆的魔咒。
五、只流汗燃脂，絕不流淚。
六、愛自己、愛自己、我最愛我自己。

我把便利貼上的每個項目默念一遍，覺得正面能量從頭頂灌入，元氣滿滿。

叮咚！叮咚！叮咚！

原來不是我夢中的錯覺，還真的有人在按門鈴，老媽似乎不在家，我草草整理了衣服頭髮奔下樓，從貓眼望出去，是一位滿頭白髮、高個子但微微駝背的男性，是舅舅。

我喀噠一聲開了門，奉上最燦爛的暖笑，「舅，好久不見，你最近好嗎？」

他看了看我，瞇起眼睛說：「還好，就是竹北皓齒牙醫的院長，一直找我合開醫美診所，煩啊！」

「舅舅，你忙到頭髮全白了，看起來不像我老媽的弟弟，像她大哥。聽說要給你接生還得抽號碼牌，新聞都有報喔。」

「真的嗎？」舅舅摸摸自己的白髮，「喻晴，妳……身體還好嗎？」

我挺直背脊，展現最有精神的體態，「我休息了快半年，好得不得了，我每天早上都去附近學校操場跑十圈，已經瘦五公斤，不怕下個月復職會穿不下制服了！」

但舅舅嘴脣緊緊抿成一字形，神情嚴肅，並沒有被我逗笑。

「好啦，」我把老人家拉進門，「舅舅，你別擔心，爛人鄭宜諾已經從我的身分證配偶欄除名，復職後，我會狠狠挑一個單身優質的鑽石卡會員，展開人生第二春。」

聽到關鍵字，舅舅瞪大眼睛握起拳頭，「鄭宜諾……這個混蛋！王八蛋！我……」

「好啦，不要激動，拍桌叫囂不適合你，快刀名醫師蔡朝明要是手受傷了，誰來幫難產的產婦剖腹？」

好不容易請舅舅坐下了，他雙手不住摩擦膝頭，而後嘆了一口氣，我沒看過舅舅這麼坐立難安的樣子。

「舅，要不要吃蛋糕？老媽辦公室團購了屏東心之和起司蛋糕喔！」

「吃蛋糕？妳晨跑不就白跑啦？」

「吃蛋糕總是讓我心情好，你紙袋裡的也是蛋糕嗎？」我走向廚房倒茶，一邊問他：「舅舅，你今天到底怎麼了？好像有事情要說卻不敢說，如果我是你的病人，大概要以為我得了絕症，你要叫我拿掉子宮。」

等我走回客廳，舅舅才開口：「喻晴，我有個提議，妳聽聽看。」他把提袋遞給我，我打開一看，袋內有一本很黃很舊的筆記本，還有一份裝訂好的「夏凡產後護理機構營運計畫書」。

「舅舅，你知道的，月子中心我用不上了。」我笑著說道，心裡卻是一陣酸澀。

「不是叫妳來住，我開的月子中心，有位營運主管，一位醫管所畢業的李小姐，本來做得很好，今年初隨夫去美國研修一年。留職停薪前，她推薦研究所同學來暫代，但這位代班的吳先生，做得很不好，這半年客訴不斷，員工士氣一落千丈，我準備請他走路。喻晴，妳可以來幫舅舅嗎？做到年底就好。」

「可是……我下個月要復職，公司說七月一號要報到，為了方便上下班，我已經開始看南崁的房子了。」

舅舅聽了，眼神暗了暗，我不好意思的補充：「而且，我雖然念了護理系，有高考護理師執照，但護理師的訓練早就忘光光了。」

「護理方面，有一位協和醫院小兒科的退休護理長專職掌管，舅舅不是要妳親自幫嬰兒換尿布，而是希望妳管理整個月子中心，提升服務品質，妳是護理系畢業，又擔任過飛機客艙的管理職，有誰比妳更適合？」

「但是，公司規定留職停薪期間不能到其他公司上班，留職停薪前我是副座艙長，再一階就是座艙長了，我不想放棄。」我直視舅舅的眼睛，「舅，你不想要你的外甥女當上座艙長嗎？」

「喻晴啊，舅舅敢開口是有原因的。」舅舅指著厚厚的營運計畫書和陳舊的筆記本，「這間月子中心叫做『夏凡』，妳應該猜得到，這是紀念妳爸爸，夏凡治醫生。」

「我還以為是保證坐完月子就像仙女下凡，哈哈。」

「早在臺灣第一間月子中心出現前，妳爸就提過產後護理的概念，這是他規畫構想的筆記本，妳看了就知道，舅舅為什麼找妳幫忙——」話還沒說完，舅舅手機就響了，他迅速接起電話，「怎麼樣？二號床胎心率加速變不明顯了？多久了？基線變異頻率多少？我在大遠百這裡，馬上趕回去。」

掛完電話，舅舅站起身，嘆了口氣，「看來我的休假又泡湯了，喻晴，妳好好想一想，過幾天再回覆我。」

我用燦笑和軟語安慰，送舅舅走出家門，他踏出門後，突然又停住腳步，「對了，妳高中同學許成薇……她兩個星期前生了，是我接生的。」

「哇！」我拍手驚呼，「真的假的？太棒了！她一定很高興！我再找時間去看她。」

「那就好。喻晴，記得看計畫書和筆記本。」

關上門，我動手整理茶几桌面，收起茶杯，將筆記本、計畫書放在茶几上，和復職前受訓要用的緊急逃生複訓教材兜攏在一起。其實舅舅不知道，從前在飛機上，再累再低落，我也能笑臉面對每位旅客。這很難嗎？不，咧開嘴角提起笑肌，眼睛微瞇，就是看起來很真心的笑容了。

我最近每天早晚都這樣練習五十次。

「**我有重要的問題要問妳。但妳電話不接，電子郵件沒回，傳給妳的 LINE 也已讀不回，臉書大概也封鎖我了，我只好傳簡訊……請妳務必回電。真的很重要，拜託。**」發信人：○九一一……熟悉的號碼，是鄭宜諾。

我發誓，我早就刪除他的電話號碼，只是這號碼牢牢銘記在心，忘也忘不了。我伸出食指，速速刪掉簡訊，好像在撵走令人厭惡的小害蟲。

「夏小姐，這一間您覺得怎麼樣？」年輕房仲男業務的聲音打斷我的思緒。

此刻我站在嶄新的小套房裡，環顧四周，對照手上的「租屋條件清單」：

一、**附傢俱與鍋碗瓢盆**。（打勾，這樣我就不必再踏進 HOLA 或 IKEA，看著準備入住新厝的夫婦或同居情侶沿路放閃。）

二、**坐北向南、四面採光**。（打勾，我喜歡大面積的陽光把我喚醒，風水書上說了，陽氣就是貴氣。）

三、**門牌路名沒有四，也不在四樓，大門沒有直見電梯門、上下樓梯與對面大門**。（打勾，風水佳，適合重新開始。）

「夏小姐，這個建案外號叫做『空姐村』，到妳們公司的運航大樓只要十分鐘車程，上下班很方便，還有警衛和門禁卡系統，早出晚歸超安全。光是這一棟，就有三位租戶是貴公司的空姐。」

「請叫我們空服員！」我糾正這位新手房仲業務，「你講空姐，空服員會生氣喲，我們是受過專業訓練的機組人員。」

業務員笑著鞠躬哈腰賠不是，我的手機這時響起，來電顯示：**老媽**，電話那頭卻不是我媽的聲音。

「什麼？在哪家醫院？我媽沒事吧？」我跳起來大叫。

掛完電話，我轉身對愣在一旁的業務說：「不好意思，我媽發生車禍，我得先回新竹。就這間了，要辦什麼手續要繳什麼文件，請LINE通知我。」說完我便匆忙離開。

車子在中正路堵了五分鐘，還進不了南崁交流道。

「快點、快點！夏小姐要趕時間！」我手指不住的敲方向盤，努力壓抑住大力按喇叭的衝動。

剛才是對門鄰居李媽媽打的電話，她一再保證老媽沒事，生命無虞，神智清醒，但左手骨折了。我心急的重踩油門，如果這時間不塞車，南崁到新竹只要三十五分鐘，我恨不得有哆啦A夢的任意門，下一秒就抵達醫院。

好不容易，車子開下新竹交流道，我也冒了一身冷汗，趁著紅燈，我迅速抽張衛生紙擦汗。

即使擔憂老媽，我眼淚也掉不下來，我夏喻晴，只擦汗不拭淚的。

車子轉進中華路的大榕醫院，我在骨科病房找到老媽，她病床旁站著鄰居李媽媽，還有一個高高瘦瘦的十幾歲男孩子。

老媽那長年帶袖套的左手，裹上厚厚的白石膏，綁上骨折吊帶，短期內不能再抱厚厚的卷宗了。除此之外，這位五十五歲的衛生局稽查員蔡朝治女士，頭髮整齊挽在後腦，紅色粗框眼鏡沒有破損歪斜，一點也不像狼狽的車禍傷患，反而像是特地來突擊稽查醫院餐飲食材是否過期；而李媽媽不敢正眼看我和老媽，就像是偷偷使用黑心食材和過期原料的不肖廠商。

「李媽媽好。」我轉頭看了那男孩，「阿成，好久不見。上次看到你還是小學生欸。」

李媽媽一驚，「喻晴，妳怎麼認得出來？他國高中都住校，妳忙著飛來飛去，應該沒什麼機會看到他，最近這傢伙推甄上大學了，到處閒晃才會惹事。」

原來老媽一早騎機車去上班，李小弟也趕著騎車去打工，超了老媽的車卻不慎擦撞車屁股，雙雙跌倒。我媽拉了那小屁孩一把，才發現左手手肘痛到舉不起來，路人趕緊幫忙叫了救護車。

好不容易李媽媽揪著李小弟的衣領回去了，我笑臉一斂，忍不住開砲：「我早就跟妳說，我們家和李媽媽家，大門對大門，這叫做對門煞，我們家人少，運勢整個被三代同堂的李家壓過去。上次我說要買個八卦鏡來化解，妳就不聽，這下可好啦。」

「虧妳還是讀第三類組的，什麼時候開始變得這麼迷信？」老媽一副難以置信的表情。

我垂下肩沒回答，什麼時候？當然是從「那個時候」開始。

老媽知道她說錯話了，她的視線從我身上移到自己的手肘，另闢話題，「誰說我們家運勢不好，我運氣很好，骨折斷端的兩邊骨頭沒有移位，只出現裂痕，打六個星期的石膏就好啦。」

我搖搖頭，「不行，我延長留職停薪來照顧妳吧！」

「公司不是叫妳趕快復職嗎？空服員又不是公務員這種鐵飯碗，妳再不回去就要被辭頭路了。」

「是是是，公務員最好，公務員最穩定，我沒聽妳的話去考公務員，飛上天又三天兩頭不在家，鄭宜諾才會變心。」我故作輕鬆提起那爛人的名字，我想讓老媽知道，我的傷口早就好了，我沒事。

老媽倒是不正面回應我：「李媽媽說，為了表示歉意，要我每天去她家搭伙，直到我康復為止，妳就放心回去飛吧。」

「妳就是愛逞強。」我嘖了一聲。

老媽不客氣回嘴：「妳還不是一樣？快去幫我買午餐，我要吃對面雞腿王的香滷油雞腿便當！」

下午一點，這家快餐店仍然大排長龍，我翻開包包，想找手機打發排隊時間，卻發現今早隨手把緊急逃生複訓教材塞進包包裡，還夾帶了一本筆記本。

藍色的泛黃破舊筆記本，是舅舅交給我的那本。本來想塞回包包裡，眼看人龍移動的速度非常緩慢，我索性打開來瞧瞧。

「社會變遷，傳統大家庭式微，漸次轉型為核心家庭與雙薪家庭，生育年齡亦逐年升高，產婦復原所需時程延長，小家庭往往無來自長輩之奧援，宜成立新型產後護理機構，協助產婦適應新階段人生與新生兒照護。」

第一頁下方落款：「夏凡治，民國八十三年七月一日。」果然是老爸的字跡。

「此新型產後護理機構，實則為醫療機構與旅館飯店之混血新生類型，必須備有專業護理人員與服務人員，管理者應兼具護理與服務專業背景，宜向飯店旅館業、航運空勤業取經。」我跟著前面的排隊父女檔移步往前。

「新竹科學園區成立於民國六十九年十二月，持續吸引廠商與海內外高學歷人才進駐；未來新加入的人才成家立業、生兒育女，地區性的產後護理照顧服務需求將日益強烈。」

我想起來，前幾天，舅舅回到醫院後，又偷空來了 LINE 訊息攻勢：「**喻晴，我不是要妳來照顧新生兒和產婦，而是希望妳可以當這間月子中心的座艙長，確保月子中心的清潔、便利、安全、舒適。**」

喔，還有一句，「**妳仔細想想，月子中心，不就像媽媽帶著寶寶，從醫院產房到日常生活的航程嗎？妳願意陪她們飛行一段嗎？**」

「小姐，要吃什麼？」不知不覺已經輪到我了，迅速買完便當，我踏進隔壁的便利商店，掃了一下貨架，選了看起來甜滋滋的烤布丁，沒魚蝦也好，沒時間去買個蛋糕給自己打氣了。

「把拔——」比蛋糕還甜的小女孩嗓音，喚住結帳櫃檯前的年輕男子。是剛剛在快餐店裡排在我前頭的父女檔。

小女孩高舉手上的扁形小提包，肉肉的手臂比布丁還嫩，「等一下我要用這個巧虎醫生遊戲組幫你看病喔！」

小女孩的爸爸，左手提便當、右手拎飲料，卻不見慌亂與不耐，「當然好啊，涵涵醫生要幫我打針喔！」

不等爸爸話說完，小女孩已經掏出醫生包裡的玩具針筒，狠狠往爸爸右臂戳下去，爸爸痛得嘴歪眼斜，我忍不住笑出聲來。

聽到我的笑聲，這位年輕爸爸回頭說：「啊，不好意思，擋到妳了。涵涵，讓阿姨先結帳。」

「阿姨——對不起——」小女孩看著我，聲音好甜。

我牽起嘴角，語氣不自覺放軟，「沒關係，醫生超——厲——害，可以把痛痛趕走，對不對呀?阿姨小時候也好想當醫生喔。」

小女孩笑咪咪的看著我,我想起,那是很久很久以前——

「爸爸,你為什麼常常不在家,不能回來陪晴晴吃晚飯、講故事?」等到晚上十一點,爸爸總算回來了,我硬是從床上爬起來,要他念故事書給我聽。

「小晴晴,爸爸幫病人看病啊。」爸爸總是念故事念到快睡著,卻還是努力撐著眼皮回答我。

「舅舅也幫病人看病!」我覺得自己能舉一反三,好棒。

「是呀,我們都是婦產科醫生。」

「晴晴長大也要當醫生!幫忙爸爸和舅舅看病人!這樣大家都可以早點回家吃晚飯陪晴晴玩!」

為了遵守對老爸許下的承諾,高二時我選了第三類組,老媽說我的成績絕對上不了任何學校的醫學系,老爸倒是非常欣慰。高三上學期,老爸驟逝,我以吊車尾的成績上了護理系,好在還是和醫院沾了邊。但是,實習時,我聽到同學想去考空服員,想到拖著登機箱走在機場的優雅身影,我忍不住也報名考試,沒想到就此飛向藍天,遠離醫院的消毒水氣味,也偏離了對老爸的承諾。

抱著滿腹心思回到醫院,老媽堅持她可以自己吃飯,打發我回家收拾過夜盥洗衣物。我開車鑽入永遠擁擠的新竹市街道,而後停妥在四維路的租賃停車場車位。

打開車門時,初夏的雨,沒有任何預警,劈里啪啦直落下來,路人飛奔遁入騎樓避雨。

我從包包裡迅速翻出桃紅色大花摺疊雨傘。也許是剛才憶及老爸，讓我想起另一件陳年舊事——我的第一把傘，撐開時也是滿滿的桃紅色小花。

那是五歲時老爸幫我挑的，當時老爸還說：「晴晴，雨再大，天再陰，只要撐起傘，就是自己的晴天嘍。」

自此，我就不再用晦氣又沉重的黑色雨傘，也不再穿陰鬱單調的衣服。

我抬頭，暗色的天空潑灑下黏膩的雨水，我在心裡默默的對天上的老爸說——爸，我一直很努力，給自己一個晴天喔。

第二章　夏之至

七月的第一天，上午七點，陽光大好，是個好預兆。

我撕下梳妝檯前的「七月一日登場備忘清單」：

一、**黑色登機箱**(打勾！)

二、**斜劉海的空服員包頭**(打勾！真的好久沒梳這種頭了，整整花了我二十分鐘！)

三、**完美的全妝，包含眼線眼影腮紅口紅，以及自然款假睫毛**(打勾！)

四、**練習微笑五十次**(打勾！)

很好，萬事皆備，完美的全新開始，準備出發！

車行二十五分鐘後，我把車停妥，拉著登機箱下車。

四周大多是住商混合大樓，有幾個睡眼惺忪的孩子，被大人牽著——原來附近還有個幼兒園，圍籬上的五彩風車在晨光中旋轉。而我的目的地在竹北市白橋一路與白敬街交叉口，一棟五層樓高的米黃色建築物。

就是這裡了——夏凡產後護理機構，人稱它為夏凡月子中心。

胖胖的警衛先生向我打招呼道：「妳好，來參觀嗎？有預約嗎？」

「不是，我是來報到的。」

警衛先生大吃一驚，「來報到入住嗎？妳應該從專用車道進來呀？妳看起來不像……不像剛生完寶寶，媽媽貴姓大名……寶寶呢？」

看來警衛好像誤會了，我馬上改口：「真不好意思，我是今天來上班的，董事長特助夏喻晴。」

我抵達時，夜班護理人員剛與早班人員換完班，現場的所有夜班護理師、接待客服護理師、行政人員，齊聚行政管理室來「歡迎」我。

夏凡的員工除了警衛先生，清一色是女性。

左邊四位穿粉紅色V領褲裝制服的，是嬰兒室護理人員，負責照顧寶寶；右邊四位身著白色小圓領粉紅洋裝的，是接待客服護理人員，負責訂房業務與照顧媽媽。這兩批人壁壘分明，最後面有幾位身穿便服的，就是行政管理部門人員。

護理師的正中央，是一位頭髮削得極短，眼神銳利的五十歲女性，我看過舅舅給我的資料，她是陳鳳春，也就是夏凡的護理長，大夥兒叫她「阿長」。我特別看了她的手，手指修長，指甲剪得短而光潤，讓我想到她在新竹媽媽寶寶界的稱號，不論 BabyHome 寶貝家庭親子網還是 PTT 的 BabyMother 版，都叫她「白橋一路抓奶龍爪手」，聽起來很香豔刺激，原來她是通乳腺、促進產婦分泌母乳的高手。

這位「抓奶龍爪手」正打量著我，我趕緊和大家打招呼。

「大家好，我是夏喻晴，妳們可以叫我小夏、喻晴，或是英文名字 Summer。」我視線掃過每個人，最後停在鳳春阿長身上，她微笑著，但是雙手環抱在胸前，隱隱透露出警戒與防備。

「您一定就是阿長，久仰大名，蔡醫師說產婦和新生兒的照顧都交給您，他很放心。」

阿長銳利的眼神稍微收斂，她鬆開交錯的手臂，「哪裡，以後各方面也有勞妳了。」

「特助，妳好高啊！妳身高幾公分吶？」一位留著妹妹頭劉海、可愛圓圓臉的護理師率先問問題。

「我身高一七〇，以後高處的東西各位可以叫我拿。妳是……珈琪？王珈琪？」眾人驚呼，我笑著說：「我沒有特異功能，只是已經看過各位的資料。」

一位身材豐滿、輪廓深邃的護理師發問：「妳好漂亮，聽蔡醫師說，妳當過空中小姐？」

「對，」我點點頭，「我曾經是永青航空空服員。妳是……張莉雅？」

「哇！」張莉雅眼睛睜得好大。

另一位穿著白色小圓領粉紅洋裝的接待客服護理人員問道：「蔡醫師是搭飛機而認識妳的嗎？他是不是覺得妳的服務很棒？」

「他是搭過我的班機啦……」我刻意要求舅舅不要對任何人提及我們的親戚關係，免得認為我是占了肥缺的空降部隊，「妳是劉梅理？蔡惠芳？應該是蔡惠芳，接待客服的小組長。」

「又猜對了！」年輕的護理師與接待客服再次驚呼。

我才不是用猜的，我的黑色登機箱裡，裝滿了舅舅給我的資料。

打從老媽住院那天，我回電舅舅答應到夏凡上班後，這兩個星期，好像回到空服員受訓時的煉獄，日夜苦讀死背資料。我不只背好了每個人的長相、姓名、履歷，還試圖用星座分析每個人的個性，就像鳳春阿長是牡羊座，心直口快，但我相信她為人是很好的。

「那……我還沒進來過夏凡，誰可以給我導覽一下呢？」

鳳春阿長輕推了第一個與我打招呼的王珈琪，「珈琪，得麻煩妳晚點下班了，妳幫夏特助好好介紹一下環境吧！」

「夏特助，這邊請。」

我跟著珈琪的腳步在一樓繞了一圈，夏凡是一棟口字形的建築物，中庭有原本基地的老樹，草綠、嫩綠的各種植栽，帶點日式禪風的水池設計，給人平靜的感覺，我忍不住讚嘆：「這裡……採光明亮，環境真的很好。」

珈琪嘴角微勾，對工作環境有滿滿的自豪，「一樓是嬰兒室、接待大廳和辦公室，二到四樓都是媽媽的房間。」珈琪引導我上二樓，「只要走出房間，從走廊的玻璃窗可以向下俯視幽雅寧靜的庭院，我們還有防墜措施，產後由於賀爾蒙劇烈變化，不少產婦會出現憂鬱症狀。」珈琪的聲音聽起來好溫柔，我點點頭。

「五樓是做什麼用呢？」我們參觀閒置的客房後，到達最高樓層。

「五樓是芳療室、SPA 美容室、瑜伽教室，還有員工休息室，員工都在這裡用餐。」

我打開芳療室大門，窗戶沒有關，屋外乒乒乓乓聲傳入，顯得有點吵雜。

「咦，白敬街對面有一棟大樓，好像還在施工，那是……」

「那是一家建設公司的辦公大樓，快要完工了，叫做邱……邱式建設的樣子。」

我雙手環抱在胸前，盯著那棟九層樓高的墨色大樓，心中有股低氣壓逼近，於是動手把窗戶關上，拉下窗簾，卻還是聽得見工地裡的噪音。

回到一樓，重頭戲是參觀嬰兒室，珈琪和我一起在護理師準備室洗手、消毒，換上隔離衣，戴上髮帽與口罩。我深吸一口氣，脖子滲出冷汗，在心裡對自己喊話：夏喻晴，要勇敢，妳可以的。

倒是珈琪眼睛放光，個頭嬌小的她腳步加快，我都有點跟不上，才剛下班的她似乎非常期待再次進入嬰兒室。

「哇！！！！」有的嬰兒哭聲很奔放，「咿……咿……」有的嬰兒只是低聲啜泣，還有一些任憑左鄰右舍哭聲快震破天花板，也能閉眼沉睡的嬰兒。目前有三十位產婦入住，共有三十一個小寶寶（其中包含一對龍鳳胎），大大小小的哭聲加起來，形成一股強大的聲流，我覺得耳朵有點痛。

——如果那件事沒發生，也許今天我一樣會在夏凡，不同的是，我不是帶著登機箱來報到，而是用提籃式安全座椅，拎著哇哇啼哭的孩子——

不行，不能再想下去了！我拍拍臉，擠出一個笑容，最好趕快提個問題轉移焦點。

現場有四位護理師，完全不得閒，餵奶、拍嗝、安撫、換尿片，只負督導之責的阿長，也不得不進來幫忙。

「珈琪，平均一位護理師要照顧幾個小嬰兒才合理？我看大家有點忙不過來。」

「原本應該是一位護理師照顧五到八個嬰兒，實際上，如果三十六間客房都住滿的話，就有三十六個寶寶，有時一位護理師就要照顧到九個。李執行長出國後就一直遇缺未補，阿長怎麼跟暫代的吳執行長講都沒用。」

「一打九？真的太多了點。」

「有時餵完最後一個嬰兒，第一個嬰兒又哇哇哭叫討奶喝，也沒辦法隨時檢查小嬰兒是否需要換尿布。」珈琪眉頭皺起來，「所以最近寶寶感染尿布疹很頻繁，每個小屁股都紅通通的，媽媽就會透過接待客服來對我們施壓。」

我點點頭，「那兩個透明隔間的小房間是什麼？怎麼沒有門？」

珈琪停頓一下，「那是觀察室和隔離室，沒有門是因為怕聽不到寶寶的哭聲，但是採個別隔離負壓空調系統，小寶寶呼吸出來的空氣直接從排氣孔吸走，不會從空氣飛沫傳染給其他小寶寶。」

「我記得妳才來半年，介紹得很不錯，已經不像新手了。」這一路上珈琪介紹得很詳細，我忍不住稱讚她。

「我好喜歡在月子中心上班，因為我很喜歡小孩。」珈琪眼睛笑得彎彎，「特助，妳結婚了嗎？有寶寶嗎？」

「我……離婚了，沒有小孩。」珈琪的笑容瞬間凍住，又復融化，「特助，妳這麼漂亮，一定會遇見更好的男人，生個像妳一樣手腳修長又有大眼睛的寶寶。」

「謝謝。」即使知道可能是恭維，我也可以感到這個女孩的暖意。

「我呢，跟男朋友分手剛滿半年又九天，因為失戀還特別從臺北搬到新竹來重新開始，現在還沒有新的約會對象，上次休假才去霞海城隍廟向月老祈求好姻緣。」珈琪調整髮帽的邊緣，「我還是期待將來遇見一個白馬王子，舉行一個美麗又浪漫的婚禮。我還要打扮得像《羅馬假期》裡的奧黛麗赫本，我未來的老公，要騎著速克達復古摩托車載我進場。」

見到我笑出來，珈琪又一本正經的補充道：「然後好好的生四個孩子，兄弟姊妹各一個。」

「那……我們可以一起去參加聯誼，物色好男人。」我拍拍她肩膀。

「隔壁的建商辦公室快要蓋好了，裡面會有建築師嗎？我們來辦個聯誼吧！」

「肌肉猛男的工班主任也歡迎參加，說不定有人喜歡這一款喔。」

我們壓低聲音笑了，阿長凌厲的眼神掃了過來，我擺出正經的臉孔，又問珈琪幾個問題，她的眼睛黑白分明，眼底沒有滄桑只有亮光，記得她履歷表上的年紀是二十七歲，我不由得心想——

年輕真好，還相信愛情，真好。

「快點，快點，新來的特助說要開會。」第二天一早，護理師和接待客服竊竊私語，魚貫進入會議室。

我從登機箱中拿出資料，擺了滿滿一桌。

「新官上任三把火，她會宣布什麼事情啊？」眾人的低語聲還是傳進我的耳朵。

「特助，妳會把馬麻的房間改成像頭等艙一樣嗎？」張莉雅率先發問。

「會不會要我們改穿空姐制服？我覺得梅花航空的藍紫色旗袍超好看。」蔡惠芳說完，阿長瞪了她一眼。

「櫃檯還可以改裝成像機場的報到櫃檯，訂房收據憑證可以印成機票的樣子，房間最好重新裝潢得跟頭等艙一模一樣。」我也湊了一腳，年輕的護理師與接待客服有志一同笑了起來，鳳春阿長翻了個大白眼。

「這是玩笑話。這裡是貴婦坐月子的場所，這樣改的確很有話題性，但夏凡會變得像主題餐廳。」我站直身體，指尖輕點著桌面，「各位同仁，舅……蔡醫師給我三個任務。」

我左手抱著筆記本，走向白板，寫下筆記本上的重點，「提升訂房率、降低客訴、做好鄰里公關。」我掃視眾人，鳳春阿長又環抱著雙手，抿著嘴脣。

「首先，我翻了近半年的檔案，發現參觀紀錄表都沒有電話回訪，退房時的客戶意見資料表沒有建檔統計分析，請接待客服務必重新作好表格與工作管理。」

幾個接待客服皺起眉頭，我安慰她們道：「我知道這半年來，產婦抱怨很多，增加你們工作壓力。嬰兒室的護理師人力不足，需要聘用新人，讓嬰兒和護士比例變成一比五，甚至一比四，才是根本的解決方法。我們嬰兒的紅臀率居高不下，只有提升人力才能改善。」嬰兒室護理師們聽了點點頭。

「另外，我知道接待客服和護理師有點衝突。」

阿長凌厲的目光掃向珈琪，她急著用氣音回答：「不是我說的！」

我當然知道不是珈琪說的，因為是她寫的。

我在 PTT 的護理師版發現有人抱怨月子中心工作狀況，特別列印出來參考；後來翻看夏凡員工履歷表時，發現那個帳號和珈琪的電子郵件帳號是一樣的，MissHepburn，赫本小姐。

「接待客服覺得自己在修馬桶、換燈管、伺候焦慮又意見多的新手馬麻，很累。另一方面，新生兒護理師覺得她們一打九，嬰兒不會講話，只會一直哭，要安撫，還要想辦法找出哪裡不舒服，完全不能有閃失，才是折磨。」

我停頓了一下，「無法互相體諒，是因為互相不了解。從下星期開始，嬰兒室和接待客服每週互換一名員工，去學習和體驗對方的工作，請阿長和惠芳安排好互換人員的排班表。」

鳳春阿長眉頭微蹙，一群接待客服嘴巴張得好大。

「大家都有護士或護理師執照，我相信妳們可以做得很好。」

趁著這股氣勢，我一鼓作氣，繼續宣布要讓閒置已久的芳療室、SPA 美容室都重新運作，並開辦「產前媽媽教室」課程活動，而後，我稍微頓了頓，繼續開口：「最後，還有一項事情，要交辦給行政管理部——我們要執行擋煞計畫。」

「啊？」這件事情太出乎意料，所有同仁都張大嘴巴。

我堅定的點點頭，「對面建設公司辦公大樓施工的工程煞，請採購去買水晶洞和幾個盆栽，要葉子很多、長得很茂密的那種，可以化解聲煞；還有，在施工時一定要關窗、拉上窗簾；正對著大樓的窗戶，都要裝設八卦鏡。」

同仁們開始騷動，「可是……特助，這樣會不會太迷信了？」張莉雅舉手發問。

「民間相信有胎神，有人甚至相信胎神到出生百日內都還在。施工這麼吵，本來就會吵到馬麻和寶寶休息，多一些讓人心安的措施有什麼不好？」

「呃……原來的李執行長信奉基督教，不認同這些怪力亂神。」張莉雅補充。

「她是她，我是我，蔡醫師請我來，不是要照本宣科的。接下來，每週一早上各組主管要開會統整工作進度。沒有其他問題的話，散會！」我做了結論，迅速的結束會議。

「這麼快？」同仁竊竊私語，可能以為我會開個三小時的馬拉松會議，但我一定要這樣有效率，因為……一直討論媽媽寶寶，我快要撐不住了。

我用力眨眨眼，眼角餘光瞥見筆記本上的字跡，那是我昨晚寫的「在月子中心不掉眼淚」作戰計畫：

一、拚命用眼直到得了乾眼症為止。

二、每天吃一份蛋糕給自己打氣。

三、練習按腦袋裡的「暫停鍵」，快忍不住想哭的情緒時，就在心裡唱〈兩隻老虎〉。

我臉上掛著微笑，目送同事魚貫離開會議室，沒有人知道，此刻我心裡不停的唱著：「兩隻老虎、兩隻老虎，跑得快，跑得快……」

最好時間也跟著老虎一起跑得快，快點到下班時間，免得我撐不住……

忙碌果然讓時間過得很快，一轉眼，我到夏凡已經兩個星期了。

我走進夏凡五樓的芳療室，七月中的陽光生猛，原來的窗簾遮光效果不夠好，躺在這裡做 SPA 按摩，恐怕會像在墾丁海灘做日光浴，得全程戴著墨鏡塗防晒油，而且，這薄薄的窗簾根本擋不了對面工地的聲煞。

窗簾廠商正在量尺寸，我要的窗簾除了質料厚重、百分百遮光，更要防蹣抗菌的附加功能。

除了整頓夏凡，急速面試補齊人力，這陣子，我也每天跟舅舅用電子郵件報告工作內容，最近我忙著跟新竹地區的中功率電臺接洽，決定採購廣告，而廣播電臺贈送收聽率最高的節目專訪，還有製作「女人好孕到」孕產知識小節目，再帶出「以上節目由夏凡產後護理機構贊助播出」。

為此，我還首度踏上了廣播電臺，進錄音間之前我緊張的嗑光一整盒的肯德基葡式蛋塔，給自己打氣。

說到給自己打氣的甜點，在夏凡上班還有個意料之外的好處：我經常可以享用吃不完的彌月蛋糕試吃品，這幾乎是我上班最期待的事了，當然，我絕對不會在電子郵件裡跟舅舅提起。

「夏小姐，請妳挑一下窗簾的花色。」窗簾廠商大叔搬出一本厚重的樣品書，「你們月子中心適合比較溫暖的顏色，像是這款，」大叔手指一小塊黃色緞面光澤的布料，「至寶月子中心就是用這一款，質感很好。」

「不要這種黃色，粉紅色好了，」我手指另一款，「就這個。再麻煩你下去找採購報價。」

廠商大叔離開後，我關好門，一個人伏在SPA芳療床上，臉孔塞進芳療床的圓洞裡。

不，不要，我一輩子不要再看到那種黃色。上次看到那種黃色，是在……

「夏小姐，寶寶是否要交給我們醫院特約的禮儀公司處理？他們會安排火化和誦經，費用是几千元。」

「讓我看她一眼！剩下的各種同意書，請交給……門口那位講電話的鄭先生處理。」

「建議妳不要看，妳會更難過，妳還很年輕，可以再生……」

護士退出布簾，但是過了一會兒，從布簾縫隙，可以瞥見有位先生拿了一塊黃色緞面被巾布料進來，那，就是寶寶的第一件，也是最後一件衣服吧……

我用力截斷腦海中的記憶畫面，告訴自己，不能哭，不能哭，兩隻老虎，兩隻老虎，跑得快，跑得快……一隻——

「她沒結婚，又沒小孩，怎麼會了解馬麻的需求？」

一個年輕女子的聲音傳來，她講的是我吧？我繼續採趴姿伏在床上，我好累，還不想起來。不過，看來珈琪沒有到處放送我離婚的事，真是個好女孩。

「而且她有點迷信。」

另一個聲音出現，應該是嬰兒室護理師輪班來休息室吃午餐了，我把頭抬起來，想聽清楚眾人的議論，又發現這樣手撐著很像在做伏地挺身，很累，於是索性把頭放下，閉著眼睛好好聽大家講什麼。

「她每天都穿得漂漂亮亮來上班，是那種大花圖騰的洋裝，我也好想穿，可是我們只能穿制服。」

「她又不用照顧小寶寶，也不必幫馬麻換燈泡搬東西通乳腺，當然可以這樣穿。」

「而且她不敢抱小孩耶，前天報到的三〇八房林馬麻，因為生產時壓迫到尾骨，沒辦法抱小寶寶，入住時行李又太多，特助就叫我去幫忙抱小孩，自己則是一副很害怕的樣子，寧願跑去扛最重的二十七吋行李箱。」

看來我真的成了月子中心員工們的八卦標的。

「其實，她很了解我們的專業，因為她也是護理系畢業的，而且還是我學姐。」這毫無疑問是珈琪了，而其他人接著問她：「妳們系上老師，有教妳們這麼多迷信嗎？」

我一愣，珈琪會說什麼？別人講我壞話我還受得了，如果她也講我壞話，我……

「老師當然沒教，但我猜是不是發生過什麼事，才讓她變成這樣。」珈琪仍然替我辯解，我心裡湧起一股暖流。

「可是她把四樓的房號通通改成五開頭欸。」

「現在每個星期都要舉行逃生演習與安全演習，還說每兩個星期要CPR急救演習，好累喔！」

「她還做了很多表格來給我們填，工作增加好多。」

我一驚，是接待客服蔡惠芳的聲音，以前她們和護理師壁壘分明，是不可能一起同桌吃飯還聊天的；看來我的出現，讓她們因為有共同敵人而團結起來了。

「她太天真了，以為做好表格，就能管好整個月子中心嗎？」

是阿長的聲音。最具殺傷力的晴空亂流來了，明明半趴在芳療床上，我仍然感到暈頭轉向。

我受得住，我受得住，哼，老娘就是要穿花花洋裝，週末我還要再去百貨公司多買幾件！還要再吃幾塊蛋糕試吃品！不，那麼小的試吃品只能塞牙縫，下班後直接去糖村提一條長型蛋糕好了，要選咖啡核桃還是蔓越莓慕斯呢？

滋……滋……

手機傳來震動聲，在這安靜的芳療室顯得好大聲，我趕緊抬起頭，拿起放在芳療床邊的手機。希望外頭八卦的人們沒聽到我手機的聲音。

「聽說妳在新竹落腳開始新工作了，怎麼都沒約我吃飯？明天一起午餐吧！」

是高中同學許成薇傳來的LINE簡訊。

我好想念小薇，想念一起逛街、一起喝咖啡、一起宣洩工作上的不順遂，我們稱之為「倒垃圾大會」，只要一個月沒有舉辦一次倒垃圾大會，就全身不對勁。

但是有個原因讓我遲遲無法約小薇出來。難道是我該面對的時候了嗎？我嘆了口氣，回覆小薇：「**好，我在竹北上班，時間地點妳挑**。」

就在這時，砰！芳療室的門突然打開。

張莉雅大叫：「啊——特助！妳怎麼在這裡？」

我聽到門外沓雜匆忙的細微腳步聲，護理師的膠底軟鞋減低了作鳥獸散的噪音。

該死，張莉雅看到我趴著回LINE訊息的蠢樣子。

我坐直身體，拉整衣物，抬起下巴，擺出一個即將走進頭等艙向鑽石卡會員致意時的頂級笑容。「我來試躺一下芳療床，測試看看這麼久沒使用，有沒有壞掉。」

張莉雅不敢看我，打過招呼就匆匆逃逸。

接下來一整天，我走到哪裡，所有護理師和接待客服都不敢聊天，加倍認真於自己手上的工作。

我沒心思去追查講我八卦的到底是哪些同事，因為我一直期待這天下午的四點半。

在會議室裡，行政部門同事打開電腦，放送全球廣播電臺的節目，DJ甜美的聲音迴盪在整個空間裡，沒輪班的護理師和接待客服同仁，都聚集在這裡，一個挨著一個坐著，我有點緊張」，因為，此刻正是我的廣播專訪全球首播的時刻！

珈琪坐在我身邊，輕輕拍一下我的膝頭，給我一個暖暖的微笑，「特助，沒事的，妳一定表現很好的。」

「全球廣播電臺的聽眾朋友們大家好！歡迎繼續收聽四點半到六點半的『一起喬事情』，我是安喬——今年新竹縣市的生育率又是全國冠軍，懷孕生產要注意的事情有多少？竹北市的夏凡產後護理機構董事長特助夏喻晴小姐來告訴我們——」節目主持人揚起語調，「夏特助，為什麼月子中心現在這麼流行？」

我聽見自己略帶緊張乾澀的嗓音，「坐月子應該是華人特有的習俗，雖然韓國有產後調理院，越南人也坐月子，真正把坐月子外包給月子中心，應該是臺灣社會特有的產物……」

「以前坐月子有很多禁忌，夏特助可以說說看嗎？」

主持人很會帶領來賓，接下來的半小時中，我聽起來比較放鬆了，和主持人暢談從前坐月子的禁忌、坐月子的財務規畫、坐月子和婆媳問題、近年來在中國和美國興起的月子產業，簡直是從內子宮聊到外太空，最後，主持人帶到這次專訪的重頭戲——

「現在有個機會，夏凡產後護理機構舉辦產婦大肚寫真比賽，徵求最美最有個性的大肚照，人氣最高的得獎者可以入住頂級套房兩星期！請大家在臉書上搜尋夏凡產後護理機構，我們謝謝夏特助！」

「謝謝安喬！」

「接下來，讓我們欣賞張懸的〈寶貝〉。」

清脆的吉他撥弦聲音響起，「我的寶貝、寶貝……」張懸的歌聲迴盪在整個會議室，我這才發現，我繃緊的肩頭，放鬆了下來。

「特助，妳很沉穩喔！」珈琪對我比個讚。

我放心的呼一口氣。當時在錄音間，安喬也這麼跟我說，但是上電臺真的比起機艙廣播，讓人緊張一百倍。

就在這時，廣播聲音裡張懸的嗓音漸漸淡出，古典的國樂笛音淡入，我拉拉珈琪的袖子，「來了來了，我們夏凡的第一檔廣告來了！」

「貴妃娘娘，您產後坐月子打算如何調養啊？」廣播配音員一口標準京片子。

「姑姑，聽說夏凡產後護理機構，中西合璧的調養，可以給本宮與阿哥公主全面的呵護，我不找太醫院了，我要去夏凡，選擇夏凡，生完寶寶還是如仙女下凡……」

「娘——娘——英——明——」

「哇，好棒欸！聽起來好像廣告！」珈琪拍手。

我哈哈大笑，「這本來就是廣告啊！」

「恭喜妳啊，特助！」眾人第一次在廣播電臺中聽到自家公司的廣告，總是有點興奮，在一群女孩子的嘰嘰喳喳聲中，緊接著，廣播中感性的小提琴音樂淡入，琴音淒切。

大家聽到這音樂，安靜下來，面面相覷，我也覺得很好奇，這是什麼公司或產品的廣告，怎麼配樂這麼哀傷？

「邁向人生旅途的最終站，有我們陪伴。最專業，最用心，最貼心。秋葉人本，陪摯愛的人，啟程……」

這……這是什麼？人本公司，那不是——

我捏起拳頭站起身，所有同事都瞪大雙眼張大嘴巴，轉向我。

她們臉上都寫著「慘了」兩個字，的確，這家全球廣播電臺，犯到我的大忌了！

我用力踩著高跟鞋，轉身回到辦公室。

「這是怎麼回事？月子中心廣告後面接著葬儀社廣告，不會很奇怪嗎？」我忍著不要飆高音，但電話那頭，全球廣播的廣告業務和節目助理好像嚇壞了，拚命向我道歉。

「要迎接新生兒的家庭，可能比較謹慎，有的家庭還相信有胎神存在，不准孕婦動針線拿剪刀，你們這樣不是觸霉頭嗎？」

「真的對不起，我排廣告 CUE 表時感冒了，沒注意到兩支廣告的屬性不適合排在一起，真的很對不起。」聲音青澀的助理美眉急哭了。

「這下我怎麼跟整個月子中心交代？首波廣告就出這種紕漏，是讓我被看笑話嗎？」我忍不住拿原子筆用力戳筆記本，「你們想好補償方案，再打電話給我吧。」我頹喪的掛上電話。

我走向行政管理室內的冰箱，想要拿出私房蛋糕來安慰低落的心情，蛋糕，蛋糕，我需要糖分來將我從這一整天的低潮中拉出來。

清潔阿姨推著工具進來打掃，見到我，迫不及待的報告：「夏特助，隔壁的大樓掛了公司名字的招牌了，是一家叫做秋葉的公司，我聽鳳春阿長說，妳要做鄰里公關，要不要拿個蛋糕去拜訪一下？」

秋葉？這個公司名字有點熟悉，不是我剛剛在廣播節目裡聽到的那個……

「秋、葉，秋葉？阿姨，妳確定沒看錯？」

「嘿呀，秋天的秋，葉子的葉……」

阿姨還沒說完，我顧不得蛋糕，快步走出夏凡，跨過白敬街，走到那棟簇新的秋葉大樓，之前只知道它是一棟檀木黑的大樓，挑高的一樓環繞著淺綠色的玻璃帷幕；現在，天色暗了些，突然間，啪的一聲，整棟大樓亮了起來，眼前的街景突然變得光輝燦爛——

這棟大樓第一次將一樓的玻璃帷幕打燈，一塊塊的玻璃帷幕，在夜燈的照耀下，恍若青翠又透亮的橄欖綠琉璃，玻璃帷幕上有銀杏葉般的扇狀紋樣，門前有同樣扇狀葉形的水池，池中映照了大樓的玻璃帷幕光影。

好美——我沒想到這棟大樓可以這麼美。美到有種奇異的寧靜之感，好像冰鎮了夏天傍晚的炙熱，好像大哭過後所有壓力與怨念都釋放的平靜。

我以為，這樣古雅又現代的細膩建築，在日本京都才見得到。

只是，大樓一樓的玻璃上，鑲著一塊墨黑招牌，黃色燈光下低調的鏤空字體秀出建築名稱：「秋葉禮學院」，噢，不會吧。

幾個工人在大樓前整理雜物，我重重嘆了一口氣，走向工人中最像頭兒的男人問道：「請問你是這工地的負責人嗎？秋葉的主管有在這裡嗎？」

男人不好意思起來，「我是蓋房子的啦！欸欸！范姜，來來來哩來！」

工頭叫來一位戴著黃色工地帽，身上穿緊身白襯衫、合身黑西褲的年輕小姐，她從遠方走近，凹凸有致的身形益發清晰。

這棟大樓隸屬於秋葉人本，而這位美女是秋葉總部行政管理部專員范姜安妮。靠近她才發現，她的特濃假睫毛一眨一眨，眨到我頭都昏了。

「明天我們協理會來視察，如果夏特助您有疑問，明天協理會來拜訪好鄰居，呃，如果您認為我們協理來自嫌惡產業應該避諱，只好請您再撥冗登門拜訪嘍！」

我咬咬牙，悻悻然告別范姜安妮，沒再說什麼——好，明天我就來見這位妳口中的「我們協理」，哼！

第二天，我進行政管理部辦公室前，被鳳春阿長攔住。

「特助，聽說妳昨天去參觀我們旁邊大樓的訓練中心了？」

我根本還沒告訴她秋葉大樓的事，消息傳得真快。

阿長神情嚴肅，「妳可能不是新竹人，所以妳不知道，新竹市往園區的寶山路上，也有一家月子中心，叫做『至寶』。」

我點點頭，「我知道至寶啊，他們老闆本來是建商，資產被前妻掏空，後來開月子中心才賺回來。」

阿長揚起眉毛，「那妳應該知道他們旁邊就是『墓仔埔』啊！但是又怎麼樣呢？至寶月子中心一樣訂房全滿啊！往生者不是我們該關注的對象，新生兒才是。」

阿長拋下這句話，就瀟灑走進嬰兒室。唉，她說得是，但她怎麼會知道我真實的心意呢？我只希望，夏凡的媽媽寶寶一切平安。

隨著阿長的身影漸漸遠去，我的視線也跟著轉向嬰兒室的大玻璃窗。

好幾組產婦和家屬站在窗前，我站得遠遠的，看著護理師忙碌不已；現在人力已補齊，每位護理師面對四個嬰兒，對嬰兒的照顧也更仔細妥貼。

「那個屌斗！跟外公一模一樣！」大玻璃窗最左邊這位新手媽媽，住在三〇二房的邱蔓，正和一位男人鑑定她寶寶的長相。

我打量了邱蔓，她在七月艷陽天裡還包著紅色頭巾，恐怕產後到現在還沒洗過頭髮；全素顏、眉未修，穿著寬大的粉紅睡衣，看得出來產後肚腹仍然沒有消，但，那又怎麼樣？此刻低頭看邱蔓馬麻的男人，側臉看起來好溫柔，他們兩人五官氣質都有點相似，如果我手上有相機，一定幫他們特寫這個幸福的鏡頭。

而這位新手爸爸個子非常高，肩膀寬闊，身高可能有一八五，不過，他在這種天氣也穿成套的黑西裝，不熱嗎？而且，他的臉龐實在有點像……像以前見過的一個人……

「妳說的那個人叫做葉望，是我們高二同班同學。濃眉大眼、皮膚有點黑、長得非常高，對不對？」小薇啜了一口茶，她的話喚醒我的記憶了。

我們在白橋一路的美式餐廳裡，一落坐，我就趕緊提起那位似曾相識的新手爸爸。

四周都是媽媽帶小孩聚會的組合，杯盤碰撞、幼兒爭執哭鬧、媽媽喝斥安撫，我不得不提高聲量講話，「沒錯，我想起來了，班上最高的男生，永遠坐在最後一排，有點跩，也有點痞，上課不是看漫畫、偷吃泡麵，就是在睡覺，但是成績好像還不差。」我邊說邊吃一口岩漿巧克力蛋糕。

「就是他啦，原來妳記得，我以為妳眼中只有……」小薇吞下關鍵字，她似乎在觀察我的反應。

「妳想說，我眼裡只有鄭宜諾，對不對？講出來沒關係，這個人的名字我會自動逼逼逼過濾消音，汙染不了我的耳朵。」我像趕蒼蠅一樣揮了揮手，小薇笑了出來。

「倒是葉望，我怎麼可能忘記他？高三上學期妳當總務股長時，因為腳扭到，有整整一星期要撐拐杖上學，那時我幫忙妳催收班費，妳記得嗎？」

小薇點點頭，「是有這麼一回事。」

「葉望遲遲不肯交，逼得我每節下課都去球場或男廁門口堵他，還在黑板上寫下大大的『葉望快點交班費』，他還是不交。」我想起這調皮的男孩子，忍不住咬牙切齒，希望這位如今跟我一樣三十二歲的葉望同學，已經變得成熟穩重一些。

「依我看，他是故意的。」小薇輕輕瞇起眼睛，意味深長的看我一眼。

「為什麼？他家境不好嗎？我本來也擔心他繳不出來，還去跟班導商量，但是他腳上的球鞋是耐吉飛人喬登(Nike Air Jordan)十三款，正版的，當時所有的男生都對葉望行注目禮，鄭宜諾更是羨慕到流口水呀！」小薇聽到我直接提起鄭宜諾的名字，杯子送到嘴邊又停下，我趕快繼續原本的話題，「還是葉望想把錢放在銀行久一點生利息嗎？是說那個年代定存利率比較高啦，有錢人果然想得不一樣。」

「他哪是繳不出班費，他的目的，應該就是要妳去三顧茅廬——傻大姊夏喻晴，他暗戀妳啦！」

「啊？」我張大的嘴巴大概可以塞進整塊岩漿巧克力蛋糕了，「我以為他很討厭我，所以故意不繳班費，惹我生氣。」

小薇哈哈大笑，「就說妳眼裡只有鄭宜諾，當時班上暗戀妳的男生應該不少，但是鄭宜諾和妳，一個是班長、一個是副班長，兩人超登對，沒人敢造次。」

小薇提了兩次鄭宜諾的名字，看來她覺得我沒事了，很好很好，就是要這樣平常心。

「那……那位葉望同學，他後來去哪啦？高三上學期，我請完喪假回到學校，他就不見了。」

「有人說到日本念書了，行蹤成謎啊，多年來也沒有人再見到他。該不會他老婆小孩真的在你們月子中心？」

「搞不好，這也太巧了吧。」

小薇聳聳肩道：「話說你們對面那個秋葉人本，妳打算怎麼辦？」

「人家大樓都蓋好了，不可能把他們趕走，雖然我很想。」說到秋葉，我垂下肩膀。「而且他們是大企業，我昨天翻《商業週刊》，還看到一篇殯葬業正崛起的報導，有提到秋葉，他們是僅次於龍巖、國寶、金寶山、臺灣仁本的新興勢力，號稱走日式風格。」

小薇勸慰我：「只要他們不讓產婦和小貝比聽到敲鑼打鼓、孝女白琴，應該還好。」

「我也是這麼想，但是今天我們護理長暗示我，我反應過度了。」

「我知道妳為什麼會反應過度。」

小薇輕輕拍我的肩，「妳怎麼都沒說，我是去給妳舅舅產檢才知道的，蔡醫師要我先不要打擾妳，等妳心情好些再跟妳聯絡……妳真的當天就和鄭宜諾離婚了嗎？」

「我本來是這樣打算，可是還要拿身分證、印章，下載離婚協議書、列印，找兩個證人簽名。鄭宜諾要我冷靜詳談，我跟他說，我一毛錢都不想跟他拿，還威脅他，再不簽我就要去找那位第三者算帳，他才答應。」我故作明朗。

「這個爛人，我要小寶拿用過的尿布去丟他。」小薇氣憤說道。

「我真沒想到，當年為了我爸見義勇為的傢伙，竟然是個劈腿的爛咖。」

小薇遲疑了一會兒，「喻晴，我跟妳說件事，其實我一直不相信那件事是鄭宜諾做的，我覺得他是個只考慮自己的人。」

「咦？怎麼說？」

「高三下學期，我當衛生股長，每天都要盯大家掃地。鄭宜諾負責擦教室內側的窗戶，我每次提醒他要擦乾淨，他都隨便抹一下了事，我質問他，他竟然說——」

沒戴眼鏡的小薇，假裝推了眼鏡，聲音壓低道：「整潔比賽的評分員，都只檢查靠走廊的窗戶，不會看裡面的窗戶，而且，比起整潔比賽，我把時間省下來念書，繼續保持模擬考全校第一名的成績，不是更能為班上爭取榮譽嗎？」

「哈哈哈，妳在模仿鄭宜諾！學得還真像！」我笑到快流眼淚了，「說真的，離婚時，我本來想酷酷的把婚戒扔在桌上，可是之前變胖我把婚戒拔下來，就再也找不到了。」

「那不是鄭奶奶傳給鄭媽媽，再傳給妳的嗎？」

「是呀，」我嘆口氣，「錯失這個出氣的好機會，等我哪天找到，也只能拿去銀樓舊金換新金啦。」

「不要還他，那一點點錢哪夠賠償妳十五年的青春！」

「沒有人能耽誤我青春，我才三十二歲，我還年輕。」

「夏喻晴，就是這樣，妳說得太好了！」小薇幾乎要站起身來為我鼓掌了。

「搞笑的是，人工引產後還會脹奶，搬家時我『不辣假』裡還墊著冰鎮過的高麗菜，搬家公司還問我，為什麼搬家還要帶著一大球高麗菜。」小薇被我逗得哈哈大笑，我很欣慰，我不想要愛我的人陪我一起傷心。

「不過，小薇，對不起，這半年都沒關心妳。妳過得還好嗎？」我話鋒一轉，她的黑眼圈實在太明顯，讓我不得不關心她。

「寶寶好帶嗎？在婆家坐月子還習慣嗎？」

「我公婆對我其實很好，為了讓我坐好月子，他們託人在苕林山上養了三十隻雞，一天吃一隻，我吃不完，連鄒瀚揚也一起補了。」

「好有心啊。」

「可是，他們常常沒敲門就闖進來說要看孫，好幾次我在餵奶差點走光。」

我大驚，「妳房間又不是香山的四方牧場！還上演餵奶秀？」

「他們還說要給寶寶吃八寶粉，說可以退胎毒。」

「新聞不是有說會造成鉛中毒！」

「我把新聞印出來給公婆看，他們還是不相信，我老公還說，他也是吃這個長大的，叫我要相信他爸媽。」

「難怪有句話說，『不怕神一樣的對手，就怕豬一樣的隊友』。」

小薇嘆了口氣，「說真的，如果要生下一胎，我一定要去月子中心，不要在婆家坐月子了，雖然我很感謝婆婆幫忙我帶小孩，今天也是有她照顧小寶，我才能出來走一走……」

這次，換我輕拍小薇的肩膀了。

「喻晴，八月第一個週六妳有空嗎？我家小寶……我公婆執意要辦滿月酒，連老人家結婚三十五週年、我公公六十三大壽一起辦。」小薇提到滿月酒，還是有點顧忌我的心情。

我點頭篤定的說：「一定要參加，我還沒看過妳家小寶。」

愉快的午茶時間很快就過去，我們坐了兩個小時，還意猶未盡，小薇的婆婆就打電話來，要求她回家接手照顧小孩。

「唉，妳看我像不像灰姑娘，午夜十二點前得跳上南瓜馬車離開舞會，別說夜夜笙歌，連下午茶都得限時間了。」小薇嘆口氣。

我拉起她的手，「如果懷了第二胎，驗孕棒一出現兩條線，就要趕快通知我，我幫妳訂頂級套房，給妳最好的折扣，一定要讓妳狠狠過上一個月的貴婦生活！」我拍拍胸脯打包票，小薇感動得抱緊我。

送小薇上車後，看著她的車漸行漸遠，我放鬆臉頰上的笑肌，突然覺得有點疲累。

我想到小薇說的：「那一點點錢哪夠賠償妳十五年的青春！」

是啊，十五年了……

當年我和鄭宜諾牽起手時，命運怎麼沒有對我來一段登機廣播：「歡迎您搭乘前往不幸福的航班，飛行時間十五年，途經外遇和流產，目的地是離婚。機長鄭宜諾很高興為您服務……」我甩甩頭，揮開自我解嘲。

我不想這麼快回到月子中心，於是沿著白橋一路慢慢走。沒幾步路，眼前就是秋葉大樓，我忍不住停下腳步——這棟大樓在昨晚讓我驚豔，但我理當討厭它。

我探頭看了一下，門口沒有保全站崗，我小心翼翼的推門而入。

大樓內外已經整理得很乾淨了，走進大門，地上是黑色大理石，地板上有水刀拼花做出的金色扇形紋樣，和大門外玻璃帷幕上的一樣，想必所費不貲。內斂的暖色燈光打上，巧妙避開暴發戶的豪奢土氣感，而大廳底端牆面，有一個巨大的正三角形落地窗，窗外映著樹的身姿形影，日光被樹葉篩落後才灑進，我浮躁的心情馬上安靜下來。

我們夏凡月子中心也是打著「邀約自然、引景入室」的建築風格，但是又明亮又溫馨，呼應嬰兒室裡永遠不停歇的哭泣聲，和這個靜謐的空間完全不一樣。

我靠近黑色大理石櫃檯，一位男子背對我站在櫃檯前，似乎正在和坐著的接待人員講話。

「協理，昨天對面月子中心的什麼特助來過，我請她今天再來找你，她長得滿漂亮的喔。」櫃檯內傳出一個嬌嗲的聲音，好像是昨天遇到的那位范姜安妮。

「月子中心啊？我們負責往生，他們負責新生，不如把他們併購了，這樣從生到死的產業鏈就完成了。」

背影男的聲音超好聽，音色亮卻也很沉穩，像是某一年飛札幌的雪夜裡，我喝到的一壺細火慢慢加溫的本釀造清酒……

但這可不是沉醉在聲音裡的時候。

我大步衝上前，「誰要被你們併購了？」

四周很安靜，我的聲音迴盪在中庭。

背影男回過頭來，濃黑眉毛下點了黑漆似的大眼，睜得更圓更大。

驚訝的情緒瞬間在他眼中閃逝，他揚起右側嘴角，綻出一個促狹的笑。

他是稍早在月子中心的新手爸爸。

也是我的高中同學，葉望。

第三章　秋的預感

我看著葉望，十七歲的他從記憶朦朧中現身：略帶小麥色的臉龐，頭髮比學校規定的略長，中分成俗稱麥當勞M字型的髮型，身穿寬大的竹北高中深藍色西裝外套，腳上蹬著羨煞全年級男生的耐吉飛人喬登(Nike Air Jordan)十三籃球鞋。三十二歲的他，膚色仍然偏黑，下顎微微的冒著淡影般的青髭，頭髮修得有點短，用髮膠抓得刺刺的，身穿深黑色西裝，合身剪裁，布料很高級，內斂又泛著光澤，腳上穿著高級黑色霧光皮鞋，是我不認識的品牌。

光陰在他額上烙下極淺的抬頭紋，青澀少年氣息褪去，添了成熟的男人味。

這是闊別十五年的重逢，還是……我重新認識這位高中同學的起點？

我們坐在接待處的深灰色大沙發，我看著手中的名片，磅數很重，質感很好，素樸灰色紙上印著燙金的扇葉形Logo，還有「秋葉建設．總部．行政管理部協理．葉望」。

葉望劈頭問我：「副班長，又來催我繳班費嗎？」

「這位同學，你竟然記恨這麼久！」

「以前被妳催班費，妳還跟到男廁門口嚷嚷，一點也不淑女，我怎麼能忘記？」他又黑又亮的眼睛，直勾勾盯著我。

我忍不住抗議道：「還說，你高三上學期的班費沒繳就消失了，轉學還是休學了？」

「家人要我去日本念書，」葉望雙手一攤，「所以我不想繳我用不到的班費。」

「那你直說就好了嘛！我還擔心你是因為家境不好繳不出來。」我嘖了一聲，看著葉望促狹的笑容，我沒好氣的再問：「你今天早上有來我們月子中心吧？為什麼不順便找我？忙著看寶寶？」

「我剛剛才進來，范姜安妮才剛提到妳，妳就自己蹦出來了。對了，我家邱小姐跟我說，夏凡月子中心是名醫蔡朝明開的，沒想到因為這樣遇到妳。」

邱小姐？喔，他早上去過月子中心，指的應該是他太太邱蔓。

「哈，蔡朝明是我舅舅。他到現在還不退休，還在第一線接生嬰兒，新竹縣市有四分之一的嬰兒都是他接生的吧……等等，不要轉移話題，你們為什麼要把大樓蓋在這裡？」

他聳聳肩，「大股東提供的土地，便宜賣給我們，不用白不用。」

「你們不知道旁邊有月子中心嗎？」

「拜託，我們又沒在這裡營業，這是教育訓練大樓。我都讓自家人住進你們月子中心了。」

「你……你這產業可能比較不忌諱！我們可不一樣。」我越發覺得葉望很欠揍。

「沒錯，我們董事長嫁女兒時，還故意挑農曆七月一日，婚紗、喜餅、飯店，價錢通通都漂亮得不得了。」

「哼，那也要董事長的親家同意才行吧。」我趕緊再問：「你們會在這裡設置靈堂辦儀式嗎？」

「設靈堂？哈哈哈，妳想太多了。」葉望補充道：「就算我們不設，附近的街巷也有可能封路設靈堂啊！難道妳要規定月子中心方圓一公里內的住戶，通通不准設靈堂嗎？設靈堂符合集會遊行法第八條之婚喪喜慶例外情況，路權只要向派出所提出申請就可以喔。」

我感覺一股怒氣已經快沖上頭頂。

「順便告訴妳，就算派出所的上級分局不准許，也只能依違反《道路交通管理處罰條例》告發，而且警方沒有強制拆除靈堂的權利，只能連續開罰，也就是說，」葉望停了一下，「如果有人想在這一帶設靈堂，妳是沒有任何辦法可以阻止的。」

我發現自己有點講不過葉望，但我還不肯認輸。

「你……你們該不會在這裡練習念經吧，不怕吵到嬰兒和辛苦生產的媽媽們休息嗎？」

「這裡的規畫是『秋葉禮學院』，禮儀師的禮，是禮儀師育成中心，十二期三階段教育訓練，練習各種姿態、儀式，還有主管教育訓練，例如各殯葬園區清明掃墓塞車的動線調度模擬訓練，還有舉辦業務行銷人員的激勵訓練，免不了會有些團康活動……不過，我們隔音設施做得不錯，妳可以在夏凡試試看會不會聽到。」

「你！」

「副班長，班長鄭宜諾還好吧？」葉望手指交扣在膝前，轉移話題。

「不關你的事。」我別過臉。

「夏喻晴副班長，我還真沒想過妳穿這種……花洋裝的樣子，很漂亮，看得出來妳很節省，用妳阿嬤的窗簾布來做洋裝。」

「什麼？」我低頭看了一下裙襬，今天穿的是客家藍染風格、桐花圖案的洋裝，明明很漂亮呀。

「不過全部深藍色的背心裙制服，比較適合妳的氣質。」

葉望打量我全身上下，我顧不得追究窗簾布的事，直接大吼：「看什麼看，你老婆還在月子中心餵奶！」

我站起來，盡可能的把腳上的魚口高跟鞋踩出巨大聲響，范姜安妮還從櫃檯站起來探看是怎麼回事。我的空服員美姿美儀訓練徹底崩壞，以前飛歐美線時，乘客睡覺時間如果走路發出聲音，可是會被學姐嚴厲斥責的。

我回到夏凡月子中心，從辦公室抽屜裡取出一枚茶水晶尾戒，電視上的風水命理老師說，茶水晶主治犯小人。我把戒指套在小指上，氣鼓鼓的心臟才緩下來，我用力呼了一口氣，去去去，十五年後的葉望，一樣是個惹我生氣的討厭鬼。

我走向中庭，想要看看美麗的庭院來平靜心神，我邊走邊盤算著，有點想吃傳統的水蒸蛋糕，晚上可以去城隍廟附近買，卻看見一個粉紅色的身影，蹲在水池邊。

是一位產婦。

「這位馬麻，妳怎麼沒在房間內休息？這裡有點太陽喔！」

粉紅色身影轉向我，滿臉淚痕。

「我想念我的寶寶……嗚嗚嗚……」

寶寶不是在嬰兒室？想寶寶的話請護理師推送到房內就好了——我嚥下差點脫口而出的話，先輕輕拍她的肩膀，「我是夏凡的董事長特助夏喻晴，有任何問題可以跟我說。」

「我的寶寶四十週又三天才生出來，她吸入胎便，肺部輕微發炎，現在還在醫院，早上只有我出院，寶寶沒跟我出來……」她的眼淚潰堤。

我感覺到心口抽了一下，怎麼剛見過葉望，就聽到寶寶無法出院的消息？我覺得一陣暈眩，只得閉上眼……然而，三秒後我就睜開眼睛，現在不是恐慌憂慮的時候，我得安撫眼前看起來無助的媽媽，於是我開口問：「寶寶在ICU(Intensive Care Unit，加護病房)？哪家醫院？」

「大榕醫院。」

我再度拍拍她肩膀，「這樣好了，到寶寶出院為止，我每天去幫妳探望寶寶，如果可以的話拍照回來；馬麻妳要加油擠母奶，我幫妳帶去給寶寶喝，增加她的體力和抵抗力。」

看著兀自啜泣的她，我嘆了口氣，低聲向她吐露我心裡最底層的祕密：「我的寶寶，四個月時流產了……妳的寶寶足月出生了，她會有力氣好轉繼續長大的。」

她聽完愣住了，看著我，成串的眼淚又落下。

我點點頭，不再多說什麼，扶起她，問了房號，護送她回房。

回到我的位子上，我查找這位媽媽的資料，確認接待客服有註明扣除嬰兒照護的費用；同時又翻出入住產婦的檔案紀錄，發現這半年內，少數沒帶寶寶入住夏凡的特殊案例，大多是因為黃疸必須留在醫院照光治療，只有幾位是因為早產體重過輕，必須住保溫箱。

該不會……秋葉大樓真的破壞了夏凡的風水？

我該怎麼辦？就好像明知一早有飛航任務，卻看到氣象預報有超大雷雨胞，我整個胃糾結在一起。

我是不是應該去拜拜，保佑夏凡的媽媽寶寶平安，但是要拜什麼呢？觀世音菩薩？註生娘娘？七娘媽？床母？不管了，全都拜，有拜有保佑。

就在此時，電話響起，我嚇了一跳。

「喻晴，最近做得還好嗎？」

是舅舅，我低聲叫他一聲「舅」，就壓抑不住了，拉開嗓門用力抱怨道，「我跟你說，白敬街隔壁出現一個秋葉人本的大樓，他們是蓋靈骨塔賣生前契約的……」

「喻晴，我可是百無禁忌，妳可知道每間大醫院都有太平間？」

「但太平間不會在嬰兒室和產房隔壁嘛！」

「先不說這個，喻晴，鄰里公關的部分做得如何？下星期妳要幫我去參加一個活動。」

我快速打開筆記本，準備記下時間地點，「青商會募款？獅子會捐血？還是扶輪社餐會？」

「是某位老立委夫人的葬禮。妳去幫我致贈奠儀，用夏凡月子中心的名義。」

「葬禮？」我差點把筆丟開，「我不要……」

「喻晴，新竹是一個人際關係網緊密的城市。妳有聽過六度分隔理論嗎？任何兩個陌生人，只要經由六個人就可以連結出某種關係；在新竹，這個腹地狹小的地方，可能要改成三度甚至二度分隔理論。」

舅舅的話讓我靜默了一會兒，我用力咬咬嘴脣，我答應過舅舅要稱職的做好這個角色，於是我深吸一口氣後才開口：「是，我知道了。」

「喻晴真乖，我再把白帖交給妳。」舅舅語氣很欣慰，我重重嘆了一口氣，這下水蒸蛋糕也平復不了我的心情了。

星期一早上，我沒進夏凡月子中心，而是將車子停在白橋一路底的大停車場。

車窗上映照出我一身黑衣裙——不能穿我喜歡的大花圖騰洋裝，我真感到渾身不自在，好像有一坨烏雲罩在頭頂。

我嘆了口氣，遠遠就看到停車場後方巨大的「牌樓」，以及牌樓上超大的字：「先妣廖媽宋老夫人告別式」，入口旁矗立著巨大的罐頭塔，窄巷兩側還有整排圓形的超大致喪花圈。

我按壓額角，希望能減低腦殼裡如鼓槌般敲不停的疼痛。

我討厭參加葬禮。

記憶中的葬禮總是不愉快，尤其是老爸的那一場。

冗長的致詞、濃郁到讓人窒息的薰香，嗡嗡嗡連綿不絕的道士念經，傷痛過度的老媽和我，完全無法因應排山倒海而來的禮俗與喪葬事務，澈底被葬儀社的工作人員擺布，樂儀隊、孝女白琴樣樣來，讓整個葬禮變成一齣鬧劇。

小時候，參加其他陌生親族長輩的葬禮時，我總覺得靈堂上的遺照，在瞪大眼睛盯著我，我走到哪，照片的主人看到哪，讓我一路抖著抓緊老媽的衣角。還有靈堂上的輓聯——這些來自根本對亡者不熟的人所寫的輓聯，四處垂掛，風一吹，大片的白布飄搖，黑色毛筆字怵目驚心，真的好像一整排吊死鬼，另人害怕。

我打了個冷顫。

有什麼辦法可以拖延入場的時間啊？

我看了一下手機，希望月子中心有什麼緊急的事要聯絡我，叫我馬上趕回去——當然不能很嚴重，最好只是找不到什麼文件之類的，沒想到手機上正好有一則 LINE 未讀訊息：葉望透過手機號碼加我好友，還想約我喝咖啡。

我內心浮起一個剛建立好的「喝咖啡對象檢核表」。

一、未婚。

二、不能油嘴滑舌。

三、不能是喪葬業者。

四、不能有嚴重道德瑕疵。

葉望通通不符合。

邱蔓馬麻入住夏凡以來，我只見過葉望一次，就是嬰兒室那次，他甚至沒有辦陪宿證，好好陪老婆坐月子。他絲毫不關心自己的妻兒，卻還有空約我喝咖啡。哼，這傢伙就算他事業有成，也和鄭宜諾一樣是個爛咖。

我從後座拿出另一個包包，因為太專注在自己的思緒中，以至於關上門時，才看到有個高大的黑衣男子搬著紙箱走近我車門旁，而我的車門差點打到他。

我連聲對不起，卻發現那位男子是葉望。

「你怎麼在這裡？」我沒好氣的瞪著他，「走路小心點。」

「廖老夫人一家是我們的客戶。」

「你不是行政管理部協理嗎？怎麼也要跑葬禮的式場？」

「我們公司作法和同業不一樣，是全員禮儀師、全員業務員、全員品牌大使，從總機小姐到董事長都一樣，就連喪禮服務乙級檢定考試，我也會和全公司同仁一起報考。這次我是來支援竹北營業處，廖家是竹北的政治世家，所以我們公司高規格對待。」

難得看到認真工作中的葉望，看起來是比較不油嘴滑舌了一點。

葉望看著我的包包，我低頭一看，原來有一個紅白塑膠袋露出來，我趕緊塞好。

他問：「妳包包裡的……該不會是避邪用的艾草和榕樹葉吧？」

來不及了，被他看到了。

他又看看我，「妳手上的佛珠好大一串。」他想了想，「夏喻晴，妳很討厭死亡，還有點迷信，對不對？我家邱小姐聽到你們的護理師談論，因為我們大樓施工，妳還擺了超大的水晶洞和盆栽，來化解工程煞。」

「我不是迷信。」我揮著包包，「我只是想保護大家。話說死亡這種事情有誰會喜歡？喔，對不起，我忘了，做你這一行，可能巴不得國人的死亡率節節高升吧？」

葉望不直接迎戰我的挑釁，「那麼，二〇一二年十二月二十一日是世界末日的預言，副班長，妳怎麼看？」

我認真回答：「我覺得留下末日預言的馬雅人，像我一樣怕死。我早已經在規畫世界末日避難包，家裡和月子中心都要準備，包括手電筒、乾糧、電池、水、罐頭……月子中心的避難包還要包括足量的奶粉和尿布。」

葉望哈哈笑了一聲，我正打算回擊，他卻看著我的車，岔開話題道：「妳怎麼開這種顏色的車？」

「它叫奇異果，香檳金的雪鐵龍C3，很漂亮吧，我很喜歡。」

「很像嬰兒剉青屎的顏色，好適合妳的職業，副班長。」

看來是我誤會了，葉望並不是稍微收斂他的臭嘴，只是等待機會好好發揮而已。

我不搭理葉望，逕自走入藍白色帳篷搭起的式場；我還注意到，罐頭塔不是一般的汽水或鳳梨罐頭，而是七層鮑魚罐頭加上兩瓶約翰走路黑牌十二年威士忌的超豪華罐頭塔。

我不禁咋舌。好豪奢的葬禮——今天該不會有十幾臺加長型黑色禮車送行，把整條白橋一路堵住吧？

葉望的聲音適時湊到耳邊：「其實用鳳梨罐頭塔，更適合廖老夫人的身分。」

我轉頭看他，「鳳梨罐頭？那很便宜，超市一罐不用三十元耶。」

「鳳梨的葉子像鳳尾，以前鳳梨的臺語發音是『鳳來』，有鳳來儀的意思，後來才變成『旺來』。」

「有鳳來疑？疑問的疑？」

「禮儀的儀，有鳳來儀是指鳳凰的容貌舉止，適合像廖老夫人這樣的大家族女性尊長。」

喔——沒想到，葉望這麼有學問，我預期他臉上會浮現「妳怎麼連這都不懂」的訕笑表情，卻意外的沒看到，葉望彷彿只是聊到天氣般平淡。

讓我意外的不只如此：走進廖家搭起的式場帳篷，竟然別有洞天。

成片粉紫色桔梗花，搭配其他深深淺淺的紫色與粉白色花材，現場播放的是古典音樂，沉穩而優雅。

我以為我走到哪個高雅風格的婚宴會場。

式場正中央高高掛著遺照，不是正經八百、神情僵硬的證件照，而是一幅側身照，一位銀髮老太太高高抱起小小的黃色幼犬，眉眼彎彎，嘴巴大大的咧開。

我雖然沒見過這位老太太，卻彷彿也能感覺到她的溫暖，這稍稍沖淡了我對這場葬禮的排斥。而帳棚內也沒有宛若陰森白衣鬼魅的輓聯，取而代之的，是一個站立式投影布幕，播映著：

「敬悼　廖老夫人千古　慈暉永昭　新竹縣議會　敬輓」

「敬悼　廖老夫人仙逝　女史流芳　社團法人新竹縣牙醫師公會　敬輓」

哇，電子化的輓聯！配色也不再是悽愴的白紙黑字，而是淡紫色花紋，映襯秀麗的黑色瘦金體書法字。

這不像輓聯，倒有點像是百貨公司美食街的電子廣告看板。

這場葬禮真是處處出乎我意料。

我在受付處簽下「夏凡產後護理機構」與「蔡朝明、夏喻晴」字樣，並將奠儀白包交給身穿黑色制服的小姐。

一位戴黑鏡框的微胖中年男子靠近我，「夏凡吶……蔡醫師怎麼沒來？」

我困惑的回答：「他有門診走不開，請問您是？」

「我是廖老夫人最小的孫子。」我們交換了名片，微胖男子自我介紹，「我是皓齒牙醫的廖正飛。蔡醫師沒說夏凡有個這麼漂亮的特助，代言醫美療程再好不過了。」

原來就是他找舅舅開醫美診所，難怪舅舅不敢親自來弔唁，大概是怕被廖院長纏上，我連忙禮貌推拒說舅舅分身乏術，醫美領域不是他所擅長。

「資金、醫師、設備我們出，你們出蔡醫師的招牌，還有月子中心的會員資料就好。」

我連忙揮手，「我不能做主，要蔡醫師同意才行。」

「夏特助，妳想想，太太們坐月子期間，順便進行醫美療程，出關時，哇！整個人像新的一樣，一點也不像黃臉婆，這是不是很棒？」

為了轉移話題，避免廖正飛一直討論醫美診所，我趕緊表示，這場葬禮感覺很特別。

「我阿嬤高齡九十二，算是喜喪，她走得很平靜。紫色，是她最喜歡的顏色，所以我們都用紫色來送她。」廖正飛解釋，我瞄一眼受付處與式場，確實統一用深紫色的高級緞面布料。

「可是感覺……不怎麼哀戚，你們的長輩親戚不會有意見嗎？」

「醫生宣布阿嬤罹癌時，我們已經哭過了。我這一輩幾乎都是阿嬤帶大的。現在，我們只想讓阿嬤用她喜歡的方式說再見，她愛漂亮，我們就讓她漂漂亮亮到最後一刻。」

廖正飛又補充道：「今天是晴天，我阿嬤最喜歡晴天，我想她會很高興。」眼看進入式場的人群越來越多，他說：「夏特助，妳先稍坐，我得去招呼其他客人。」

此時，我看到葉望公司的工作人員全體穿著黑色西裝制服，戴著金色識別證，包括葉望。我看到范姜安妮，她也穿著制服，在現場指揮調度。行政專員怎麼會在這裡？喔，葉望說過，他們是全員禮儀師，全員品牌大使。

全員品牌大使的理論，我在永青的主管教育訓練課程裡有聽過，夏凡倒是可以嘗試這個概念。等等，我怎麼開始師法葬儀社了呢？

「協理，不好意思，大家都走不開，還麻煩你去拿東西。」

其他工作人員接過葉望手中的紙箱，范姜安妮招呼葉望，還幫他拍拍肩上的棉絮，范姜安妮今天一身肅穆裝扮，也沒戴上回在工地看到的特濃假睫毛，笑意卻還是從眉眼傳遞出來，她似乎很喜歡葉望。

我暗地裡嘖了一聲——這位小姐，搞清楚，葉望已婚而且生子了。

我坐在最靠近外側的位子，冷眼看這對禮儀師男女。

這時，有位小姐硬是把自己塞進這對禮儀師男女的中間，眨著媚眼，笑著和葉望打招呼。

「您好，我是臺灣時報桃竹苗地方版記者方紋妍，還沒和您交換名片呢！」

這位方記者有點眼熟，我腦中的人臉資料表啪啪啪迅速翻頁，登登！我想起來了，她在竹北高中和我同一屆，高一好像和鄭宜諾同班，不過我沒跟她說過話。

「妳好，我是葉望。」葉望迅速遞上名片。

「臺北市松江路秋葉建設，哇，你們有哪些建案？」女記者眼睛發亮，她應該以為自己認識了建商小開。

我打量一下葉望，的確，他看起來一表人才，說是企業家第二代，絕對沒人會懷疑。

「土城福恩園，金山永念耘淨堂，目前在苗栗山上有一個新案，占地上萬坪、目標頂級客層，暫名絕塵行館。」葉望背誦出一堆建案名稱。

「這些建案聽起來好像……」

「好像靈骨塔？就是靈骨塔沒錯！要不要預定一座？我們首購有優待喔。」僵著臉的范姜安妮終於發話。

葉望補充道：「我們秋葉建設和今天執行禮儀任務的秋葉生命禮儀，本月底合併為秋葉人本集團，未來發展重心會移到桃竹苗，方記者有機會記得幫我們寫點正面報導。」

女記者嚇得想甩掉手上的名片，但她似乎也發現自己舉止失態，只好捏著名片的一角，還盡可能拿得遠離身體一點，好像那是一包沾滿嬰兒青屎的尿布。

我差點要噗哧一聲笑出來，還好我憋住了，沒人發現。

葉望倒是不覺得女記者失禮，還更加彬彬有禮，「農曆七月快到了，名片別丟掉，可以趨吉避凶。」

葉望跟女記者聊了一會兒後，走到我身旁坐下來，雖然我並不想和葉望搭話，但我還是忍不住，好奇的問：「話說你怎麼會跑去葬儀社……呃，禮儀公司上班？」

「親戚的事業，找我去幫忙。」

「所以你們董事長也姓葉？」

「姓邱。」

那應該是邱蔓的親戚吧？我對自己的推理感到很得意，「喔，你們公司求職者多嗎？我聽說現在不景氣，殯葬業反而成了熱門產業。」

「對社會新鮮人、二度就業的應徵者是如此，然而高階主管如果不是從同業挖角，就不容易找了。」

「真的假的？」

「像我們公司要找高階業務主管，請獵人頭公司去挖角。獵頭顧問列了很長的人選名單，但是對方只要聽到『秋葉』兩個字就掛斷電話。後來是我親自上陣，直接鎖定名單上最優秀的人選，某人壽保險公司的主管，去他女兒就讀的敦化國小門口，堵到了接小孩的他，才逮到機會跟他聊，最後說服他到我們公司上班。」

「想不到你也很擅長堵人。你總算能體會我以前催繳班費，還去男廁門口堵你的心情啦。現在你事業有成，有妻有子，恭喜你。」

「多年未見，妳就只跟我說這些？」葉望瞪大眼睛。

「不然你還想聽到我說什麼？我們就只是不太熟的高中同學，還有隔一條街、毫無產業關聯的鄰居。不過目前你太太是我的客戶，我是應該對你客氣一點。」

「妳怎麼都不回我的 LINE 訊息，難道我們連一杯咖啡的對話都不能有？」葉望問。

「可以對話呀，只是等我回去月子中心，我會把我們對話內容逐一向你太太報告，如何？」

「我可以解釋，邱蔓是——」

這時，范姜安妮走向司儀臺，用平靜沉著的音調，宣布公祭典禮開始，葉望只能噤了聲。

我瞥了他一眼，邱蔓是什麼？是當年迫不得已結婚、現在感情不好形同分居的妻子？外遇男的說詞都是這樣，老梗啦。

廖家是竹北市的政治世家，卻沒有請政治人物上臺念祭文，取而代之的是放映投影片，一張張的照片，帶出廖宋老夫人的一生。

前段的照片是黑白照，從結婚照開始，到抱著初生嬰兒的家庭照。

接著，黑白逐漸過渡為彩色，出現了兒女喜酒結親照片，全家福照片的陣容也越來越龐大，從兒女、內外孫，一路開枝散葉到曾孫一輩。

近十年的照片已經是色彩鮮豔的高畫質數位相機照片，照片裡老夫人除了抱曾孫，也抱貓貓狗狗，廖老夫人晚年很關心流浪動物。

照片一張張播映，搭配悠揚的音樂，和范姜安妮富有感情的旁白，現場的女士小姐幾乎都開始掏手帕拿衛生紙，頻頻拭淚擤鼻子。

我都開始想哭了，不要啊，我最討厭掉眼淚。兩隻老虎，兩隻老虎，天啊，這音樂實在很催淚。

於是我看著紫色的桔梗、玫瑰、繡球花，想著紫色的芋泥蛋糕，總算覺得好一些。

接著，范姜安妮宣布，廖老夫人的兒孫們要獻唱一首歌。

「一支針一條線，用心計較甲阮晟。一粒目屎一滴汗，希望成人做好子……」

對了，以前飛北海道札幌時，也見過淡紫色的薰衣草慕斯蛋糕……我繼續用記憶中的蛋糕，來阻擋我的眼淚。

「啊——啥人為阮犧牲這呢大！受盡風霜甲拖磨，阮叫一聲一聲（媽媽），偉大才是妳的名。」

差點忘了，起司蛋糕上布滿酸香藍莓，這才是最經典的深紫色款口味。

一邊參加葬禮一邊想著蛋糕，對廖老夫人實在大不敬，但是我真的沒辦法去面對，那豪華厚實的棺材內，躺著逝去的生命，她再也沒有呼吸、情感、記憶，她的世界自此只有無邊的黑暗，沒有光亮。

我不想看，我不想知道，我不想去想。

我得用甜蜜的味覺記憶，來驅趕死亡就近在身邊的不快之感。

總算等到行禮致意的時刻，人群一排排分批起立，我趕緊加入行禮致意的隊伍。呼，就快要結束了。

廖老夫人的棺木送出式場的那一刻，葉望和秋葉所有閒置的工作人員站在走道出口，幾乎像是有人按了按鈕一樣，整齊劃一的彎腰行九十度鞠躬禮。

這時候，一位拄著拐杖的九旬老人出現在走道上，他站不穩跌坐在地，嘴裡發出咿咿呀呀的乾嚎。

捧著遺照的長孫愣在那裡，廖正飛從隊伍中一個箭步衝向前，扶起老人。

「阿公！」

原來這是廖老夫人的「杖期夫」。

廖正飛又轉頭呼喚：「亞蒂！亞蒂！」一名濃眉大眼的外傭從人群中衝出來扶走痛哭的老人。

「剛剛那人是廖老先生。」

「聽說年輕時一路從里長當到立委，官做得大，就是有點風流。」

「廖老夫人生第一胎時，他還在臺北的酒家，回到家才發現當爸爸了。」

兒孫和秋葉員工繼續扶著廖老夫人的棺木，走出式場。

站在我背後的幾位婦人努力壓低聲音，我卻聽進了廖家的家務事，更忍不住去想，是不是男人都是這個樣子呢？

愛情什麼的，婚姻什麼的，真是太不可靠了。

我沒有直接回夏凡月子中心，而是找個便利商店垃圾桶，扔了榕樹葉與喪家致贈的毛巾紙盒，才返回西門街住處。

踏進家門後，我脫下一身黑衣裙，將毛巾禮盒中附贈的淨符，和我自己準備的艾草，一起在水盆中用打火機燒化，而後將浴缸放滿熱水，把那盆符水倒入，這才把自己泡進去。

洗完澡，吹乾頭髮時，葉望的臉出現在腦海裡。想到他約我喝咖啡，又想到小薇說他高中時暗戀我，我覺得不是很舒服，對三〇二房的那位邱蔓馬麻，我更覺得有說不盡的抱歉。重新盤髮時，我憶起告別式時人們對廖老先生的議論。這些新手爸爸，到底在想什麼呢？

老婆走過生死交界，抱回新生兒，開始坐月子，卻有些新手爸爸蠢動不安。

就像昨天早上，珈琪由鳳春阿長陪著來找我哭訴。

珈琪一向認真照顧小貝比，但是很少馬麻發現她的用心，我教她如何搭話，她不僅成功的和馬麻們聊了起來，更有一位莊姓爸爸注意到，髮帽、口罩與隔離衣下的珈琪，其實是個俏麗的女孩，於是他開始以關心孩子、請教育兒問題為藉口，企圖要珈琪給他手機號碼、LINE帳號、臉書帳號，次數之多簡直到了騷擾的地步，甚至二樓走道上的監視器，還拍到珈琪推送嬰兒後，這位莊爸爸從房間內追出來，珈琪倉皇逃入電梯的窘況。

「產後馬麻因為荷爾蒙的關係，比較敏感易怒，如果沒處理好，她或者會以為是珈琪勾引莊先生，那就不妙了。」我記得莊太太是個圓臉好脾氣的女人，但是，越是好脾氣的人，生氣抓狂起來更加恐怖。

鳳春阿長憂心忡忡，珈琪細瘦的手指抓著制服的V字領，好像非常害怕。

「我……不想再見到莊先生，我……說實在的，我也沒辦法再照顧他們的寶寶。」珈琪低著頭，我只能先請阿長安排人力，換其他護理師去照顧莊姓夫婦的寶寶。

當時珈琪忍住眼角淚光，縮著肩、低著頭離去的樣子，讓人看了分外不忍，她犯了什麼錯？錯的是這位不檢點的莊先生呀！我忍不住越想越氣。

「混帳，看我怎麼治你！」我用力拍桌，化妝檯上的瓶瓶罐罐震了一下，我快速思索如何對付莊先生，加快速度換上粉紅色的大花洋裝，而後驅車前往夏凡月子中心。

一抵達夏凡，我就問警衛先生，二〇四房的莊先生來過沒有。

「特助，他剛來。」

「這時間他不用上班嗎？」

「他好像是四班二輪的工程師。」

「他下樓時，請馬上告訴我。」

「好。」警衛先生誠惶誠恐的點頭。

莊先生一走出電梯，我已經在接待大廳守株待兔，警衛先生從走道監視器一看到莊先生離開二〇四房，就打電話通知我。

「莊先生您好，我們抽中您作為月子中心改善服務計畫的訪談對象，您方便到我辦公室一趟嗎？喔，我忘了自我介紹，我是董事長特助夏喻晴。」

「當然，當然沒問題。不會太久吧？我跟牙醫約好兩點看診。」莊先生打量我的粉紅色裙裝，我壓抑下不舒服的感覺，請他到辦公室。

「五分鐘內結束。莊先生在哪裡高就？住在竹北嗎？」

「在科學園區上班，我老婆懷孕六個月時才搬到新竹，在好市多對面買了房子。」

我趁機端詳了莊先生的模樣，哼，高瘦的男子戴了眼鏡，就很容易博得一聲「很斯文」的讚美，今天就讓我來遏止你的醜陋獸性。

「莊先生是科技新貴呢！妻子孩子銀子都有了，這麼好的男人，莊太太是去哪兒找的呢？」我壓抑心裡的厭惡，從大門到辦公室的路上，莊先生被我逗得很樂。

當然，好戲就從進了辦公室開始。

「請問您對夏凡月子中心所提供的各項服務還滿意嗎？」我擺出甜美的笑容。

「滿意啊！我太太住得很開心，直說這筆錢花得很值得。」

「謝謝您。那嬰兒室對小貝比的照顧，您和莊太太也滿意嗎？」

「我太太說很專業，而且有問題都可以得到解答。」

「那有沒有哪位服務人員，是您印象特別好，或是印象特別不好的嗎？」

「每位都很親切啊，嬰兒室的王珈琪尤其不錯。」

「具體而言，是哪方面不錯呢？」

「知無不言，而且都會跟我們說小孩有什麼特別好笑或可愛的地方，覺得她真的很喜歡小孩，也很照顧小孩。」

「其他同仁告訴我，您有向王小姐索取私下聯絡方式，甚至不斷打電話進嬰兒室？」

莊先生愣了一下，「我、我只是想問問關於小孩的問題。」

「但王珈琪是第一線的照顧人員，如果她上班一直滑手機看臉書、傳 LINE 簡訊，我們會很困擾，而且小貝比也得不到良好的照顧。這樣好了，我明白您對於小貝比的關心，嬰兒室陳鳳春護十長的電話、臉書帳號和 LINE 帳號倒是很方便給您，歡迎隨時聯繫。」

聽到護士長的名號，莊先生似乎抖了一下，的確，整間夏凡月子中心的住客，沒有人不認識一雙劍眉、眼神犀利、講話很大聲的阿長，我遞出一張紙條，上面寫著鳳春阿長的電話與帳號名稱，莊先生倒是很識相，接過並說聲謝謝才離開。

送走莊先生後，好像精準計算好的，電話聲馬上接著響起。

「特助，三〇二房的邱蔓馬麻，指名要請妳去她房內，說是有些問題必須請教妳。」

明明沒有做虧心事，我還是有點心虛。我照了鏡子，整理儀容，卻發現自己無意識的一直眨眼睛，簡直像眼皮抽筋。

我敲敲三〇二房房門。

「請進。」

一進門，窗簾敞開，向南的房間灑滿溫暖陽光，一個男人站在窗旁，深藍色西裝的背影顯得溫柔。

是葉望！葉望也在！邱蔓該不會看到葉望約我喝咖啡的 LINE 簡訊吧？她要跟我對質嗎？

我先出聲：「不好意思，請問邱蔓馬麻在嗎？我是特助夏喻晴。」

男人轉過頭，果然是葉望。

「妳都不讓我有機會說話，我只好請我家邱小姐叫妳。」他嘴脣沒有上揚，眉眼卻透露笑意，好像正在期待好戲發生。

我急了，舉起右手食指放在脣上示意，「你在講什麼？可別被邱蔓馬麻聽到啊！」

「葉先生，我幫了你這忙，回頭記得偷渡點鹽酥雞給我喔。」

我這才發現，邱蔓馬麻正在壓克力嬰兒推床前，幫小寶寶換尿布，她很熟練的一手拉起嬰兒的雙腳，一手將尿布鋪墊在嬰兒臀部下方，當她正要固定左側膠帶時，一股清泉噴上來，嚇得她趕緊閃一邊。

原來是房內空調比較涼，小男嬰忍不住噴尿了！

葉望與邱蔓兩人傻住了，我趕緊幫忙擦拭整理。

我雙手不停歇，邱蔓倒是丟出問題：「老——哥——你看，你的高中同學夏特助都不理你耶。」

老哥？

難道這對夫妻感情太好，互稱哥哥妹妹？如果是這樣，邱蔓應該叫葉望「哥哥」或肉麻的「葛格」，而不會叫「老哥」吧？

「難道……難道妳不是他太太？」我叫出聲來，我記得資料表上，邱蔓和我同年，也就是和葉望差不多大，這兩人應該不會是兄妹啊？

「邱蔓是晚我一分二十秒出生的雙胞胎妹妹，因為我媽是獨生女，在外公要求下，一個從父姓，一個從母姓，妳都沒給我解釋的機會。」葉望低沉的嗓音傳來。

「我以前都覺得不公平，葉蔓比邱蔓好聽多了，怎麼不是老哥叫邱望呢？」邱蔓嘟著嘴。

我看著眼前有幾分相似的兩張臉，原來是因為DNA，而不是所謂的夫妻臉。

而葉望不那麼勤於探望，甚至不陪宿，是因為，他根本不是孩子的爸。

「可是……邱蔓馬麻，妳的資料表上，緊急聯絡人寫的是葉望，怎麼不是寫小貝比的把拔？」我仍然不敢相信。

「哈哈，我先生在廈門工作，等我出關就直接去廈門團聚，而我們爸媽都住在汐止，葉先生又正好在新竹工作住回老家，所以我就讓他當緊急連絡人嘍。」

我張大嘴巴，葉望促狹的看著我，好像很享受我驚訝的反應。

「我第一次進來月子房。」葉望好奇打量四周。「這是什麼？」他指著一個白色的甕型物品，食指伸出來就想按下按鈕。

「別動！」我急得大叫，「那是奶瓶消毒鍋！要加水用蒸汽消毒奶瓶和擠奶器配件，你直接亂按會壞掉！」

「哇，還有這種神兵利器？那以前的人是用什麼來消毒奶瓶？」

我偏頭想了一下，「應該是用電鍋或開水汆燙。」

邱蔓說：「很厲害吧！葉先生你趕快幫我扛一個回家！」

我和葉望一起搭電梯下樓，葉望不知道去哪裡買奶瓶消毒鍋，我告訴他，最知名的婦嬰用品店首推西大路藍印子和竹北俏媽咪，總是人滿為患，大著肚子的孕婦吆喝老公親友掃貨，購物車堆得一個比一個高。

「我還真不知道有這種店，我是不是該考慮入股投資呢？」葉望讚嘆著，我忍不住笑了。

「新竹縣市的生育率分居全國前兩名，你知道最新版的新竹三寶是什麼嗎？」

葉望偏頭尋思一會兒，「貢丸、米粉和肉圓？」

「錯！」

「晶圓、工程師和阿宅？」

「錯！是月子中心、嬰兒用品店和親子餐廳。」

葉望肅然起敬，認真記下藍印子和俏媽咪的店名和地址。我突然想到一件事，便問：「從廖老大人式場出來後，你有沒有沐浴淨身？還是隨便換了衣服就來月子中心？」

「本來我是沒有這麼忌諱，不過，如果直接過來，一定被妳趕出去，所以我在家燒了淨符洗澡，也在門口燒了金紙，毛巾的紙盒也丟在外面沒帶回家。我猜妳也是一樣吧？」

「不只如此，我還在洗澡水裡加了燒化的艾草，防護加倍。」我挺直腰桿，很是得意，葉望忍不住朗聲笑了，大大的眼睛裡有滿滿的笑意。

「妳還做得真澈底。」

我們到了一樓接待大廳，警衛先生和櫃檯前的接待客服人員，人手一杯珍珠奶茶，我正想著他們怎有時間團購飲料，只見警衛先生非常高興的跟葉望打招呼道：「葉先生，謝謝您請客。」

「哪裡，感謝大家照顧我妹妹和外甥。」葉望微笑致意。

我轉頭看他，「該不會大家都知道邱蔓是你妹妹吧？」

「是的，只要有人問，我都會告訴他們。」葉望看我一眼，「不像某人，一開始就篤定邱蔓是我太太，而且從不給我解釋的機會。現在，妳願意跟我喝杯咖啡了嗎？」葉望揚起眉說道。

我自知理虧，也沒辦法和他鬥嘴，不過，我怎麼感覺……眼前這個西裝革履的商務男士，骨子裡還是躲著我催繳班費的十七歲少年呢？

濃重的雨雲低垂，午後雷陣雨似乎即將來襲，上午的藍天豔陽，果真是老天給廖老夫人的告別禮物。

葉望和我走進夏凡月子中心附近新開張的咖啡店。

「現在妳知道了，我還沒結婚。」葉望啜了一口咖啡。

「你可能不知道，我結婚了，對象你認識。」我用叉子戳了一下蛋糕，我終於吃到藍莓起司蛋糕了，但是……雖然甜蜜的滋味入口，我卻覺得心口一陣酸澀。

「但妳沒戴婚戒。警衛大哥、清潔阿姨也說妳沒結婚。」葉望的聲音聽起來很溫柔，好像是一個邀請。

我忍不住開口吐露自己真實的狀況：「我也離婚了。」

「如果能牽起妳的手，他怎麼甘心放開？」他直勾勾的看著我，眼神熱切。

我別開臉，啜口咖啡，「欸，說說看，你離開竹北高中後做了什麼？過得好嗎？」

「我在京都進了一所有英語科的高中，從高二第二學期念起，一邊學日文，畢業後進了當地大學，念經營學部。」

「邱蔓也是留學日本嗎？我以前都不知道你有個雙胞胎妹妹。」

「她想要去英國，所以念完在新豐的寄宿高中就去英國讀戲劇了。」

「那你後來怎麼跑進這一行？」

「留學日本時，我本來在『餃子的王將』兼職包煎餃，後來跑去一家叫做公益社的禮儀公司打工，畢業後就留下來學習日式禮儀師文化，本來沒有回臺打算，但是親戚的事業需要我幫忙。」

「就是秋葉？」

「幫忙經營管理人事的部分，順便學習賣賣靈骨塔嘍。如果這個都能賣得好、管得好，將來不論賣汽車、賣房子還是賣電腦，我想沒有我做不好的。沒想到，因為我老妹坐月子，再一次遇到妳。」

葉望停了一會兒，輕聲問：「妳和鄭宜諾……有孩子嗎？」

我沉默了幾秒，才開口：「曾經有，照超音波說是一個女孩。」

「曾經？」葉望瞪大眼睛。

不知怎麼的，我想，也許我可以多說一些，葉望不是我所愛的人，我不怕他為我擔心和難過。

我深吸了一口氣，「懷孕四個月時，我發現鄭宜諾外遇，我急著找他，結果不小心跌倒，就流產了。」

「天哪。」葉望看起來像被呼了一巴掌。「妳恨他嗎？」

「恨，而且震驚。」不知怎麼的，我心跳加速，我想要坦白一切。

「我到現在還是不敢相信，他怎麼會這樣欺瞞我，高三上學期時我爸出了車禍，鄭宜諾正好目睹車禍經過，他打了電話報案並說出肇事車牌號碼，才逮到酒駕的混蛋。他是這樣見義勇為的人。」葉望臉上浮現困惑的神色，我繼續說：「從那時候起，我就決定非鄭宜諾不嫁。」

「妳是怎麼發現他出軌的？」

「那天早上我肚子有點痛，手機也沒電，想從電腦上找婦產科電話，卻發現鄭宜諾用我的電腦登入 LINE，而且沒登出，我看到 LINE 訊息列表上第一個是暱稱 Winter5433 的女生……」

「妳偷看他的 LINE 訊息？」

「我一直很相信他，十幾年來從不看他的手機和電腦，但那個女生的照片，看起來很清秀，我的腦袋像是偵測到不明飛行物的雷達，我就忍不住點進去看了。」

「妳怎麼知道他倆真的外遇？說不定只是搞曖昧，還可以回頭的。」

「鄭宜諾之前去礁溪溫泉飯店開會、招待客戶，實際上是帶她去。那女生用 LINE 傳了兩個人泡溫泉的合照，你說，這只是精神外遇嗎？」

油嘴滑舌的葉望，此刻卻看起來嚴肅又凝重。

「我走出房間想用市內電話打給鄭宜諾，一不小心滑倒了——那一天家政婦來打掃家裡，她正在拖地板。」

大概是交淺言深讓葉望不自在，他陷入沉默，雙手緊緊在膝上交握。哼，還說要多聊聊，以前暗戀過的對象，變成一個失婚婦女，想必他受到很大的衝擊。

「欸，這蛋糕你不想吃嗎？」我為了化解尷尬，直接伸出叉子，占領了這塊他還沒吃的古典巧克力蛋糕。

「妳吃兩個蛋糕不會太甜嗎？」葉望很吃驚，「妳喜歡的話，都給妳。」

他看我吃下一口巧克力蛋糕，問道：「妳在月子中心，一直看到抱著嬰兒的女人，會不會……」

「這間月子中心是我父親的夙願，而且我只幫忙到今年年底，之後就會想辦法回到本行。」

「哪一行？討債公司？」葉望挑了眉毛。

「哈哈哈！」我放聲大笑，一掃心裡的陰霾，「我沒討到你的班費，哪能錄取？是空服員啦。」

離開前上洗手間時，我照了照鏡子，忍不住去想，現在的我和十七歲的我，到底有什麼差別？仔細看看，嘴角浮現淡淡的法令紋，臉上少了許多膠原蛋白，唉，或許我得考慮皓齒牙醫廖正飛的提議，說服舅舅跨足醫美行業，我才有打不完的玻尿酸或飛梭雷射。

離開咖啡廳的時候，天空下著傾盆大雨，我和葉望都沒帶傘。

「沒關係，我快步跑回去就好了。」我一邊拎起包包，一邊暗忖，這樣穿著高跟鞋跑步，大概腳底會長雞眼，葉望卻堅持要我等一下。

他迅速衝進隔壁巷子的便利商店，買了一支透明雨傘，「我送妳回月子中心。」他不由得我表示異議，啪！雨傘打開，綻開一朵透明的花。

大雨讓短短幾分鐘的路程延長，雨傘花下是一個透明且不容旋身的結界，葉望將傘傾向我這一側，但雨實在下得太大，這九十九元的雨傘花，似乎無法保障我們全身而退。

「妳拿一下傘。」他快速脫下西裝外套，輕輕覆在我頭上，而後接過雨傘，右手輕攬著我的肩，兩人快步奔入雨中。

隔著西裝外套，我竟然感覺得到葉望手掌心的溫度。

回到夏凡月子中心門口，葉望極有禮貌的跟我道別。他披上已經半濕的西裝外套，撐著透明雨傘離去。

我回到辦公室，卻無法靜下心來。

一定是成天都在月子中心工作，和娘子軍相處太久，才會因為一個男人輕輕且間接的碰觸，而感覺到電流，對象還是以前自己討厭的同班同學——不行，不行！我用力拍打一下自己的臉。

唉，今天下了雨，可能沒辦法去學校操場跑步，那就看鄭多燕的 DVD 跳個三十分鐘的有氧舞蹈吧。

❀

寄件者：邱蔓 <mandy.chiou@mail2000.com.tw>

收件者：葉望 <nozomu.yeh@autumnleaf.com.tw>

主旨：夏特助

葉先生：

你問到了嗎？夏特助是不是去年底在耕莘醫院，躺在我隔壁病床的人？我希望不是。當時那位夏小姐，聲音聽起來好冷淡好低沉，夏特助聲音聽起來親切甜美又專業，完全就像月子中心員工說的，標準空服員的樣子。

邱小姐

❀

寄件者：葉望 <nozomu.yeh@autumnleaf.com.tw>
收件者：邱蔓 <mandy.chiou@mail2000.com.tw>
主旨：re：夏特助

邱小姐：

今天和她聊了一下，她和那位夏小姐有相似的遭遇。不管了，好好照顧我外甥，可別對月子中心的人講八卦。

葉先生

❀

傍晚趁著雨勢暫歇，我從夏凡月子中心離開，漫長車陣走走停停，總算抵達位在西門街的家。

老媽早已下班回家，戴著老花眼鏡，用右手翻著報紙。我看著瓦斯爐上已經擺了一個冒煙的陶鍋，咖哩雞香氣撲鼻，忍不住展開碎念模式——

「媽，不是說晚餐我來煮嗎？看看妳，手上有石膏，怎麼還下廚煮飯呢？」

「咖哩雞是李媽媽送來的，妳幫忙端到桌上就好。」

我看了眼電鍋，保溫燈亮著，「妳還洗米煮飯啊？下週才要拆石膏，妳還是安分一點吧！」

「下週『就』要拆石膏了。喻晴，妳太悲觀了。」

「我哪有？」我忍不住嘟嘴抗議。我努力的笑，穿亮麗的衣裳，認真的活，怎麼還說我悲觀？

我擺碗筷時，一向愛碎碎念的老媽，拿下老花眼鏡，不發一語。

我不由得肩膀緊縮，緊張起來。因為通常這樣就表示，她接下來有很重要卻難以啟齒的事情要說。「媽，妳怎麼了，手不舒服嗎？」

老媽抿了一下嘴脣，終於發話：「鄭宜諾這孩子，一直是優等生，太乖巧的男人容易被女生騙。我還是認為妳不應該完全不給他機會。如果這孩子當時念完臺大公衛所，乖乖考高考進公務體系，不要進藥廠，工作單純，也許不會走歪路。」

這是搬回來後，老媽第一次自己提起鄭宜諾的名字。

「妳以前在醫院實習，應該也知道，藥廠業務被醫生『波爬』來『波爬』去的叫，召之即來揮之即去，很辛苦，壓力很大。」

「波爬」是藥廠業務的意思，這是鄭宜諾告訴我的。

他研究所一年級時，體檢驗出近視度數太深，符合免役的標準，於是他一邊準備論文，一邊經學長介紹去應徵藥廠業務，比同齡的人早一步衝刺事業。當時他多麼意氣風發，就像他每次段考輕取三類組第一名，他從不說自誇的話，臉上卻彷彿打了光，好有自信。

「我要一步一步往上爬，等待陽光靜靜看著它的臉。小小的天有大大的夢想，重重的殼裹著輕輕的仰望。」鄭宜諾還常常聽一首世界展望會的紀念單曲〈蝸牛〉，激勵自己業績往上爬。

當時的我，也準備飛向藍天當空服員，我們一直聚少離多，現在回想起來，我到底看到了百分之幾的他？

老媽看我沉默不語，又補充道：「哪一個人的婚姻不是千瘡百孔、縫縫補補？妳老爸結婚前，也曾經和一個協和醫院的護士糾纏不清。」

「那是結婚前，鄭宜諾是結婚後，不一樣。」

「都一樣！失去他，和他犯錯，哪一個妳比較能接受？顯然妳寧可失去他，也不願意聽聽看，他為什麼犯錯。」

「如果孩子有留住，也許我會給他破鏡重圓的機會。媽，妳怎麼不懂啦！」我忍不住埋怨。

老媽嘆了口氣，「我怎麼不懂。妳爸走了以後，如果不是為了妳，我怎麼撐得下去？孩子是媽媽最大的力量，可是，我擔心妳和我一樣。」

「哪裡一樣？我們長得這麼不像，我高妳矮。」

「擔心妳，老的時候和媽一樣，只有自己一個人。」

老媽這句話堵住了我，我咬咬嘴脣，「我去拿水果。」

我從冰箱挑了一顆老媽最喜歡的愛文芒果，切下果核兩側最肥美的果肉，在上面畫個井字再切成小塊，方便老媽食用。

「對了，八月四號星期六，妳是不是要去參加許成薇小孩的滿月酒？」老媽的聲音傳來。

「妳怎麼知道？我又沒揪妳。」

「她公公是我衛生局的老同事，我們科裡的同事都會參加。」

我想起來了，當時小薇的婚禮上，老媽和她的同事們也坐滿了一桌。

「知——道——了——妳可別叫我跟妳坐一桌，我不要跟妳同事們坐一起，妳們只會談養生話題，有夠無聊！」

跟著鄭多燕 DVD 揮汗三十分鐘，洗完澡，準備迎接運動後的深沉睡眠，剛躺下去，我就從床上跳起來，因為我突然想到一件事。

我把床腳邊的紙箱一一翻開，當時忙著趕快搬離鄭宜諾買的新店小公寓，我沒有仔細打包，東西幾乎是拿一個就扔一個進紙箱，看也沒看，更別談仔細包裝。

心都碎了，還管其他東西會不會碎？

我找了老半大，終於找到一本當年結婚時，婚禮攝影師製作的手工相本。

這東西早該扔了，但現在它是重要的證據——裡頭有一張照片，老媽穿著大紅色絲質緞面親家母裝，左邊是別著新郎名牌、穿著西裝的鄭宜諾，右邊是小薇的老公鄒瀚揚。三人咧開嘴，一起高舉手中斟滿的紅酒杯，笑得幸福滿溢。

我記得敬酒時鄭宜諾有向老媽提過，我的好友小薇，嫁給了他的好友瀚揚。

我趕緊傳 LINE 簡訊給小薇：「**慘了。**」再附一個滿臉斜線的表情，「**我媽也會去參加妳兒子的滿月酒。**」

「**對吼，我都忘了，妳媽和我公公是同事！**」小薇也傳來一個驚愕的表情

我劈里啪啦的加速手指動作，「**不只這樣，她知道妳老公和鄭宜諾是好友，當年婚禮上還有他們三人的合照，她一定不會忘記。她今天突然叫我要原諒鄭宜諾，我看她是認為鄭宜諾會出席，期望我們在這個場合重逢，最好來個世紀大復合。**」

「復合個頭，我交代過我老公，如果邀請了鄭宜諾，小孩就改跟我姓許。」

「哈哈，太好了，妳不愧是我好姊妹。那我老媽要失望了。」

「鄭宜諾騙了妳又害妳流產，妳媽幹麼還希望你們復合?」

「她怕我孤獨終老。」

小薇傳來貼圖，是一隻昏倒在地的貓。

「妳要不要找個優質男性，假扮妳男友?又高又帥的那種?」

「這不失為一個好主意!」

「喻晴妳快想想，以前公司有沒有比較熟的機師?這樣可以讓妳媽對鄭宜諾斷念，然後也不必擔心妳沒人陪。」

「妳好聰明。」

「有人選嗎?」

「我想想看。」

「葉望怎麼樣?啊，不對，妳說他已婚，老婆還在你們月子中心，這樣不妥。」

「那是一場誤會，那是他妹妹，他還沒結婚。」

「那妳還考慮什麼，就是他了!」

「才不要，妳快去餵奶啦!」

我沒好氣的踢一腳散亂疊高的紙箱，最上面的紙箱應聲而倒，東西掉了一地，我只好摸摸鼻子，把東西一一撿回。

拿起竹北高中畢業紀念冊時，有個小小的長方體掉出來，是一枚木質印章。

這枚印章採取較困難的陽刻，而且字體極細，刻的是「無冬無夏」——好久沒看到這個東西了，這是當時還在曖昧階段的鄭宜諾，在高二最後一堂工藝課後轉送給我的作品。

「這是什麼意思啊？」我實在猜不出來，「沒有冬天也沒有夏天，那是四季如春嘍？」我真的參不透這句成語的意思，國文課本沒有教吧？

「真是的，多念點書好不好？這句話的意思是，不管冬天抑或是夏天，一年四季從頭到尾不間斷。語出《詩經》。」

鄭宜諾推了眼鏡，我投以崇拜的眼光，喜孜孜的雙手捧著印章，「你好厲害，不愧是國文成績也打敗一類組第一名的三類組榜首耶。」

我還記得鄭宜諾微笑走開的模樣，當時的他怎麼會知道，日後他會背叛「愛情無冬無夏」這句話。

我想起他 LINE 聊天室照片裡，個子嬌小的 Winter5433 小姐，依偎在鄭宜諾身旁，兩人看起來有所謂的「最萌身高差」，哪像身高一七〇的我，根本無法依偎在一七二的鄭宜諾身旁——

鄭宜諾的愛情哪是無冬無夏，是有冬無夏，鄭宜諾為了冬天，離開了夏天啊。

我甩甩頭，把印章扔回紙箱，暫時不想去處理，沒想到，畢業紀念冊封底夾了一個藍色信封，中央還微微鼓起，我打開信封，又是一枚印章！

我找到乾涸的印泥，用力沾蓋，出現的白紙朱字是「麗似夏花」。「麗」這個字筆畫超多，刻印章的人應該費了不少心神。

這印章和「無冬無夏」的大小、材質一模一樣，顯然也是同班男同學的工藝課作品，但是，它怎麼會在我的手中？是誰給我的呢？

我完全想不起來。

第二天早上，我藉故在接待大廳，用眼睛為來往的男性打分數——小薇說的沒錯，我需要一個陪我參加小薇兒子滿月酒的男伴，才能讓老媽斷了鄭宜諾和我復合的念頭，最好還可以讓她見識我的行情，不再擔心我孤獨終老。

我心裡快速建立了一個「小寶滿月酒男伴資格審查表」。

候選人一號：門口的警衛先生——年紀差異過大，老媽會擔心我提早守寡。

候選人二號：來維修系統櫃的裝潢廠商——看他揮汗搬東西，生意興隆的他恐怕週末也要忙。

候選人三號：水電師傅——老媽嚴格的提問和審查，怕老實的師傅會嚇傻。

候選人四號：每週二、週五來巡診的小兒科醫師——啊，他有戴結婚戒指，已婚的萬萬不可，以免招致不必要的誤會。

我急了。

在月子中心上班，好像在女人國，而且是孤島上的女人國，「男友替代役」的候選人太少了。

候選人五號：三〇二房邱蔓馬麻的哥哥、我的高中同學葉望——高大帥氣肯定讓老媽覺得有面子，巧言善辯一定能應付老媽的提問，未婚身分不會造成困擾，職業就說是建設公司，可是……

「特助，葉先生又請我們喝飲料了。」我回頭一看，聲音來自櫃檯，是珈琪。

「多喝點，妳怎麼好像瘦了？」今天開始，輪到珈琪擔任接待客服人員，她已經妥當受理了好幾通預約參觀的電話。

「特助，聽說葉先生是妳高中同學，而且他單身……我覺得你們好配喔！」珈琪眼冒愛心。

「別亂講，快去工作。」我瞋了珈琪一眼，她吃吃的笑起來。

但是珈琪說得沒錯，如果我不想麻煩永青的機師同事從臺北下來，最適合的人選就是葉望了。而且機師的工作也是三天兩頭不在家，又被美女空服員環繞，老媽肯定當場就攻擊這一點給人難堪。

看到葉望走向大門，我趕緊找了個藉口攔住他。「嗯……葉望，你妹妹下星期就要退房了，去廈門團聚的事情，準備得還順利嗎？」

「喔，證件辦妥了，嬰兒用品也去俏媽咪採買好寄過去了，我妹夫還請了一個家事阿姨來幫忙……」

我連忙上前把他拉到中庭，直接切入重點。「我先問你，范姜安妮是你女朋友嗎？」

葉望搖搖頭，「對我而言，她是個年輕幹練又肯學習的優秀部屬，不只是能幹的行政專員，業績也很好。我沒女朋友。」

「那……你要不要當我男朋友……」

他愣住了。

我怕他誤解，趕緊揮手，「我意思是，男友替代役……」我壓低聲音，把整件事的前因後果告訴他。

葉望一派輕鬆道：「可以呀，沒問題。」

「但是，你不要以為這樣我就會喜歡秋葉人本，」我伸出食指和中指，先指向自己的眼睛，再用力指向他，「這是勞勃狄尼洛在電影《門當父不對》裡的招牌手勢。「我會密切監視你們有沒有……把嚇人的喪葬物品秀出來。」

「沒關係，我們隨時歡迎妳視察。」葉望停了一會兒，「不過，如果這次扮演任務成功了，妳要幫我一個忙。」

「什麼忙？幫空服員、護理師和禮儀師辦聯誼嗎？太不吉利了，我做不到。」我用力搖頭。

「給我一次業務機會，讓我介紹一下我們的生前契約。」葉望黑亮大眼裡是滿滿的自信，口氣卻很誠懇。

好厲害的業務手段！這就是全員品牌大使，型男業務員的魅力，我見識到了。

我幾乎要站起來為他鼓鼓掌。

而且……不知道為什麼，我真的很想聽聽看，他葫蘆裡賣什麼藥。

但我對自己有信心，我相信他的魅力攻不破我的結界。

「可以。」聽就聽，我才不會真的簽生前契約，誰怕誰？

第四章　盛夏之宴

夏天漸漸發威，八月的第一個週六即將來臨。

我和葉望已經擬好作戰計畫，如果滿月酒上有人問起，就說我們是因為葉望的妹妹來夏凡坐月子而重逢，然後迅速開始約會；我們也試著了解彼此，希望我們看起來不要像一組超沒默契的臨時演員。

我在筆記本上列了一個「男友替代役個人資料表」，逐項詢問並了解葉望的背景。

「你爸媽有來探望過女兒和外孫嗎？」

「有啊，都在週末來，沒遇到妳，還一直吵著要抱小嬰兒，被護士勸阻了。」葉望又補充說明，他父親也在禮儀公司任職，而妹妹邱蔓則是電視臺的簽約編劇。

「邱蔓這麼厲害，哪天幫我們月子中心寫個劇本吧。」我忍不住讚嘆。

「妳想找誰來演妳？隋棠還是蔡淑臻？」

「我只想請納豆來演月子中心隔壁的禮儀公司協理。」

葉望假裝沒聽到我的話，逕自問：「妳還要別的資料嗎？」

既然設定為剛開始約會的情侶，這些資訊也就夠了。至於葉望的閒暇嗜好，我大膽猜測說：

「把妹、品酒、打高爾夫。」

「我在妳心裡是這樣的男人？」葉望摀著胸口往後仰，故作慘遭打擊的模樣。

我咬了一口略帶苦味的橘子磅蛋糕，「不然呢？我再繼續猜，還有上夜店和試乘跑車。」

「都不是，是旅行、上網、看書，尤其是看書，小時候常常和我妹比賽，一個月內看誰先把書架上某一排的書讀完。」

「還真看不出來。」我想，葉望該不會有一套相親聯誼專用的好感度提升臺詞吧，不管了，「對了，你家住哪裡？」

「民富街。」

「喔，棒球場那一帶？」

「對，TR 最早的小店面就在我家前。」葉望定定的看著我，眼底波光閃爍。

「不是在中興百貨嗎？」我垂下眼睫，迴避他直勾勾的目光。

「中興百貨是 TR 第二間店面，真正的創始店在民富街大水溝那裡。」

哇，我還真的不知道。

星期六一早，老媽就去做頭髮。今天不是上班日，我也不弄空服員式的妝髮，綁了一個前方略蓬鬆的高馬尾，換上紫色鳶尾花圖樣的洋裝，搭了件七分袖的白色針織衫，好抵禦大飯店的強烈冷氣空調。

我還先去藥局採購口罩、乾洗手與消毒噴霧，再開車去夏凡月子中心，借了備用的嬰兒推床。在門口等葉望時，我才想到，忘了提醒葉望，今天這種喜慶的場合，可別穿了一身黑呀！

為了更像剛開始約會的情侶，我約了葉望十一點來接我，一起前往會場。雖然他仍然全套西裝，卻穿了粉紅色襯衫，打了銀灰色領帶，看起來相當亮眼。

到了喜來登飯店地下停車場，我們帶著嬰兒推床上四樓采悅軒。

小薇的公婆包了一個小型宴會廳，席開八桌，黑紅交錯、東方風格的富麗宴會廳中央，還有一個小舞臺，舞臺旁有位短裙大捲髮辣妹，正在灌氣球，她手腳很俐落，三秒就能把氣球拉長扭轉，變出寶劍、小狗、花朵，現場的小朋友都擠在舞臺前蹦蹦跳跳。

辣妹看來有點眼熟，葉望向她揮揮手，「范姜——妳怎麼在這裡？」

「協理！我是今天外包的活動主持人啊！你怎麼也在這裡？」范姜安妮睫毛上下搧呀搧——她今天的假睫毛不只濃、長，還有點捲翹，像是大眼洋娃娃一般。

「范姜，千萬不可以說我是秋葉的員工。」葉望低聲交代原委。

范姜安妮挑起眉毛，看著我說：「喔，夏特助妳好。」

「妳怎麼會來當主持人？」我想起她本身是秋葉的行政專員兼禮儀師兼業務，「妳的工作還真多元化。」我停了一會兒又說：「不過妳也太百無禁忌了，前幾天才主持葬禮，今天又主持滿月酒。」

她眨眨大眼，「夏特助妳放心，昨天今天都是忌安葬的日子，我還去廟裡拜拜過，乾淨得很。葉協理和我呀，一下參加葬禮、一下參加滿月酒，妳可以說我們是『出生入死』，哈哈。」范姜安妮瞥了葉望一眼，挺起胸膛。

我撇撇嘴，原本還想和她爭論下去，算了，這種場合不要跟人起衝突為妙。

范姜安妮又補充道：「對了，夏特助，我還是專業的丹捨，」她說的是Dancer，「我也有臺北市和新竹縣市的街頭藝人執照，如果夏凡月子中心需要舞蹈表演，尾牙、春酒、發表會，都可以敲我通告喔。打扮成幼幼台姐姐的模樣也沒問題。」

我冷笑，心裡暗想，我才不要發通告給妳。

「阿姨，我要氣球。」一個小男孩湊過來，仰起小臉看著范姜安妮。

她嫣然一笑，「叫姐姐就給你。」

葉望低聲告訴我：「范姜她爸欠賭債兩百萬，她媽媽身體不好，所以她才那麼熱衷搶錢。」

范姜是客家人的姓氏，原來她年輕時尚的外表下，依舊是個勤儉又打拼的客家女子，我也稍稍軟化目光，好啦，有機會還是會發通告給她的。

就在此時，小薇抱著小寶走過來打招呼，「哇！葉望同學，多年不見啊！」同時還偷偷拉著我，低聲問我：「喂喂，妳怎麼沒跟我說，葉望變得這麼一表人才？比鄭宜諾帥多了。」

「有嗎？」我瞇起眼睛。

「以前有點痞痞壞壞的感覺，現在沉穩內斂多了；而且他皮膚顏色比較深，看起來就是有運動，讚喔。」小薇對葉望根本讚不絕口。

我推了她一把，「吼，妳那麼中意他，我幫妳跟鄒瀚揚報備。」

「我是在幫妳注意。傻大姊夏喻晴，我覺得他對妳還是有意思耶。」小薇看起來非常興奮。

我不理會她，逕自把推床拉過來，讓小薇把寶寶放在嬰兒推床裡，他的酒窩和小薇好像，但其他完全是鄒瀚揚的翻版。

在科技公司上班的小薇嘆了一口氣，「我只是負責掃描和列印，而且是 3D 列印。」她的比喻也真有科技感。

「對了，妳們家有拜拜嗎？」我提醒小薇。

「拜什麼？」

「滿月時要拜祖先，告知祖先神明有新生兒，請祂們保佑；之前如果有去拜註生娘娘也要還願喔！聽說這樣寶寶比較不會哭鬧。」我認真叮嚀。

「我家沒這麼講究啦。」小薇逕自逗弄著小寶，他似乎知道今天自己是主角，心情很好，拳腳不住揮舞，他的腳丫小小嫩嫩的，比我的掌心還小呢。

親友陸續到達，也有人擠到嬰兒推床前要看小寶寶。

「要抱寶寶請先噴乾洗手，預防病毒喔！」我一一提醒想看寶寶的長輩，「有感冒症狀，這裡有口罩請取用喔！」

小薇不好扮黑臉得罪親友，便交給我負責，這好像回到當空服員時，一一向乘客確認——「需要耳機嗎？」、「需要毛毯嗎？」、「需要入境登記卡和申告單嗎？」

「以前的人哪有那麼講究啦！」親友中有位不時咳嗽的阿伯頗有微詞，他還堅持一邊嗑瓜子，一邊低頭「觀賞」寶寶。

「不好意思，阿伯，我是小薇的朋友，我在月子中心工作，今天來幫忙啦。小寶寶才不到兩個月大，第一次到人這麼多的場合，天氣又熱，腸病毒正在流行，大家還是小心一點比較好。」我堆著空服員式的笑容，心想著，你再靠近，我就要把嬰兒推床的防護罩拉下來了。

老媽也頂著新髮型出現了，小薇的公婆正在和她寒暄。

「小薇，我去找我媽一下。」我拉著葉望。

小薇低聲說：「祝妳們好運。」

「媽，跟妳介紹一下，這是我目前……常見面的朋友，在建設公司上班的葉望。」這樣講老媽的雷達就會嗶嗶嗶的感應到「男友」兩字。

「伯母您好。」

老媽眼神銳利起來，迅速掃描葉望，我僵硬的牽起葉望的手，葉望也嚇了一跳似的回縮了一下。

糟糕，我們忘記練習牽手，看起來應該很生澀，希望老媽不要看出來。

很快的，八個圓桌都快要坐滿了，只剩我和葉望所在的這一桌還有兩個位子。

宴會即將開始，范姜安妮已經操作電腦準備放映投影片。

這時候，一位遲到的男性賓客出現了，他身穿藍色襯衫、打著粉紅與灰色相間的領帶，戴著金邊眼鏡。

他是鄭宜諾。

他怎麼會在這裡？他不應該在這裡的。

我斜眼看鄭宜諾，他走向我媽，彎腰鞠躬，似乎在道歉，我媽拍拍他的肩，兩人不知低聲談論什麼。

小薇請公婆看顧小寶，拉著瀚揚來到我們這一桌，生氣的對著他說：「你不是說沒邀請鄭宜諾？他怎麼來了？」

瀚揚滿臉困惑，「我沒有請他啊！」

同桌有瀚揚的另一位朋友，他很大聲的問：「咦？不能邀請他嗎？昨天鄭宜諾有事打電話給我，我就跟他提起……正好我女朋友臨時有事不能來，我就揪他，想說好久沒見了，連鄭宜諾結婚我都還在蘇州當台幹沒回來……」

小薇指著我，對那位仁兄說：「你不知道，他們……」

「小薇，算了，宴會要開始了，別讓大家尷尬，我沒關係的。」我壓住小薇的手，低聲勸慰她，自己也無奈的接受現實。

瀚揚不知所措，我輕聲跟他說：「只剩這桌有位子，如果硬是把鄭宜諾安插到其他桌，和你家親友長輩坐一起也很突兀，就讓鄭宜諾坐我們這一桌吧！」

瀚揚雙手合十，低頭說：「喻晴，太謝謝妳啦！」

那位擅自邀請鄭宜諾的仁兄還是一頭霧水，我耐著性子跟他解釋：「鄭宜諾曾經和我合夥生意，後來拆夥翻臉了。」

他才愣愣的點頭，「我不知道，真是不好意思啊。」

我暗自哼了一聲，你不知道的可多了。他涉嫌掏空(掏空了十五年的感情)與背信(背棄了夫妻之信)，我當然不想跟他同桌吃飯！

於是，鄭宜諾來到我們這一桌，坐在瀚揚那位朋友隔壁，跟我正好呈對角線，我假裝專心喝果汁，避開了視線。

鄭宜諾很有禮貌的跟我打招呼道：「喻晴，好久不見。」

他看看葉望，「妳旁邊這位是……」

我故意執起葉望的手掌，用力和他十指緊扣，「我男朋友，你見過的喔。」

葉望也很配合的用力握緊我的手，他手心好燙好熱。

鄭宜諾定睛看了一會兒，才發出聲音：「你……你是以前高中同班過的葉望？」

這時燈光暗下來，輕快的巴薩諾瓦音樂揚起，我們都安靜下來。

投影片秀出「鄒小寶的成長」幾個大字。

先是小薇與瀚揚的婚禮，接著是驗孕棒的兩條線，第一張超音波照片隨之出現，而影片裡的小薇，肚子也越來越大。

最後場景換成醫院，臉皺皺的鄒小寶，趴在臉色慘白看起來快昏厥的小薇身上，這是母子倆的第一次親密接觸。

太好了，小薇，恭喜妳——我在心裡喊著，卻也有點眼酸，這原本是我可以擁有的幸福，卻因為坐在我對角線的那個混蛋而全毀。

兩隻老虎，兩隻老虎，跑得快，跑得快……一隻沒有眼睛，一隻……

不行，我絕對不能掉眼淚。

「我去洗手間。」我輕聲告訴葉望，抓了化妝包溜去廁所。

我在廁所裡待了十分鐘，慢條斯理的重新補了妝，刷了睫毛膏，算算時間，投影片該播完了吧？應該要上第一道菜了，於是我走出廁所，赫然發現鄭宜諾佇立在女廁門外。

我不理會他，直接往宴會廳走。

「喻晴、喻晴！」

鄭宜諾拉住我，「妳真的和葉望在交往？」

我甩開他的手，「和你有關係嗎？你不該來這裡，你明知小薇是我好友，我一定會來的。」

「我用盡各種方法，妳都不願意聯絡我，我只好來這裡找妳。」他也是這樣追捕不願意接他業務電話的醫生嗎？我見識到頂尖業務的「盧」功了。

「過去的事，我真的很對不起妳。」他停頓一會兒，「我想求妳一件事，之後我保證不再出現，不再吵妳。」

「求我什麼？原諒還是祝福你？」我冷冷看著他。

「我都不敢奢望。當年我給妳的戒指，我奶奶傳給我媽媽的那一個，妳可以還給我嗎？」

我愣了一下，那枚戒指……

「為什麼？你背棄了誓言，我早就把戒指送去焚化爐了。」

「妳不會的，妳連高中時我送妳的印章，都留到結婚後還帶在身邊，那枚戒指有重大意義，妳怎麼可能把戒指隨便扔了。」

「你要戒指做什麼？」我反問，「拿去跟那女人求婚嗎？今天怎麼沒帶她來？」

「我們……分手了。」鄭宜諾的表情非常失落，像是雨天淋濕的小狗。

一股想打落水狗的惡念在我心底出現，「鄭宜諾，我早該知道小乖保不住。」我低低而用力的擠出聲音說：「一諾千金。宜諾、千金。你不遵守諾言，千金當然留不住。」

這大概是我認識鄭宜諾十五年來，對他說的最狠毒的一句話。

他垂下肩膀，看起來像受了重傷，不再是那個意氣風發的優等生與頂尖業務員。

我轉過頭，帶著報復的快感，回到宴會廳，但是我一點也不覺得開心。

宴會廳燈光已經亮起，卻不是預期中歡慶愉快的氣氛。

應該妙語如珠的主持人范姜安妮杵在主桌旁邊摀住嘴，原來是嬰兒推床裡的小寶，一邊哭一邊嗆奶，臉色紫脹，接著停止發出聲音，「小寶！你怎麼了！」小薇尖叫起來——

我拔腿往前跑，該死，幹麼訂這麼大一個宴會廳？誰叫我要穿細跟高跟鞋？腳好痛，可是小寶的情況可是分秒必爭啊！

這時葉望迅速衝向嬰兒推床，扶著小寶的頸子抱起來，讓他頭下腳上，寶寶掛在他長長的手臂上，向下傾斜，接著葉望舉起手，以手掌根用力敲擊寶寶背部的中心點。

「不要——」小薇尖叫得更大聲。

小寶的阿嬤哭叫：「不要打啦！不要打啦！有誰趕快打一一九叫救護車啦！」

葉望不為所動，繼續敲，鄒瀚揚伸出手，準備去把小寶奪下來。

終於，我衝到嬰兒推床旁，站在葉望身邊，張開手擋住他和小寶，「大家安靜！不要打斷他，這是正確的哈姆立克急救法！」

接著我幫忙葉望將小寶翻身，讓小寶雙腳正好夾住葉望的手臂，我扶住小寶，讓葉望用兩根手指迅速的連壓小寶胸部中央，開始壓胸。回來，拜託，小寶，請你回來，請你回來！

小寶還是沒反應，小臉上的紫色陰翳仍未退散，我們讓小寶翻身再次背擊，這時，小寶突然哇的一聲哭出來，開始猛咳，我抄起餐巾接住他溢出的奶，但還是漏接了，豆花狀白色凝結物噴上葉望的襯衫和我的針織衫袖口，散著發酸的奶味。

我顧不得自己，趕緊掰開小寶的嘴巴檢視，小小舌尖上有個像半片瓜子一樣的東西。我拿濕紙巾包住手指，把小小的異物摳出來，擦一擦，聞聞氣味，一施力它就脆裂了。

是半片瓜子。

主桌上，那位嗑瓜子阿伯身邊的女士，抄起 LV 手提包站起來對阿伯一陣猛打，「剛剛人家叫你不要邊吃瓜子邊看小孩，你就偏要……以前你都把小孩丟給我，沒餵過奶，也沒換過尿布，弄得這樣沒常識，差點害死你大哥的孫子……」

眾人連忙拉住小寶的嬸婆。

葉望把小寶交給小薇，我按著小薇不住發抖的肩，小薇把懷裡的小寶摟得好緊。我輕聲安慰她說：「沒事了，沒事了，如果還有嗆奶，哭鬧不止無法安撫，要去醫院檢查一下。」

「謝謝你們……我……我回去馬上拜拜……」小薇眼淚忍不住流下來，瀚揚馬上趨前抱緊她。

我對葉望伸出大拇指比個讚，他的動作真是迅速確實。

這時范姜安妮已經恢復沉著鎮定，她問小薇的公公，要先切蛋糕還是給寶寶剃胎毛，胎毛筆廠商已經在門外等候。

小薇的公公搖搖頭，「麥克風給我。」接著，他大步踏向舞臺。

「各位，剛剛虛驚一場，嚇到大家了，真是不好意思。謝謝大家來參加我們夫婦結婚三十五週年、我本人六十三歲生日、我長孫滿月酒。」

眾人拍手。

「非常謝謝這兩位年輕人，不然後果不堪設想。」

全場眼光瞬間集中在葉望和我身上，小薇的婆婆把我倆推上小小的舞臺。

「這位優秀的小姐，是我媳婦阿薇的好朋友，認識十幾年了，她是永青航空空姐，叫做夏喻晴，現在是夏凡月子中心的特助，她舅舅是新竹名醫蔡朝明。教出這位好女兒的，是我的同事，蔡朝治女士，她也在現場。」

老媽起立揮手，眾人再次鼓掌。

什麼空姐，是空服員啦，但是此刻我也不好糾正這位新科阿公。

我不好意思的摸摸頭，才發現剛才的狂奔、大喊、使力之下，我的前髮可能亂得像鳥窩一樣了。

「這位見義勇為的年輕人，是夏小姐的男朋友，對吧？太優秀了，你怎麼稱呼？」麥克風對準葉望。

一身奶臭味的葉望報了姓名，「很巧，我也是許成薇小姐的高中同學。」

「你是喻晴的男朋友吧？在哪裡高就？」小薇的公公進入尾牙主持人模式。

葉望點點頭，露出得體好看的笑容，「我目前從事營造業。」

很好，這是我們套好的臺詞。

臺下有位阿伯大喊：「哪一家？我是新竹市營造業職業工會理事長，我叫你們老闆給你加薪！」

葉望推拒道：「不勞煩了，這是我應該做的事情。」

對對對，讓這個話題就此結束吧！

這時，宴會廳沉重的大門推開，服務人員讓某位遲到非常久的賓客進了門。眾人的目光都聚集在這位來賓身上，他身材圓潤、戴著黑框眼鏡、邁著大大的步子——這麼巧，是皓齒牙醫的廖正飛院長！

「不好意思，我來晚啦！診所有點忙——欸，我走錯了，不是這一間。」他轉頭，中氣十足的對門口的服務人員大喊：「牙醫公會的聚會在哪裡呀？」

廖正飛正要隨服務生離開會場時，突然停住腳又回過頭，指著臺上的葉望說：「葉協理！真巧！秋葉人本葉協理對吧？」

「秋葉人本？那不是——」臺下一陣騷動。

「廖董，您走錯了喔——」范姜安妮輕巧的溜下舞臺，廖正飛被她半推半趕的請出門，可是已經來不及了……

老媽的臉色很臭，而鄒家的長輩們竊竊私語。

那位營造業職業工會理事長嚷嚷：「沒錯，秋葉也是營建業啦，只是他們蓋的是靈骨塔，陰宅啦！」

「就是有這樣不祥的人，才會讓嬰兒嗆奶！」有人氣憤的說道。

我還在思考怎樣才能挽回場面，葉望逕自從小薇的公公手中拿走麥克風，「失禮，借用一下。」葉望眼光掃視全場，「各位，我知道我來自所謂的嫌惡產業，造成大家的不安，非常不好意思。上次我遞名片給一位地方版的記者小姐，她還把我的名片用兩根手指捏著，拿得離身體很遠，好像上面有毒一樣。」

有幾個人笑了出來。

「我們歌頌新生和光明，但是光明和黑暗，是一體兩面，甚至是環環相扣，我們常說『死去活來』，其實，死的去了，生的才會來。在我看來，就像印度詩人泰戈爾說的，『生麗似夏花，死美若秋葉』，都值得稱讚。」

聽到「麗似夏花」四個字，我嚇了一跳，突然想起那枚埋藏在雜物中十多年的印章。

「大家有沒有想過，像吸血鬼永生不死，其實才是最可怕的事？他不管愛上誰，都沒有辦法相守到老，而平凡人如我們，因為怕死，所以更珍惜活著的每一天，更珍惜像鄒小寶一樣，小小的、新生的、還有無限可能的生命，不是嗎？」

看不出來，葉望這麼會講話，他說他的嗜好是閱讀看書，我開始有點相信了。

臺下也響起一片熱烈的掌聲，「說得好！」營造業職業工會理事長站起來拍手，「祝你們早日結婚、早生貴子！」

這是什麼神展開呀？

宴席中的人都興奮的鼓譟起來，除了我媽、鄭宜諾，還有已經回到舞臺邊的范姜安妮。

「接吻、接吻、接吻！」臺下的觀眾越來越亢奮。

各位鄉親，搞清楚，這可不是我和葉望的婚宴呀！

我沒預料到場面會如此失控，我瞪大眼睛看著葉望，示意他趕快想辦法，他壓低聲音回答：

「我不排斥配合演出喔。」

「才不要，我很排斥。」我狠狠瞪他一眼。

此時，小薇的公公對范姜安妮低聲吩咐，范姜安妮旋即從舞臺旁拿出一個運動袋，打開來取出一把鏟子，那是一把金色鏟子，上面還綁著喜氣十足的紅色亮面緞帶。

小薇的公公拿回麥克風，「各位，這是招來我們家金孫的金鏟子，也是六庄國中校舍重建動土典禮上所使用過的，有縣長、議長與多位達官貴人加持過，本來想在今天給現場親戚朋友抽獎，但是，現在我要送給夏小姐和葉先生！」他抓起葉望的手來牽我的手。

「感謝他們見義勇為。雖然兩人還沒結婚，也祝他們早生貴子！這把鏟子我已經拿去竹蓮寺過火，請夏小姐和葉先生一定要放到床底下才有效，還有滿月酒一定要邀我參加，我會包個更大的紅包！你們說好不好？」這位新科阿公高舉雙手和金鏟子，炒熱了整場的氣氛。

「好！好！好！」宴會廳裡響起熱烈不絕的掌聲。

我和葉望只好一前一後拿著金鏟子，強裝微笑的走下臺。

回到桌前，我們趕緊放下金鏟子，而後分頭衝去廁所。我花了十分鐘洗掉身上的奶臭味，也重新梳好了我的馬尾。

接著是小寶剃胎毛的表演儀式。

剛剛歷經一場劫難的他，似乎已經忘記了不適，在小薇的懷抱中，不哭也不鬧，讓胎毛筆廠商剃下稀疏的胎髮。

「鄒小弟弟的髮質很好，可以做一枝很棒的胎毛筆，將來一定是狀元！」我介紹來的胎毛筆公司老闆娘嘴甜得很，小薇的公婆大樂。

至於鄭宜諾，整場宴會的其他時間，我看都不看他一眼。

好不容易，宴會結束，揮別小薇一家，我突然鬆懈下來，感到渾身疲憊。老媽說她還要去找大阿姨，不坐我和葉望的車，我好想立刻回家洗個澡，吃塊奶油又多又蓬鬆的波士頓派，或者……對了，喜來登一樓有販售麵包蛋糕，就來去挑一塊慰勞這辛苦的一日吧。我腳步輕快的邁向大廳酒吧。

葉望站在喜來登一樓的的 LED 光廊樓梯前，守著嬰兒推床和金鏈子。LED 燈自動變換炫目的色彩，襯著葉望醒目的身高，他站得挺拔，吸引了上下階梯和出入大廳人群的目光。

我挑了個提拉米蘇慕斯，有奶油有巧克力還有馬士卡邦起司，好療癒呀！拎著蛋糕往回走時，我發現飯店大廳裡有個巨大的雕塑作品，像是一個人雙手伸向天空祈求守護、尋求解答，它的姿態虔誠，吸引住我的目光，我正想走向前看個清楚，鄭宜諾突然出現，擋住我的路。

看到他斯文的面孔，被美味蛋糕和美麗雕塑挑起的好心情頓時低盪下來，就像晴空突然被烏雲遮蔽一樣。

「喻晴，如果妳不願意平白把戒指退還，我可以跟妳買回來。」鄭宜諾開門見山。

「好，五百萬我就賣，一次付清。」五百萬大約是鄭宜諾戶頭的全部，是原本小孩出生前要買房子的頭期款。

「五百萬也未免……」鄭宜諾愣了一下。

「嫌貴是吧？那就去重新買個戒指送給那女人！Winter5433 小姐！十萬就有一只卡蒂爾了，要不要透過我以前的同事，幫你買免稅品，可以打折喔！」

「妳是故意的……」

「當然是故意的，你以為五百萬可以幹麼？能換小乖平安出生的機會嗎？」我反脣相識。

鄭宜諾伸手喬了領帶，又垂下肩頭，也許是碰了釘子，他的氣勢比在女廁前更弱了。

我仔細一看，發現他有點駝背，也更瘦了些，一頭濃密的黑髮也不像以前總是打理成整齊的西裝頭，感覺有兩個月沒剪頭髮了，看起來有點亂。

這完全不像打算求婚的人該有的樣子。

鄭宜諾推了一下眼鏡，拋出一個問題：「現在妳在月子中心工作，卻和秋葉人本的葉望交往，不是很奇怪嗎？」

「哪裡奇怪？秋葉是他親戚開的，他暫時去幫忙，遲早會離職往別的產業發展。」我頓了頓，抬高音量，「最重要的是，這一切都不關你的事。」

鄭宜諾雙脣微啟，像是還要說些什麼，這時候，一個沉穩的男聲傳來。

「副班長，妳還好嗎？」葉望一手推著推床，一手拿著金鏟子走向我。

我望著他，回頭才發現，大廳裡已經見不著鄭宜諾的身影，看來他無意面對葉望和我，乾脆選擇自己靜悄悄的離去。

「我沒事。」我深吸一口氣，企圖撫平鄭宜諾帶來的不愉快。

「妳臉色發白，看起來一點都不像沒事，倒是很像需要急救。」他一臉憂慮的望著我。

也許我的確需要——整場午宴，我不斷的被迫想起根本沒有機會被救回來的小乖，忍了好久，此刻強烈的悲傷全湧了上來。

我忍不住苦笑，「說到急救，你怎麼會去學急救術？死亡率越高，你的生意才越好，不是嗎？」尖酸話語脫口而出，看著葉望凝重的目光，我突然有點後悔……

我何必因為鄭宜諾而遷怒葉望？雖然他是個油嘴滑舌的傢伙，可是這不關他的事啊！我咬咬唇，不知該如何面對葉望。

沒有預想中的脣槍舌戰，葉望只是溫柔的說：「去地下室吧，我開車送妳回月子中心。」

我搖搖頭，「我自己坐計程車就好。星期一你記得帶推床去上班，我再找你拿。」

「金鏟子呢？」

「就送給你吧！我用不上了。」我頭也不回，蹬著高跟鞋，逕自走向大門，迅速鑽進一輛計程車，「到白橋一路的夏凡月子中心。」

司機踩動油門，車子滑進光明六路東一段的綠蔭與車陣裡。

途中，我的手機滋滋作響，拿起一看，是葉望傳來的 LINE 訊息。

「高中離開臺灣的前一晚，我在我家附近目睹過一場車禍。」

「當時我不會急救，看著那位傷者，我只能手忙腳亂的用公共電話報案叫救護車。」

「所以，我後來去學了 CPR 和基本救命術，但嬰兒急救術只有看過影片……今天如果沒有妳，不可能這麼順利的救回小寶。」

他的訊息如泡泡般湧上。

他幹麼跟我說這些呢？

我沒有回話，只傳送了一個大拇指比讚的貼圖，而後把滿月酒與鄭宜諾，把葉望和金鏟子，通通拋在車後的煙塵中，不去理會那依舊滋滋作響的手機。

第五章　夏秋之交

整個週末，我都頭痛欲裂。

小寶滿月酒的那天晚上，一向倒頭就睡的我，竟然無法準時入眠。我拒絕老媽對於葉望的進一步探問，也沒有回覆葉望的 LINE 簡訊，更沒有好好的躺在床上——我忍不住，再去翻找房間裡的搬家紙箱，打開一件件從未拆封的小孩衣物：粉色新生兒兔裝、蓬蓬紗裙、紫色豹紋小包巾、小小芭蕾學步鞋等等，再一樣樣摺好收好。

那些，原本都是屬於小乖的。

即使鄭宜諾對採購新生兒用品毫無興趣，我也無法壓抑澎湃的購物衝動，於是悄悄攢下這些衣物，也一邊暗自勾勒小乖報到後的幸福圖像。

離婚搬家時，我不敢多想，速速將這些東西丟進紙箱，草草貼上封箱膠，就這樣帶回新竹。

而這堆紙箱中，也沒有鄭宜諾給我的戒指。

又是星期一，八月早晨的太陽已經會咬人，我將車子停在白橋一路上，穿過開始蒸出熱氣的馬路。

這天早上有每週例行的主管會議，各組組長彙報本週重大工作事項。

昨晚我睡得不是很好，有點頭痛，即使我今天穿了最有朝氣的大紅罌粟花圖騰洋裝，也還是振奮不了萎靡的精神，一早對著鏡子梳空服員式包頭時，黑髮夾還直直的戳上自己的頭皮，好痛。

「今天，我們會有一位情況特殊的產婦入住。」鳳春阿長報告。

我的心臟好像被綁上一顆石頭扔到水裡，我有不好的預感。

「跟風水沒有關係，特助，妳的臉色不要那麼難看。」她看了我一眼，繼續盯著手中的筆記本。

「張志雯馬麻，三十六歲，第二胎，剖腹產時醫生發現是植入性胎盤，無法順利剝離，且胎盤侵犯子宮過深，所以緊急切除子宮，幸好母女均安。」與會人員的眉頭都蹙了起來。

「切除子宮，代表不會有月經，也不再有生兒育女的能力，對馬麻的健康和心理會有很大的衝擊，因此我會協助接待客服依身體與心理需求擬定照護計畫。」鳳春阿長繼續說道。

「很好，務必特別請中醫師與營養師針對這位馬麻，調整湯品補藥與飲食計畫。也需要關注她的心理狀況，同時先生的心情也需要關照，這時候馬麻對先生所說的話會特別敏感，必要時要協助他們心理諮商。」我補充。

接著，我發表之前在臉書舉辦的產婦大肚寫真比賽成果。

第一名獲得高達三千餘次的按讚數，我將照片放映給大家看，照片中並未出現產婦的臉孔，畫面正中央是一個圓潤白皙的孕婦肚腹，保養得很好，沒有絲毫妊娠紋，這位孕婦用食用色素在肚皮上畫了一個笑臉，肚臍正好是皺皺的小鼻子。一隻白色波斯貓溫柔的依在肚子旁邊，鼻尖湊在肚皮上，好像正在親吻肚子裡的寶貝與肚皮上的微笑。

我念出照片的說明文字：「小雨沒有爸爸，小津葛格原本是流浪貓。有媽咪、小津葛格和小雨，我們三個會擁有滿滿的愛，暖暖的笑，幸福的每一天。」

這是一張非常溫暖、動人的照片，在場的各組組長紛紛發出讚嘆聲。

我繼續說道：「這位謝冬珊小姐可以免費入住頂級套房兩星期，請接待客服組長連繫她，確認預產期以及我們可以提供的房型和服務，另外也會尋求她是否有授權商業運用的意願。」

會議總算即將到尾聲了，我做了個總結，「這一個月以來，我們訂房率從百分之七十五增加到百分之九十，客訴率下降，BabyHome 與 PTT 都出現好評，準媽媽產前教室也要在這個星期三下午開辦了，我們的專業講師——」我看著鳳春阿長，「嬰兒室的鳳春阿長和珈琪，請拿出最好的表現，加油。」

接著，我繼續宣布：「今天晚餐我請大家吃知名的十三街麵食館，待會兒我拿菜單給大家傳閱，有什麼想吃的儘量點，不用客氣，我會幫大家把晚餐外帶回來。」

會議在熱烈的掌聲中結束，這種感覺真好，幾乎讓我忘記失眠的頭痛。

還沒十一點半，客人已經一波波湧進十三街麵食館。

這間竹北名店，本來是默默無名的小店，現在和 TR 烘培分據白橋一路的兩端，不論什麼時候都有本地老顧客與慕名而來的外地食客。

我拿著劃滿滿的菜單，仔細一看，這些娘子軍光是瓠瓜水餃就點了兩百顆！

我將菜單遞給店員，等結帳時，不經意看向半開放式廚房，戴白色帽子的工作人員正忙碌的包著水餃。

「外帶五十一號！」

一位穿粉紅色V字領護理制服、妹妹頭劉海、戴口罩的年輕女性領走餐點提袋。

「珈琪？」

奇怪了，晚上就要吃十三街，珈琪何必溜出來外帶午餐？

我轉念一想，不對，珈琪此刻應該在月子中心照顧嬰兒，而且我們有提供員工餐，用餐時間又緊迫，護理師幾乎不會外食，只有行政人員偶爾會外出用餐。

但是這位小姐和珈琪也太像了吧！

我指著那位小姐背影，問店員大姊：「那位是……」

「夏特助認識她嗎？那是皓齒牙醫的護士。她很常來。」

皓齒牙醫？想不到廖正飛和我們選了一模一樣的護士制服，我對這樣的巧合感到意外。

「皓齒牙醫在這附近？」

「就在白橋三路的巷子裡，沿著豆仔埔溪旁的小路，走過去只要五分鐘。」

「喔……」不知為什麼，那位和珈琪相似的護士身影，竟讓我有一種不安的預感。

「謝謝。晚餐我五點會過來拿。」

離開十三街麵食館，我前往白橋一路的星巴克咖啡。

「大杯熱美式，呃，法式千層薄餅一個，再一個香蕉巧克力蛋糕。」我需要蛋糕來提振精神。

我坐在靠窗的位子享用蛋糕，背後突然傳來一道聲音：「小姐，妳就吃蛋糕當午餐？」

原來是葉望。

葉望很自動的在我旁邊坐下，他看著我，「妳黑眼圈很重。」

我瞪了他一眼，「眼霜和遮瑕膏用完了。」不好意思，不只黑眼圈，今天本小姐起床氣也很嚴重。

「妳沒來拿推床。」

「等一下就要去。」

「妳答應過，如果在滿月酒上成功扮演好妳男友，妳就給我一個業務機會。」

「好，」我點點頭，「我想過了，對現在的我而言，我很需要凍卵合約和生前契約。」

會想到凍卵，是因為鳳春阿長在會議中提到的那位失去子宮的媽媽。她的遭遇提醒了我，子宮不一定永遠都在，而且子宮和卵巢都是有使用年限的。

既然我的子宮、卵巢還能健康運作，不如去凍卵，我國的人工生殖法規定，冷凍卵子只有「已婚夫妻」可以使用，未來如果還有機會遇到一個有良心又值得傾心的好男人，也許我還能當媽媽。

又或者，等待社會觀念進步，未婚、單親也能使用凍卵技術。

我從包包裡拿出筆記本，翻到最新的那一頁，上面有一個「夏喻晴的雙『生』計畫表」。

計畫一、如果還要生

簽署凍卵合約

破卵與取卵藥物針劑費用：一至三萬元

合約費用：七萬元

第一年保存費八千元

總計：九至十一萬元

計畫二、如果沒得生

簽署生前契約，詳洽葉望。

「凍卵？」葉望看起來很困惑。

「男人到八十歲還有可能生孩子，女人可不行。凍卵是為了以後可能再生，生前契約是為了以後可能沒有再生，我要一個人面對老去與生命結束。兩種可能我都顧到了。」聽起來好拗口啊，希望葉望聽得懂。

他沒有直接回答，遞給我一個牛皮紙袋，上面寫著「夏喻晴小姐　敬啟」。

「關於生前契約，我已經想好了。」我的乾脆爽快，讓葉望嚇一跳。

「孝女白琴、電子花車……這些通通不准出現。罐頭塔、輓聯、花圈敬謝不敏。」我稍微頓了頓，繼續說：「奠儀全數捐給和小孩有關的公益組織，我還要簽器官捐贈，最後燒一燒撒一撒，也不用式場，樹葬或海葬都可以。我還要規定大家，一定要穿最漂亮、最花俏的衣服來送我一程，不准穿黑色，不然我就跑出來嚇人。」

「很有妳的風格，副班長。」他勾起嘴角一笑。

我打開葉望給我的牛皮紙袋，抽出文件，第一份就是塔位簡介。「我說啦，我要樹葬或海葬，塔位就不需要了。」

「妳看一下，」葉望停頓一會兒，才吐出下半句——「這不是給妳自己用的。」

我看了附件的照片，是特別小的塔位，門片也不是黑色鑲金、端莊大器的款式，反倒裝飾著粉紅色的施華洛世奇水晶小熊。

我忽然明白，這是給小孩子的。

「之前……妳的寶寶，妳是如何處理的？」葉問謹慎的問。

「醫院外包的葬儀社集體火化念經……」我聽見自己虛弱又乾澀的聲音。

「妳有見寶寶最後一面嗎？」

我屏住氣息，「沒有……醫師、護士都叫我不要看。」小乖是集體火化，因為週數小，火化後沒什麼骨灰，我根本無從紀念她……

「星期六那天，妳幫小寶急救時，整個人非常投入，像是著了魔一樣，一直大叫要小寶回來。」

「誰讓你說這個了！」我用力拍了桌子，附近的客人紛紛轉過頭來。

我應該要唱〈兩隻老虎〉來收斂情緒，轉移注意力，但是，我知道這次不會有用，我只想離開這裡。

「葉望，你只不過想賺我塔位的錢罷了。」我渾身的不愉快，似乎只能遷怒於他。

「如果妳有需要，我甚至可以免費。」他眼神誠懇，「在那種倉促的情況下，妳沒有好好告別，沒有好好療傷，所以我覺得妳並沒有放下過去。」

我抿著乾澀的嘴唇不回擊，然而葉望不肯停止。

「妳很討厭提到『死』，但妳並非真正相信風水命數，妳只是在假裝安慰自己。」

我的指尖緊緊陷進手心。

「副班長，妳需要一個儀式，一個和過去好好告別的儀式。」葉望溫柔說道。

「你以為你是誰？你憑什麼這麼說我？」我大吼，起身抄起所有東西，狼狽而逃。

回到辦公室才發現，我竟然把葉望給我的生前契約資料袋也帶回來了。想扔進資源回收箱，又怕清潔阿姨看到，我索性把資料袋扔進右邊最下面的抽屜最深處，還搬了三個檔案夾來鎮壓住它。

凌晨三點，我還趴在床上瞪著眼睛，體內好像有把無名火，而我像煎魚一樣翻來翻去。

手機滋滋震動，我翻身起來一看，是葉望的 LINE 訊息。

「抱歉，今天讓妳覺得不舒服。」

抱歉，我不想回覆你，我決定繼續裝睡。

「妳依舊麗似夏花，但我覺得妳亮麗的外表下有沉重的悲傷。」

麗似夏花！又是這一句！我忍不住好奇心，伸出食指開始滑手機。

「高二下學期工藝課，**你們男生是不是有刻印章？**」

「妳還沒睡？」葉望傳來一個驚愕的表情，「**妳怎麼記得那麼清楚？**」

「**你是不是刻了一個『麗似夏花』的印章？**」

「副班長，妳想起來了嗎？那個印章還在嗎？別跟我說妳一拿到就丟了。」

「**你有拿給我嗎？**」

「**不告訴妳。**」

可惡，這時候還賣關子！我傳了一個憤怒表情。

「**好啦。**」訊息繼續從螢幕下方湧現：「**我偷拿了一個妳家政課做的鳳梨酥，所以留下印章在妳的書包裡，當作以物易物。看來妳只把鄭宜諾給妳的印章當寶。**」

「**這位同學，你一定要做得這麼隱晦嗎？我前幾天才發現這個印章，好在印章還沒發霉爛掉。**」

我接著再送出一句：「**你為什麼刻『麗似夏花』這四個字？**」

「**因為，很喜歡。**」

我心跳瞬間加速。

他很喜歡誰？

該不會是像小薇說的，他一直暗戀著我？

我搖搖頭，想甩開這樣的思緒，卻無法否認自己心跳亂了拍，這一定都是熬夜的緣故。

「**因為我很喜歡泰戈爾。**」葉望又傳來一句。

哼！果然不是像小薇說的。

我沒再回訊息，把手機關機，丟回床頭櫃上，我真的要睡了。

星期三，早上九點，我站在夏凡的產婦專用車道前。

葉望的妹妹邱蔓今天退房，正式迎接當媽媽的新生活。

我雖然常常被葉望惹怒，卻很喜歡邱蔓，她已換下了夏凡月子中心的睡衣，將自己塞進懷孕前的牛仔褲，手裡抱著已經增重兩公斤的小嬰兒。

「邱蔓馬麻，機票訂好了嗎？」我跟她打招呼。

「還沒，我還搞不清楚，要怎麼帶小孩搭飛機。」

我趕緊在腦海裡搜索出帶嬰兒搭機的注意事項。「訂票時就要註明有嬰兒隨行，請航空公司幫妳安排第一排，還要記得預定嬰兒掛籃，可以讓寶寶躺著，妳比較不會累。嬰兒票是到機場後，再去購票櫃檯買票和開票，如果妳是搭永青航空，報到時，記得問服務臺永青的禮遇櫃檯在哪裡，就不用跟著其他乘客排隊。跟地勤說妳的嬰兒推車要推到登機門口，空服員會幫妳保管推車，降落後再給妳……對了，飛機起降時，給寶寶喝奶，讓他吞嚥，可以避免耳壓變化引起不適。」我劈里啪啦說完，邱蔓眼神有點茫然。

我趕緊補充道：「我會把剛剛講的注意事項，寫成電子郵件發給妳。」

「太感謝了。」邱蔓似乎鬆了一口氣。

我興沖沖的將手中的牛皮紙袋交給她，她疑惑的問：「這是什麼？」

「夏凡出品的育兒葵花寶典，有問題的話，隨時跟我們聯繫。」紙袋裡面裝有嬰兒現況分析表，包括生長評估、每日哺餵次數與頻率、大小便次數等資料，邱蔓上嬰兒洗澡課程的錄影 DVD，還有居家注意事項護理指導手冊，包含哺餵母乳、乳腺炎防治、嬰兒預防注射時程、吐嗆奶處理、育兒環境建議與就醫指南。

葉望已經把車子停妥在接送車道，他點點頭和我打招呼，我沒理他，他便一一將邱蔓的行李搬上車。

我揮別邱蔓和她的寶寶，看著車子開出車道，漸行漸遠。

我在心裡對邱蔓喊話——願妳的寶寶平安健康，願妳是個快樂的媽咪。

我回到接待大廳，沒想到正好迎頭碰上一陣騷亂。

「我不要住這裡了！你們給我退費！」一名孕婦氣沖沖的從電梯門口出來，她的肚子大概有八個月大，腳程卻還是極快。

珈琪在後頭，三步併作兩步追著孕婦喊道：「馬麻，這位馬麻，對不起對不起。」

「怎麼回事？」我攔住孕婦，「您走路慢一點，小心寶寶呀。」

「她是今天來上產前準媽媽教室的呂南毓馬麻。」珈琪向我介紹這位暴走孕婦。

「叫我呂小姐！」

「呂小姐您好，我是夏凡的董事長特助夏喻晴，有什麼我可以幫忙的呢？」我堆起滿臉笑。

呂小姐氣噗噗的，不肯開金口，珈琪只好替她回答：「上完課後，呂小姐因為有問題要問阿長，所以留到最後。」珈琪偷偷看著呂小姐的神色，呂小姐還在氣頭上。

我趕緊轉向接待客服，比了一個拿杯子喝水的手勢。

這週是張莉雅到接待客服實習，她反應很快，馬上端來一個托盤，奉上一杯溫熱的茶水，還有一份試吃的彌月蛋糕。

「呂小姐，這是養肝茶，先喝一點。彌月蛋糕是廠商今天早上剛送來的試吃品，也請您嚐嚐看喔！」

呂小姐點點頭，我們順勢扶著大肚便便的她坐下。

珈琪繼續說道：「秋葉大樓的窗簾沒有拉上，呂小姐從窗戶看過去，剛好看到有員工在搬運一個很大的東西，很像是……大體，上面還蓋了一塊白布，嚇了她好大一跳……」珈琪解釋了整件事的來龍去脈，呂小姐高高挑起修得又細又尖的眉毛，臉色不太好看。

「呂小姐，真是抱歉，讓您嚇到了。」我趕緊道歉。

「你們最好趕快請隔壁那個什麼秋葉，把不乾淨的東西收一收。」呂小姐拔高音量，「下個月我就要來住了，如果到時候還讓我看到那些東西，我就退房，然後去 BabyHome 發文，說你們夏凡旁邊有恐怖的東西。」

呂小姐又補了一句：「你們在廣播電臺的廣告不是模仿宮廷劇嗎？請問，一邊看大體，是要怎麼保養鳳體？」

我想糾正呂小姐，嚴格來說，在醫學教育體系中，只有捐出來做教學使用、當大體老師的才能稱為大體，但是我也不喜歡「遺體」這兩字，而且，這實在不是糾正用語的好時機。

我只能感嘆，這麼尖酸刻薄追打到底，呂小姐的老公應該脾氣很好吧？總之，現在盡力安撫呂小姐，才是最重要的。

「這是一定的，」我拍胸脯保證，「我一定一定會嚴格盯緊秋葉，請他們不要驚嚇到左鄰右舍。」

「我第一胎是在家坐月子，這一胎才找月子中心，我從屏東嫁來新竹，對新竹不熟，上次我去寶山路的至寶參觀，結果回家夢到有一個黑影一直要搶我的寶寶，我嚇到宮縮，去醫院拿安胎藥！後來我朋友說，至寶那一帶都是……墳墓，所以，我一定要找個乾淨的地方坐月子！」

我用力點頭，「好的環境真的很重要，這附近除了我們，還有幼兒園，我也很傷腦筋呢，所以我一定會負好監督的責任。」

原本氣鼓鼓的呂小姐，總算像消了風的青蛙，漸漸平下怒氣。

我趕緊把話題轉往寶寶身上，像是寶寶是男是女、大寶是哥哥還是姊姊、自己帶還是請保母……最後再補上一句：「呂小姐，妳有什麼養胎祕方嗎？看起來怎麼只胖了寶寶沒胖到媽媽呀？從背後看還是個小姐呢！」

呂小姐聽了心花怒放，似乎完全把驚見大體的恐慌與憤怒拋在腦後。

我還送上產後免費洗髮服務券一張，說是給她壓壓驚，又打包了一份彌月蛋糕試吃品，送給呂小姐肚裡弟弟的小姊姊，這位馬麻才神清氣爽的步出夏凡月子中心的大門。

回到行政管理室，從玻璃窗內望著呂小姐豪邁走出的身影，珈琪拍拍我的肩膀說道：「特助，我覺得秋葉那位葉先生應該會聽妳的話，把那些東西收好，別太擔心。」

我沒答話，因為我已經從冰箱拿出一份彌月蛋糕試吃品，正塞進第一口。剛剛一直看著呂小姐吃，自己不能吃，可真難受！

當然，吃完蛋糕，我就要去找葉望算帳！

「葉協理在這裡。」秋葉大樓的警衛先生告訴我。

在哪裡？我只看到十位年輕男女，身著白色襯衫、黑色窄裙或西褲，個個全副武裝，戴著灰色袖套、白色手套、醫療口罩，端正的站在大廳中央。

這群男女環繞著一個醫療床，有個人躺在那裡，身上蓋著白布，我倒抽一口氣——

不會吧？他們把大體放在大廳？

是假人，一定是假人，我相信那就是呂小姐看到的假大體。

我定睛一看，其中一位站在床邊的年輕女子，纖長如扇的假睫毛，眨巴眨巴——是范姜安妮。雖然她和那群男女一樣的打扮，但是我一眼就認出她，試想，除了這位范姜小姐，有哪位禮儀公司員工會戴假睫毛上班？

「淨身儀式過程中，全程不可讓往生者身體裸露，才是尊重往生者，也避免觀看的家屬感到尷尬不適。」范姜安妮的語氣好嚴厲，讓我想到還在當空服員實習生時，學姐訓斥我的語氣。

范姜安妮像是交通警察，指揮兩名員工動作。

「現在執行去除衣物。」兩名員工手拿剪刀，在白布下動作一致，剪除衣物，而後退下。

「再兩個上來，洗淨足部。」又有兩名員工上來，以綠色的沐浴乳清洗大體的腳部，再以蓮蓬頭沖淨，原來這不是床，比較像浴缸中央放了個架高的行軍床——這是專用的洗浴床。

我掃視一下這具大體，這個模特兒假人太高了，頭、腳頂到這張沐浴床的兩端，假大體會做得這麼偏離標準身高嗎？而且「它」左腳腳背有顆痣，右腳則有一道明顯的疤痕，還有修剪整齊的指甲

——

太逼真了，這，這不是假人，我敢打賭，是真的大體！

「動作要輕柔有禮！你這麼用力，水花濺得到處都是，家屬會生氣的！」范姜安妮的指正讓其中一名員工手有點發抖。

我警醒過來，「范姜小姐，你們怎麼在這裡清洗遺體？葉望呢？」

眾人聞聲，轉頭望向我。

「夏特助，在我們這行，請敬稱『禮體』。」范姜安妮一本正經糾正我。

「我在這裡！」蓋著白布的「禮體」，突然伸手把臉上的白布扯下來。

我嚇得往後跳，是葉望！

他的臉塗得好白，他……他竟然親身上陣飾演「禮體」！

「夏特助，小聲點。」躺著的葉望，伸出手指放在脣上，「如果妳有事找我，請等我們禮體淨身實作教育訓練結束，還有，要等我穿好衣服。」

我臉一紅，剛剛確實聽到范姜安妮下達「剪除衣物」的指令。

「待會兒還有按摩、著裝、化妝等流程，夏特助有興趣的話，可以在一旁觀看。」范姜安妮直視著我。

「我哪有那麼多時間？晚點再來。」我落荒而逃。

回到月子中心，我坐在桌前，全心整理接待客服與嬰兒室護理師互相輪調的心得報告。

「嬰兒室護理師真的超辛苦，輪值一週後我整整睡了十二個小時才恢復過來。」

「接待客服比想像中的累很多，馬麻們雖然都是成人，但剛生產完有很多需要協助的地方，初產婦更是手忙腳亂，照顧她們不會比照顧嬰兒輕鬆。」

看了雙方在報告中提出的改進意見與心得，我覺得非常欣慰，稍稍忘掉撞見葉望假扮禮體的尷尬。

就在此時，葉望打電話來了。

「你讓我家的孕婦看到假的禮體了，那是怎麼回事？」我劈頭切入重點。

「這裡是秋葉禮學院，禮儀師的育成中心，舉辦模擬清洗、化妝、入殮的教育訓練，很正常吧？你們不是也會用假的嬰兒教新手爸媽幫寶寶洗澡？我家邱小姐不就是這樣學會的？有興趣的話，歡迎妳多多來觀摩比較我們雙方的沐浴教育訓練課程。」葉望的口氣一本正經。

「那你今天怎麼會去扮演禮體？」

「我想讓員工體會到，人體的觸感和橡膠模特兒還是不一樣，就像邱蔓說的，她洗完假的嬰兒，一摸到自己寶寶軟軟的脖子，還是嚇壞了。我們無法找真的禮體來練習洗，只好用真人來扮演，當然，我只能扮還沒僵硬冰冷的禮體。」

「你還真是沒有尺度。」我警告他說：「你再繼續讓假的『禮體』跑出來嚇人，小心我串聯附近的里長、幼兒園和住戶來抗議。」

「法律沒有規定禁止露出假的禮體，我親愛的副班長。」

「這叫敦親睦鄰。再不聽，我就讓你從假禮體變成真禮體！」

「這樣好了，我把面向你們的那一側所有窗戶，裝上最不透光的羅馬簾，規定員工一定要把窗簾拉好，如何？」葉望停頓了一下，「條件是，基於敦親睦鄰的情誼，妳跟我去喝咖啡吃蛋糕，不然我不裝窗簾。」

哪有人這樣強迫別人就範的？不過，我實在無法抗拒「蛋糕」兩字，於是，我們約在月子中心後方白峰路的法式風情咖啡店。

環顧咖啡店四周，裝潢華美，棋盤格地磚黑白交錯，服務生穿著女僕裝，一整屋的貴婦正在享用下午茶。

我在心裡感嘆，真不應該選在這裡的，待會兒如果我又忍不住對葉望拍桌，可就破壞這裡的優雅氣氛了。

我坐在葉望面前，用叉子的外緣狠狠剁下一口蛋糕，送入嘴裡。

我本來想點乳白色的起司蛋糕，想到剛才葉望畫得森白的臉，我還是點了個萬紫千紅的莓果塔。

葉望問我：「話說妳知道彩顏吧？」

我嚇得身體往後一縮，那是新竹市區中正路上，一家標榜六星級的汽車旅館，他提這個做什麼？難道他要約我去……

還沒等我回答，葉望又逕自補充道：「據說他們集團也買了一批地，要蓋頂級的殯葬園區。」

「這會對你們造成威脅嗎？」我問。

「不可小覷。不過我要說的是，」葉望看著我，「現代人對殯葬業沒那麼忌諱了。」

「但他的殯葬公司辦公室，不會開在汽車旅館旁邊吧？」

「他這才是從生到死的產業鏈，汽車旅館是多少新生命的起源啊。」葉望不直接回答我。

我瞪了他一眼，他趕緊改口說：「給妳的生前契約套裝，考慮得如何？」

「根本不需要考慮，我的答案是，No。」我再切下一口蛋糕。

葉望也不接話，只是拿出一個紫色的小紙袋給我，「回去再看。」

回到月子中心辦公室，我打開葉望給我的紙袋，是一瓶薰衣草精油，還附了一張印刷精美的小紙卡，說明可改善失眠，協助深層休憩等功效。

另外，還有一張葉望寫的便條紙。

「這只是讓妳好睡些，也許放下糾纏的過往，才能讓妳真正好眠。」

我哪裡沒放下？

我不理鄭宜諾，我努力向前看，這不是放下，什麼才是放下？

便條紙最末還有一行字。

「P.S.本來想送妳遮瑕膏，不過女人的化妝品看起來實在太像化學藥品，我化學成績不好，看了就頭痛，於是就算了。」

哼！這傢伙還趁機取笑我，我氣得把便條紙揉成一團丟進垃圾桶。

老媽提著一條千層蛋糕回來，說是同事的彌月蛋糕。

不知是不是下午已經和葉望吃過蛋糕的緣故，當老媽輕輕切下蛋糕，我對細緻的千層紋理切面並沒有猛流口水。

「喻晴，妳和上次介紹的那個……秋葉人本公司的葉望，還好吧？」

我知道老媽帶蛋糕回來的用意了，她想用蛋糕收買我，好讓我沒時間躲回房間，逃掉她的審訊。

「就再看看嘍。」我小心翼翼，避免露出破綻。

「那位葉先生不是不好，但是他的職業實在不好。你們一個迎新生，一個送亡者，實在很奇怪。而且，如果妳們月子中心的媽媽寶寶，知道妳常和禮儀公司的人來往，心裡做何感想？」老媽語重心長說道。

「有個開汽車旅館起家的彩顏集團，他們也要進軍殯葬產業，去汽車旅館的人未必會想到老闆也另外蓋了靈骨塔。」我忍不住搬出葉望的話來護航。

「好啦，他們喪葬業的東西，不要跑出來嚇到你們的媽媽寶寶就好。」

老媽還真是鐵口直斷，料事如神，我心虛不接話。

今晚，我又失眠了，我索性坐到桌前，攤開筆記本。

筆記本上貼著葉望給我的便條紙，是的，我把它從垃圾桶中撿回來了。

我畫了一個兩欄的清單表格，第一欄列出「反對秋葉」的理由，另一欄是「不反對秋葉」的理由。

「反對秋葉」這一欄，我列出了「殯葬業務品影響產婦心理健康」、「呂小姐再看到相關物品會去BabyHome發負評」、「心理覺得不吉」，另一欄，我在紙上亂塗亂畫，卻只是無意識的寫下「葉望」兩個字，接著我又用力把這兩個字劃掉。

我到底在寫什麼？幹麼寫下他的名字？

我嘆了口氣，無論如何，我得採取動作，防範秋葉的員工不小心嚇到夏凡的準媽媽與產婦們。

儘管做了決定，我還是無法入睡。

我猶豫再三，還是拿出葉望給我的薰衣草精油，輕輕滴了兩滴在枕畔，薰衣草的幽香鑽入鼻腔，好像輕輕把我推離意識，跌入紫色的夢鄉。

睡意朦朧中，我想到一件事，那就是我從來只有口頭威脅葉望，不曾真正的串連鄰居去對秋葉施加壓力，也許是我該採取行動的時候了，明天，明天我就來實行……

第二天，一到辦公室，我就開始打電話。

我一一打給白橋里里長、隔壁的昌域大樓社區管理委員會總幹事，以及兩百公尺外的柏克萊幼兒園園長，說明我們這條街有影響居民權益的嫌惡設施，希望大家串連起來捍衛權益的想法，並約好一起在白橋里辦公室開會。

我到了位在白峰路巷弄內的白橋里辦公室，只見到一家名叫「擱來坐」的麵店，麵店門口老闆娘正繫著圍裙準備高湯，門口熱氣蒸騰。麵店另一側掛著木牌「白橋里里長辦公室」，老闆娘親切招呼：「找里長伯喔？我公公在裡面。」

我走進麵店，經過用餐區，果然看見敞開門的木板隔間裡，橫著一張里長的鐵灰色辦公桌，牆上掛著各色的匾額布條。里長、總幹事與園長已經到齊。

「我是夏凡產後護理機構的董事長特助，入車頻繁出入夏凡，希望沒造成各位的麻煩。」我笑吟吟的遞上糖村蛋糕，人人有獎，里長、總幹事與園長也笑咪咪的收下了。

「各位知道白敬街的秋葉大樓是做什麼的嗎？」我先拋出問題。

「不就是普通的辦公大樓嗎？倒是蓋得挺氣派的。」頭髮半白的幼兒園園長張女士表示。

「我有留意一下，好像不是視聽理容、賭場、電動場、色情按摩這類的嫌惡產業。」戴眼鏡的昌域社區總幹事曾女士表示。

「秋葉大樓是秋葉人本集團的辦公室，秋葉人本集團是所謂的生命禮儀業者。」我說出事實。

「啊？」張園長和曾總幹事一臉驚訝。

「那個辦公室是用來聯絡和教育訓練，沒有營業。依據都市計畫法，他們可以在住宅區設辦公室和聯絡處，但是不得營業和招攬生意。」六十多歲的里長伯，邊說邊拿手帕擦了光亮額頭上的汗水。

「是這樣的，葉先生答應過我，不會擾亂里民生活，他已經幫那棟大樓的每一扇窗都裝上遮光性最好的窗簾，辦公室窗簾一定會拉下來，保證外面看不到。」里長停了一下，「他待會兒也會來。」

原來里長已經打電話給葉望。

看樣子，里長是站在葉望這邊的，葉望的「敦親睦鄰」倒是做得不錯。

里長似乎想到什麼，停止擦汗的手，「葉先生剛才在電話中表示，農曆七月快要到了，他想贊助白橋里和白橋商圈的活動。」

說到農曆七月，以往信奉基督教的李執行長應該沒有拜過吧！今年夏凡得慎重舉辦了，我只希望夏凡月子中心大小都平安。

正當我琢磨著拜拜供品清單要列哪些項目，門口傳來熟悉的男聲：「不好意思，我來遲了。」葉望領著范姜安妮出現。

兩人好像講好似的，都穿著深色套裝，葉望繫著亮藍色的領帶，范姜安妮頸上綁著亮藍色的絲巾。

里長忍不住讚嘆道：「兩位一個高大帥氣、一個漂亮，這樣看起來，好像哪個航空公司的空少和空姐，一點也不像殯葬業。」

我也不得不承認，他倆只要再拉個黑色登機箱，走在機場，絕對就會像是航空公司的機組人員。

「這位是柏克萊幼兒園張園長，這是秋葉人本的葉協理。」里長殷勤的幫葉望介紹。

「園長好，我是葉望。」葉望遞出名片後，側身轉向范姜安妮，「這位是我們的行政專員，她叫范姜安妮。」

范姜安妮漾起甜笑，「園長好，我有街頭藝人執照，可以去貴園所免費折氣球，表演給小朋友看。」

「這樣占用范姜小姐的上班時間，葉協理想必不肯吧？」園長表情猶豫。

「多才多藝的優秀員工願意幫忙敦親睦鄰，身為主管非常樂意。」葉望禮貌的回答。

園長笑著說：「太棒了，正好我們最近有個園遊會活動呢！」

「如果有需要，我可以打扮成幼幼台的姐姐，就叫——甜椒姐姐好了，順便鼓勵小朋友多吃蔬菜。」范姜安妮熱情補充道。

園長笑得更開心了，看來這禮物比蛋糕還實用。

葉望轉向總幹事，「曾總幹事，我們想贊助附近住戶的中元普渡和中秋烤肉活動，雖然我們是嫌惡產業，也請把我們放到社區特約廠商名單，好嗎？」

「哪裡哪裡，要給我們住戶特別的折扣喔！當然還是希望大家都不要用到貴公司的服務啦！哈哈哈！」

范姜安妮從包包拿出一本資料夾，雙手交遞給里長，「這是我們嘗試規畫的白橋商圈活動企劃書，給里長和主辦單位做個參考。」

里長拉下眼鏡，把企劃書拿遠遠的看，念出企劃書的大標題：「情侶裝放閃踩街、幸福音樂會——」他眼鏡沒推回，一手扶著眼鏡，眼睛看著大家。

「不錯喔！公關公司提供的點子只有幸福市集，我覺得號召力太弱了，葉先生，你們的提議精彩多了。」

「我們還想提供一些周邊贊助活動。」葉望表示。

看著大家一片和樂融融的景象，原本想揭發秋葉是嫌惡產業，聯合鄰居對秋葉施加壓力的我，這下反倒是自己顯得比較討人嫌了。

我心急起來，趕緊舉手打斷他，「夏凡也要贊助活動！」夏凡不能輸！

葉望不理會我，繼續說：「七夕情人節的浪漫氣氛，很多情侶會忘記要注意『安全』，為了宣導防治愛滋病與性病，我們決定贊助五百朵金莎玫瑰加保險套，免費發放。」

「對對對，安全很重要！」里長、總幹事與園長都笑了。

「只是……這樣做，另一方面也降低了生育率，怕是夏凡的夏特助會不高興。」葉望轉向我，似乎等著我的反應。

我不理會他眼神中捉弄的笑意，「新竹縣市的生育率已經夠高，我們的床位早就一位難求。」我硬是逞強，但是不感到害怕，因為，一個個點子從我腦袋裡蹦出來，我甚至覺得有點興奮。

我的眼睛掃過每一個人，「七夕時拜七娘媽是傳統的禮俗，現代人只顧著慶祝情人節，忘記古老習俗的美好。七娘媽在傳統信仰中會保佑小孩平安長大，夏凡會在當天舉辦拜七娘媽的活動，只要帶小孩來拜，我們請吃雞酒、拿圓仔花和棒棒糖保平安！」我停了一下，里長的眼神亮了起來，葉望瞇起眼睛。「同時我們還會舉辦情侶包尿布計時比賽，讓情侶體驗一下當爸爸媽媽的感覺。」

園長和總幹事都拍手大笑，「這個好！這個好！今年的七夕活動太精彩了，值得期待！」

走出里長辦公室，我沒好氣的瞪著葉望，「你們應該舉辦合購塔位第二件八八折活動，最好還可以推出家族集點卡。」

「妳挺有行銷點子的，要來我們公關課工作嗎？我開始擔心，到時我們活動的聲勢會被妳比下去。」葉望轉頭，看向范姜安妮，「范姜，到時打扮的特別一點、辣一點，要有地獄來的黑玫瑰的感覺，跟夏凡拚了。」

「當然沒問題，樂意之至。」范姜安妮嫣然一笑。

「范姜小姐，妳不覺得這是職場性騷擾？主管逼妳出賣肉體，妳都不生氣？」不知為什麼，我看到范姜安妮的自信笑容，葉望讚許的眼神，就莫名的有點不開心。

「呵呵，夏特助，我不介意，我喜歡百變舞臺的感覺，人生就是個舞臺。」

「副班長，別生氣了，妳已經有黑眼圈，太愛生氣的話，會長很多皺紋。」葉望直直的看著我，「看來妳很想來秋葉大樓前丟雞蛋、扔番茄、撒冥紙。對吧？」

被說中心事了，但我才不想承認，我撇撇嘴，「我才不會浪費食物。」

「愛惜食物是美德。撒冥紙的話，倒是非常歡迎，我們會回收再利用喔！」葉望不理會我的白眼，「忘了跟妳說，就算有熊貓眼，妳還是很漂亮。」

他突如其來的讚美，像是一道電流，令我心跳加快。

葉望從公事包裡取出一個紙袋，小心翼翼的遞給我，「有同事去木柵動物園玩，我特別請他帶這個回來。」

回到夏凡月子中心，我才打開葉望給我的紙袋——原來是熊貓造型的卦山燒餅乾，木柵動物園出品，我又好氣又好笑。

綠色筒狀的包裝紙袋上，有好幾枚熊貓造型貼紙，和一枚綠葉造型貼紙。

我想起過去鄭宜諾送我的 TR 餅乾，也曾貼著一模一樣的綠葉造型貼紙，和記憶中不同的是，眼前這張貼紙已經有些泛黃。

我原以為綠葉貼紙是 TR 特有的包裝，直到有一次自己去買，才發現包裝上並沒有綠葉貼紙，還咕噥說 TR 怎麼取消了這樣別緻的設計。

我趕緊拿出手機送出 LINE 訊息。

「謝謝你的餅乾。」再附加 Thank You 圖樣。

「但是，貼紙是怎麼回事？」

「那是我家邱小姐的收藏，小時候她總說也想姓葉，買了一大堆葉子形狀的裝飾品和貼紙。她

離開夏凡去廈門前，在家裡住了幾天，整理房間時，翻出十幾年前的收藏，沒想到當時的貼紙品質挺好的，竟然還能用。」

葉望一連串的訊息，從手機畫面中湧現，像是將近沸騰的水，咕嘟咕嘟，不斷湧出泡泡，把我的心緒攪得亂七八糟。

「所以……高二時，每星期三的 TR 餅乾是你放的？」我終於問出口。

「副班長，妳總算發現啦。我看 TR 店面小小的，忍不住想交關一下而已。」

我腦袋一片混亂，沒再回傳訊息。

十七歲的葉望懷著不被察覺的心意，每星期放一包餅乾在我的抽屜，當時的他究竟在想什麼呢？

鄭宜諾一再否認那些餅乾是他買的，我卻只當他是不好意思，還覺得他不承認的樣子很帥氣……

原來，他不是不承認，是不能承認，因為餅乾根本不是他放的。

我究竟有多不了解鄭宜諾和葉望？

究竟有多少事情我沒看清呢？

葉望那麼久遠以前的心意，現在才傳達到我這裡，難道是我太遲鈍了？

而這麼多年過去，他的心意——還是一樣的嗎？

我已經不是十七歲的夏喻晴，我還能……還有可能再這樣被愛嗎？

我的思緒翻騰，我知道自己不討厭葉望，更無法否認，再次遇見他之後，他的一切，都在我心底激起巨大的漣漪。

當晚，我翻來覆去，拚命嗅聞枕頭上的薰衣草精油香氣，直到感覺自己被淡淡的紫色包覆著，才安心的沉沉睡去。

第六章　炎夏暗影

天氣越來越熱，氣溫直攀三十五度。

距離七夕活動，只剩下不到兩星期的時間可以準備，我忙著安排，舅舅表示支持，鳳春阿長倒是有點不悅，因為多出來的人力需求，等同要打亂原本規畫好的嬰兒室排班表，而且她知道我的目標是和秋葉 **PK**。

聽到要辦活動，護理師與接待客服們都非常興奮，畢竟月子中心全年無休，鮮少能安排聚餐、旅遊、晚會等其他公司常見的員工活動。

護理師們共同推舉嗓門大、反應快的張莉雅擔任主持人，尿布廠商也表示要贊助當天的比賽用尿布，整個月子中心瀰漫著節慶的歡樂氣氛。

至於要和秋葉的金莎花對抗的圓仔花，經過老媽的指點，我才知道要去竹蓮市場花攤找，更從花攤老闆娘口中得知，如果要重現古風，拜七娘媽要備齊雞冠花、圓仔花、油飯、胭脂、白粉等供品，而且七娘媽不只保佑嬰孩，更是和姻緣有關的神明，我趕緊把注意事項一一編列入「七夕活動準備清單」。

年底李執行長回來夏凡後，如果我不能復職當空服員，完成升上座艙長的未竟之路，申請到公關部門工作應該也很適合我。

而昨天在忙碌之中接到公關公司電話，告知會有人帶美食地圖 DM 打樣過來，讓我校對，確認無誤的話就要送印。

贊助廠商名單要按照筆畫排序，「夏」字的筆劃數是十劃，「秋」字是九劃，因此我們正好排在秋葉的後面。

「我們可以離秋葉遠一點嗎？排最後一個也沒有關係。」我堅持。

「不好意思，一定要按照筆劃數排序。」公關公司為難道。

「不然……沒有其他十劃開頭的廠商嗎？我可以排其他廠商後面。」如果不能排在秋葉前面，我寧可離他們遠一點。

「不好意思，沒有其他十劃開頭的廠商。」

「好吧……」但夏凡排在秋葉後面，這不合時序呀，明明是夏天在前、秋天在後啊！

我掛掉電話，輸了這一役，接下來我非贏不可——要敦親睦鄰是吧？

我隨即在網路上搜尋新竹縣市公部門的大大小小活動預告，赫然看到新竹縣政府要在十一月初舉辦集團結婚活動，就是這個！

殯葬業總該不會贊助婚禮吧？如果葉望硬是要贊助——我想像葉望在臺上，振振有詞的模樣，「婚姻是愛情的墳墓，因此本公司贊助雙人塔位一組，得獎的是……」

哈哈哈！我相信沒人想在集團結婚典禮上領取這樣的禮物。

沒錯！我一定要成為贊助廠商，趁這個機會大大打響夏凡月子中心的名號。

等等，我怎麼會想到葉望？

一想到他，我才發現……已經好幾天沒接到他的電話，也沒收到他的訊息了。

聯絡方式。」珈琪低著頭，手指不住的拉扯粉紅色護理師制服的V字衣領。

「我相信妳，但帶妳去，我擔心莊太太會攻擊妳，妳還是待在月子中心裡就好。」

「不，我要一起去見莊太太，我要去弄清楚到底有什麼誤會。」珈琪眼神非常堅定。

「好吧！我和莊太太約好十一點在白橋一路的星巴克。」我轉頭告訴警衛先生：「星巴克人來人往，相信莊太太不至於做出什麼危險舉動，但保險起見，如果出發後三十分鐘內我們還沒回來，請找人來看看我們的狀況。」

警衛先生用力點頭。

十點四十五分，我拉整今天的藍色大花洋裝，等珈琪也換下制服。

當她換上便服走出更衣室，格紋迷你短裙和白色無袖蕾絲上衣，身材纖細、青春無敵，就像剛從護理系畢業的小美眉。

我搖搖頭，「妳穿這樣太漂亮了，不夠低調，恐怕會刺激到莊太太，還是穿制服去吧，回來再拿備用的去穿。」

我和珈琪步出月子中心，兩人一臉肅穆，天氣很熱，我們要前往的卻彷彿是嚴寒極地。

「妳坐裡面，我坐外側。」在星巴克，我選了一個可以看到門口的位子。

我看看手錶，「奇怪了，莊太太怎麼還沒來，都已經十一點十分了。」早知道就不要約在星巴克了，今天是週五，有買一送一活動，人潮大排長龍，要找人變得不容易。

「特助，莊太太來這裡，寶寶怎麼辦？帶過來嗎？」

「她說會託給寶寶的外婆，也許是忙著安排才遲到了。」

咖啡廳的門打開，我瞥見葉望進來，他還側身開門讓一個戴著口罩的女人先進門來。他來這裡做什麼？

他的大眼梭巡四周，找到我，大步走向我們這裡。

那位戴著口罩的女人，沒加入買一送一的超長人龍，也往我們這方向走來。

當她距離我們三公尺時，我認出她可能是莊太太，這時葉望已走到我眼前，而莊太太從包包拿出一個密封袋，迅速從袋中抽出一包白色的東西，往我們這邊丟過來……

啪！葉望迅速的擋在我身前。

「葉望！」我大叫。

只見那包東西在他身上炸開，黃金軟質固體四散，酸臭味飄散開來，店內響起一陣尖叫——那是一包沾滿嬰兒大便的尿布！

熟悉的氣味，顏色金黃，質地偏軟，可以判斷是餵母乳的寶寶產出的便便……

莊太太一臉蒼白，我以為她會拔高聲音痛罵我們一頓，卻只見她的眼淚撲撲簌簌滑下。

「莊太太，能不能把事情說清楚呢？如果我們有過錯，我們願意承擔。」

葉望代替我和珈琪慘遭嬰兒屎攻擊後，珈琪先留下來善後和處理賠償，我和葉望拉著莊太太離開星巴克，並且從後門回到夏凡月子中心。

我讓葉望在夏凡的員工盥洗室清理身上的屎跡。

莊太太堅持等到珈琪回來才肯開口，好不容易珈琪回來了，她才冷冷的吐出一句——

「王珈琪和我先生有外遇。」莊太太堅持。

珈琪緊咬嘴脣，臉色蒼白，不停的摩娑護理師制服的V字領。

「您有沒有證據呢？」我想一定有什麼事讓莊太太這麼篤定。

「前一陣子，我先生經常晚上說要回公司處理事情，但總是把公司識別證忘在家裡，我覺得怪怪的，進公司難道不用刷識別證嗎？於是我請朋友跟蹤他的車，這是行車紀錄器拍下來的影片。」

莊太太拿出一張小小的記憶卡。

我回辦公室拿了筆記型電腦到會議室，插上記憶卡，和珈琪湊在螢幕前。

影片畫面裡，莊先生的TIIDA轎車在晚上九點離開關新路的家門，一路來到月子中心前，一位穿粉紅色V字領護理師服裝的女人上了車，我看看珈琪，珈琪也瞪大眼睛看著我，那個女人的纖細身形、妹妹頭劉海、又戴口罩，和珈琪幾乎一模一樣。

「是妳嗎？」我轉頭看珈琪。

「不，不是我……」珈琪瞪大眼睛，雙手不停用力揮。

莊先生的TIIDA轎車，載著那個女人，迴轉後經縣政二路，右轉中山路，而後在中山路來一個大迴轉，轉進高速公路涵洞正前方的……花舍汽車旅館。

影片結束。

「這樣可能不夠告妳妨礙家庭，但是也算罪證確鑿了吧。」莊太太咬牙切齒。

珈琪瞪大眼睛，嘴脣不停顫抖，手指因為用力而泛白。

我緊緊握住她的手，腦袋快速運轉。

碰！我用力拍桌，「這個女人，絕對不是王珈琪。」我看向莊太太。

莊太太冷笑一聲，仿效我剛剛的口吻說道：「夏特助，您有沒有證據呢？」

我關掉行車紀錄器影片視窗，叫出一個 Excel 檔案，是七月份的嬰兒室護理師人員排班表。

「這影片拍攝的日期是七月二十六號，日期沒錯對吧？」

莊太太點點頭。

「請看這個班表，七月二十三日到七月二十九日這一週，王珈琪輪調接待客服，也就是說，她這一個星期不在嬰兒室當護理師，而是在櫃檯當接待客服。莊太太，您住過我們月子中心，您應該知道，接待客服穿的是圓領洋裝型的制服。而且這一天她上的是小夜班，上班時間是下午四點到晚上十二點，意思就是，她不可能晚上九點，穿著嬰兒室護理師制服，搭莊先生的車去汽車旅館。」

莊太太張大了嘴，不可置信。

「那……這個女人是誰？」珈琪提問，聲音乾澀。

我心想，這應該是莊太太要問的吧？

我想起十三街麵食館驚鴻一瞥的護士，又想到，約談莊先生的那天，他說過要去看牙醫，該不會……

「您先答應我，如果我說了，您不會去那個地方鬧——這只是我的猜測。」

莊太太點頭。

「白橋三路巷內的皓齒牙醫，離我們很近，她們的護士制服，和我們家的嬰兒室護理師一樣。

我在十三街麵食館見過一位皓齒牙醫的護士，穿制服戴口罩的樣子很像珈琪。」莊太太咬了嘴脣，我繼續吐露我所知道的事。

「皓齒牙醫的巷子很小，車子不好迴轉，也許是這樣，莊先生才和她約在夏凡門口等候……」

莊太太眼淚滑了下來，珈琪抱住她的肩。

我輕聲問莊太太：「影片是七月拍到的，怎麼忍了三個星期才說？」

「我猶豫了好久，朋友勸我找機會和老公慢慢談……」莊太太紅了眼眶。

我發現她眼睛底下，有好重的黑眼圈，她有多久沒睡好了呢？

「說來話長，我老公是我倒追來的。他當兵時，初戀女友兵變，那段時間，我陪在他身旁安慰他，後來我們就在一起了。」莊太太像剝洋蔥一樣，一層層顯露內心的脆弱。

「我懷孕時，他外遇過一次。」

我倒抽一口氣，原來出軌的不只鄭宜諾一個人。

「他跟我說，他重新遇見初戀女友，情不自禁，對方不知道他已婚，我因此氣到安胎，他們就分手了。」莊太太眼淚掉了下來，「我沒看過他初戀女友的照片，全都被他毀屍滅跡了，不過，我知道，他一直比較喜歡像珈琪這樣纖細嬌小，感覺像妹妹的女生，走在路上，他的目光總是會被這樣的女生吸引。」她看了珈琪一眼，珈琪臉色一凜，頭垂得低低的。

「據說我先生的初戀女友也是護士，真的很巧。不像我，個子高大骨架大，又是學資工的，也許是我太沒有女人味。」莊太太神色黯然。

「說真的，我半夜起來給寶寶餵奶時，可能是睡眠不足，心裡的陰暗面全都浮上來了，我想到和我先生外遇的初戀女友，想到他不顧我和寶寶，自己去和別的女生開房間，我好想……我好想殺了那個初戀女友。」

莊太太掩面，「妳們是不是覺得我很恐怖……我都快精神分裂了。」

「莊先生確實曾經對珈琪有好感，所以我們就把珈琪調開去照顧別的寶寶，她也沒給莊先生任何聯絡方式。」我拍拍莊太太的肩。

我停了一會兒，決定說出自己的故事：「人家都說，勸合不勸離，我是不相信這句話的。我懷孕四個月時，發現從高中就在一起的老公，竟然外遇了！我很震驚，不小心跌倒流產，就火速離婚了。」

莊太太和珈琪都瞪大眼睛看著我。

「莊太太，您比我幸福多了，我的孩子沒有留住，但您有一個值得疼愛的小生命。至於莊先生，建議您和他好好溝通，如果選擇要繼續走下去，那是一段很長的復健過程。我沒有勇氣，所以選擇結束。」

莊太太雙手交握，緊緊抓著自己的手，「我先生意志不堅，女人對他示好，他就會很高興，而我總是因此很生氣。」她氣憤道，「越是這樣，我就越不想對他放軟身段，不想做些讓他高興的事，最近更嫌棄他在育兒方面幫不了忙、做不了事，拍嗝拍到寶寶狂吐奶、尿布前後顛倒、母奶加溫過頭營養都沒了。」

莊太太嘆了口氣，繼續說：「他常常問我，有必要因為這些事情氣到像火山爆發嗎？結果，他在我這裡老是受挫，得不到成就感，也就越需要外面女人的肯定。」

其實，莊太太已經把整個局看得很清楚了。

「昨晚，我先生去公司加班，這次他真的去加班了，因為他帶了識別證。但是我一個人在家顧寶寶，心情很煩躁，越想越難過，就索性把寶寶交給我媽，自己跑出來做傻事，真的……很對不起。」

我和珈琪默默不語，就只是靜靜的遞送面紙，陪著她流淚，希望淚水能沖去她為人妻、為人母的艱辛。

此時，叩叩叩的敲門聲，劃破了三個女人之間的靜默。

是葉望，他已經擦洗乾淨了，但頭髮坍塌下來，身上的高級襯衫早已脫下拿在手上，襯衫上明顯一大片黃漬，而他上半身穿著我們月子中心最大尺碼的產婦粉紅色睡衣。

我忍不住噗哧一笑，還真沒見過葉望這身狼狽又滑稽的模樣。

莊太太連忙起身道歉：「對不起，真的很對不起，我幫您出衣服的乾洗費……」

「沒關係，大家沒事就好。」葉望擺了擺手。

「你怎麼會跑去星巴克？」我問他。

「我拿白橋商圈七夕活動的 DM 給妳校稿。為了看到妳，我向公關公司自告奮勇，會把 DM 給這一帶所有的商家校稿完再送回去。還好，稿子沒沾到嬰兒大便。」葉望攤了攤手，「但我還是得回家換件衣服，不然員工會笑死。」

珈琪看到葉望的窘況，笑了出來，「葉協理，你聽過一首歌嗎？」然後就唱了起來，「我可以為你擋『屎』，妳說要不要……」

葉望看起來很困惑，我趕緊解釋：「那時你應該還在日本，這是潘美辰的歌，大概是二〇〇二還二〇〇三年的時候。」

「潘美辰啊？我以前有買她的卡帶耶。」葉望笑說。

「卡帶？你怎麼提這個已經絕種的東西。」我譏笑葉望，莊太太總算破涕為笑，然而葉望那句「為了看到妳」，讓我心跳漏了好幾拍。

為了看到我，是真的想見我，還是想推銷生前契約？

為了看到我，被嬰兒屎擊中，值得嗎？

凌晨一點，餐桌前，我已經習慣獨享夜晚的寧靜。

「喻晴，妳還沒睡啊？」老媽佇在我面前，手裡拿著馬克杯，我抬起頭，嘴裡的黑糖戚風蛋糕還沒吞下去。

「睡不著，起來工作。」我面前攤開的筆記本，記著「產後媽媽教室」課程，我正計畫將產後心理、家庭調適、夫妻關係經營等課題規畫為一系列課程，酌收費用，讓媽媽們帶寶寶來參加。寶寶可以託給嬰兒室，還提供三層式下午茶點，也是一個讓媽媽們喘口氣充充電的機會，撫慰因為育兒與家庭而無暇顧及的心情。

「媽問妳一句。」她眉頭微皺，「妳和鄭宜諾真的……沒戲唱了嗎？」

「沒了。他已經打算向小三求婚了。」老媽聽了，重重嘆一口氣，「想當年你們結婚時，看起來真的很幸福。」說完，老媽不理會我，逕自回房睡了。

真是的，沒頭沒尾丟下這幾句話，我要煩惱的已經夠多了，這豈不是讓我完全不用睡了嗎？哼！最近沒收到鄭宜諾催討婚戒的簡訊，也許他已經解決了吧。

今天看見莊太太的舉動，我不禁開始想，為什麼我和鄭宜諾會走不下去？

我不可能像莊太太一樣請朋友跟監，我甚至沒去人肉搜索 Winter5433 是誰，也沒追問任何細節，就像是攆走討厭的蟲子一樣，迅速斬斷十多年的愛戀與付出。

我甚至沒問他，為什麼要外遇？還有，他愛誰比較多？

我們在高二時期保持曖昧關係，全班都等著看班長與副班長在一起，鄭宜諾卻從未跨過友達以上的界線。

高三父親驟逝之後，他見義勇為打匿名電話舉報肇事車輛，鄭宜諾堅稱不是他，然而，警察在現場撿到他的學生證。

我心懷感謝，主動寫信向他告白。

他在我面前看完了信。他告訴我，原本想等考上臺大再跟我告白，但他想現在牽起我的手，陪我走過不幸，站上幸福的頂端。

只是，鄭宜諾心繫課業，當年如果不是考高中時肚子痛，他可以考上實驗中學或新竹高中，不必每天等公車時，看著昔日成績比他差的同學，穿上他無緣穿的卡其色制服。進入竹北高中後，他的成績始終拔尖，學校師長也期待全校第一名的他，可以考上第一學府，於是，我們的約會地點大多在圖書館，一起安安靜靜的念書，一整個週六或週日，他可以端坐三、四個小時，聚精會神的做十幾份測驗卷，還出題目給我做。

而後大學考試放榜，我們不同校又跨個縣市，週末也不一定見得了面；畢業後一個飛上天，一個進藥廠在醫院奔忙衝業績。我們看似相戀多年，從不吵架，卻未必真正了解對方——就像我以為高二時，每週三的一包TR小餅乾是他買的。

在小薇兒子的滿月酒上，鄭宜諾看起來委靡不振，他是不是也深受重傷呢？

我在筆記本上隨意塗寫，寫著寫著，就窩在沙發上睡著了。

「吃早餐啦，小姐。」老媽企圖推醒我。

「我還想睡——」

「妳的筆記本怎麼畫得亂七八糟，妳不是表格女王嗎？這是什麼表格，葉望V.S.鄭宜諾比較表，比較項目，欠揍、嘴賤、知道我愛吃餅乾……葉望勝、勝、勝？」

我趕緊跳起來，一把奪回筆記本，「媽！我已經三十多歲了，尊重一下我的隱私權！」

老媽不置可否，還批評我的筆記本說：「妳外表那麼亮眼，怎麼還在用這種黑色皮面的筆記本？這是銀行送的吧？太老氣了，我都已經用智慧手機來記事了。」

我抱緊筆記本，寶貝的很，「就是這種筆記本，才有標註陰曆日期和附農民曆，可好用了，LV的經典格紋筆記本有附農民曆嗎？」

老媽嘖了一聲，搖著頭碎念離開。

第七章　夏夜鵲橋

填得滿滿的記事本，又翻過去了數頁。

傍晚六點，白橋一路已經封街，不遠處跨過豆仔埔溪的白色斜張橋，也亮起彩色的 LED 燈光，這座橋是這裡的重要地標，是白橋一路和白橋里命名的由來，也是夏夜裡一道美麗的風景。

今天，是傳說中牛郎織女相會而淚灑銀河的七夕，那麼，這座橋，也許就像是夏夜裡的鵲橋吧？

白天暑熱的餘威未盡，在月升日落的時刻，夏凡月子中心動員十幾名員工，將物品搬到市集攤位，布置妝點一番，準備舉辦拜七娘媽和拜床母活動。

我們設了一個香案，貼了「正妹求姻緣」和「囝仔包長大」兩個牌子，香案上擺了水果、花卉、油飯、雞酒、小鏡子、梳子、扇子、臉盆、毛巾、口紅與白粉，其中白粉還是我在竹蓮街找到老字號的丸竹化妝品才買到。

布置妥當後，張莉雅第一個站上前，雙手合十拜了起來，還大聲念出禱詞：「我是信女張莉雅，請七娘媽保佑我快快找到好姻緣，每天看別人的寶寶那麼可愛，我也想要生一個，先上車後補票也可以……」

說完，就取走一個小花束——竹蓮市場花攤老闆娘特別準備的圓仔花、雞冠花、茉莉花求姻緣組合。

我提醒張莉雅，要將小花束插在自己的房間。

「特助，為什麼要擺鏡子、梳子、化妝品？」張莉雅很好奇。

「給七娘媽梳頭吧……」本來我還查到說要燒金紙和經衣給七娘媽，但主辦單位禁止拿香，也不讓我們設金爐，公關公司的承辦人員還以美式英語腔調高聲問我：「經衣？What's that？」

「印有衣裳圖案的紙，是燒給七娘媽穿著的。」

「噢，我在國外長大，還真的沒聽過呢。」

哼，妳沒聽過的可多了。

我回神，看到珈琪搬完東西後，就呆站在一旁。她近日不太笑，也更瘦了一點。

我推了她一把，「快去求姻緣，把莊先生忘了，早點交個男朋友。」

珈琪瞪大眼睛看我，雙手直揮，「我沒有！我沒有對他念念不忘……」

「我是說，把他們夫妻帶來的不愉快給忘了。」

珈琪臉一紅，轉移話題道：「特助，請問七娘媽會保佑沒出生的孩子嗎？」

我愣了一下。

她看起來有點慌張，連忙解釋道：「我幫朋友問的，她懷孕了卻沒辦法結婚，也沒辦法獨自撫養小孩，所以做了藥物流產，一直很愧疚。」

「那麼，妳不妨請七娘媽幫忙照顧那孩子，將來有好姻緣，再來找媽媽，給媽媽一次機會。」

珈琪眉頭舒解開來，「特助，那妳也要求姻緣喔。」

「先給大家拜吧，我怕圓仔花不夠分。」護理師們已經排好隊準備拜拜，有些遊客也興致勃勃的加入拜拜的行列。

這麼說來，我也該請七娘媽幫忙照顧小乖，找個好人家投胎，不然……我也不確定，自己何時還有良緣到來。

「請問──『囝仔包大漢』要怎麼拜？」有對推嬰兒車的夫妻路過。

張莉雅請她們一起念：「信男某某某、信女某某某，育有一子或一女某某某，請七娘媽保佑他平安長大好照顧……」並奉上一束圓仔花組合，也招待他們來一碗雞酒。

這時人群一陣騷動，大聲公傳來嘶喊聲。

「安心過七夕！安全性行為！」原來後方的秋葉攤位，正在舉辦大聲公比賽，每湊滿十位參賽者，就比賽一次，參賽者可以獲得「金莎巧克力玫瑰加保險套」的組合，分貝最高的人還可以多得一隻小熊。

我繞過去看，范姜安妮穿著高叉短裙和黑色長靴宣導安全性行為，我趕快衝回自家攤位，對護理師們宣布：「我們拚了！」

張莉雅按下音響播放鍵，護理師們排好隊伍，開始跳昨天才練好的舞蹈。

「保庇保庇保庇保庇保庇保庇噢！

保庇保庇保庇保庇保庇啊啊保庇保庇保庇保庇……」

年輕女孩們的動人舞姿很吸睛，圍觀的群眾越來越多，大家都拍手大笑。

「妳們活動很成功。」葉望不知何時出現在我身後。

「原來是你，」我故意深吸一口氣，「難怪我聞到一股屎味。」

「沒想到嬰兒的大便好難洗，好在邱小姐指點我用了漂白水。」

我忍不住噗哧一笑，上次匆匆揮別擋「屎」的葉望至今，似乎真的隔了很久，很久。

沒有誰先邀請誰，我們很自然的一起沿著白橋一路，開始逛起幸福市集的攤位。此時，夜色已染黑天空，音樂會舞臺架在白橋一路與白峰路口，正面迎向著白橋一路上滿滿穿著情侶裝的紅男綠女。

音樂聲響起。

「莊先生和莊太太還好嗎？」葉望打破沉默。

「他們去了婚姻諮商，也努力想和好。但是，莊太太坦承，有時她還是得努力壓制住想找第三者報復的念頭。」我腳步轉向動物公園，「之前看到你們假禮體而提出客訴的馬麻，也很滿意你們新裝的窗簾，看起來密不透風，可惜了你們採光良好通透的設計。」

「敦親睦鄰比較重要嘍。」我知道葉望是為了做生意，然而他願意配合，還是讓我覺得有那麼一點小小的窩心。

我們來到白峰路和白橋一路交叉口的公園。每個公園幾乎都有溜滑梯，這裡的溜滑梯是石造的寬大斜坡，每次經過，總看到孩子們尖聲叫鬧的嬉耍，有些大膽的孩子甚至頭朝前趴著俯衝下來，像是漂亮著陸的小飛機。

「敢不敢玩？」葉望轉頭看我。

「我，我穿裙子耶。」我拉拉裙襬。

「現在沒人了，我也保證不偷看。」葉望很自然的拉起我的手，我也認真起來。

「好，從溜滑梯上最慢下來的人是小狗。」我蹬著高跟鞋，和葉望一起衝上石階。

滑梯對大人而言太短了，我根本還沒俯衝就著陸了，更不用說葉望個子高，趴著時頭都抵達地平面了，腳卻還掛在溜滑梯的最上方，整個人像是卡在溜滑梯上。

我拍整裙子，「怪叔叔，快起來，別嚇到小朋友了。」

葉望對我伸出手，我拉了他一把，他的掌心又熱又厚實。

「你是否已經看見上弦月，看它慢慢的圓，慢慢缺；缺成愛情裡的不完美，圓在心裡變成感謝……」

音樂會的歌聲響起，是許志安的〈上弦月〉，曾是我飛歐美線時，和鄭宜諾遠距離相思的心情。看來規畫表演曲目的人，大概是想用這首歌來象徵牛郎織女。

在間奏中，葉望突然發問：「副班長，妳覺得牛郎織女的故事代表什麼意義？」

「遠距離戀愛吧。」我想。

「我在日本念書時，曾經去旅館打工。有一次，有臺灣遊客掉了一本書在旅館，幫他寄回去之前，我把書看完了。」葉望站在白峰路和白橋一路口，看著音樂會舞臺背後，工作人員跑進跑出的奔忙。

「裡面說，牛郎織女的故事，可以想像成一對夫妻生下孩子後，太太留下幼子稚女就過世了。人們想像離開人間的太太，就是飛回天上的仙女，丈夫和孩子每年總有一天可以見到太太與媽媽，這是失去所愛的人們的夢想。」

「太扯了，這個故事。」我覺得鼻子有點酸，卻不想承認。

「我一直記得這本書叫做《紅嬰仔》，寫一個全職媽媽頭兩年的育兒故事，文字非常美麗，每個字彷彿都有滲透紙張的魔力，我妹說作者是非常有名的國寶級散文作家。」

的確，只有當了媽媽的人，才知道媽媽與子女硬生生被迫分離的酸楚。

我抬頭看了大空，竹北市鬧區的光害嚴重，我看不到星星，不知道，小乖是否變成了天上的星星呢？

一陣掌聲傳來，〈上弦月〉結束，一曲輕柔的前奏綿延了整個街廓。

「還沒好好的感受，雪花綻放的氣候，我們一起顫抖，會更明白，什麼是溫柔；還沒跟你牽著手，走過荒蕪的沙丘，可能從此以後，學會珍惜，天長和地久……」

是王菲的歌，女主唱也刻意模仿王菲那如同天使吻過的飄逸嗓音，臺下的觀眾忍不住跟著一起唱，身體輕輕搖晃，還有幾位看起來有在練晨間土風舞的大媽，手拉手跳起舞來。

葉望沒問我，逕自拉起我的右手，放到他肩上，而後牽起我的左手，他的左手輕而有禮的扶著我的腰畔。

我們在公園的一角跳起舞來，說不清是什麼舞，一步又一步，一圈又一圈。

「可是我，有時候，寧願選擇留戀不放手，等到風景都看透，也許你會陪我，看細水長流。」

轉呀轉，轉到我的頭都昏了，但是我心中無比清明，只有一個念頭——是不是可以，一起這樣看細水長流？

尾奏響起，怎麼這麼快就結束了？

「謝謝——」女主唱用甜甜的聲音答謝觀眾，我還有點暈眩，卻馬上被一陣調皮的童音打醒——

「我愛你！我愛你！」

「在一起！在一起！」

「生小孩！生小孩！」

原來是一對爸媽帶著三個小男孩路過，孩子們的戲言像是炸彈，炸開我和葉望，我迅速抽掉手、移開身體。

那一刻，不知道是不是我的錯覺，我在葉望臉上看見了失望，但我管不了那麼多，只覺得自己的臉頰又熱又燙。

「不要亂叫！」媽媽吼住最年長的男孩，轉向我們連聲道歉：「對不起，打擾你們了，不好意思，不好意思啊！」

我用力咧開嘴，轉向葉望，「我……到我們的攤位吃一碗雞酒吧，應該還沒發送完畢。還有，你要不要來比賽包尿布？」

「嗯……我得回秋葉的攤位看一下了。」

我絕不能承認我有一絲絲的失落，我應該不是想和葉望多待一會兒，我只是想看葉望包尿布不熟練而出糗——

都是那三個可惡的小屁孩——我瞪了那三個小男孩的背影，真想從月子中心的嬰兒室垃圾桶，拿出髒尿布來K他們！

七夕夜活動結束時，我們的攤位撤得很快，我是最後一個拉著推車離開攤位的人。秋葉的攤位因為展示物品較多，撤場得較慢，葉望高大的身影還兀自在攤位裡忙碌著。

他拿起手機，似乎在傳訊息，過了幾秒，我的手機響了。

「恭喜妳，副班長，今天活動很成功。」

我在燈火闌珊處，看著他側臉英挺的弧線，回傳了 LINE 訊息給他：「**謝謝你，如果不是為了和你 PK，我也不一定會參加這場七夕活動。**」

「今天妳笑得很開心，我也為妳開心。」

「如果可以看到你包尿布比賽落敗的囧樣，我會更開心。」我這麼回覆他。

「那……我只好說，有機會希望我們一起幫小孩包尿布？」

什麼一起幫小孩包尿布？葉望的訊息怎麼這麼曖昧？

我臉頰熱燙，一路逃回夏凡月子中心，才覺得雙頰的熱度漸漸褪去。

進門前我看著天上的月亮，心想——

我真的還有機會，為自己的孩子包尿布嗎？

我和葉望……會有這樣平淡幸福的可能嗎？

我看著天上彎彎的月，多希望這是老天允諾我幸福的笑臉。

我嘆了一口氣，捨不得踏進月子中心大門，我望著月亮，請求月娘允許我，暫時忘記以前的傷痛、忘記此刻的責任，任由自己沉浸在短暫的美夢中……

也許是今大的月色太美，也許是葉望舞跳得太好，讓我感覺暈眩。

如果、我是說如果，是這樣一個會逗我笑、會為我擋屎、一路為我默默付出的傢伙，好像沒什麼不可以……

除了他的工作、他所在的產業……

七夕活動圓滿落幕後，還有一場重頭戲。

「特助，真的要辦中元普渡嗎？」鳳春阿長問我。

「這很重要，一定要辦，我已經列好工作表，也會請舅——」差點說溜嘴，「也會請蔡醫師來主持。」

「這次也要和秋葉 PK 嗎？」張莉雅發問了，「上次特助說要 PK，結果後來跑去和秋葉的葉協理 PK 舞藝呢。」其他護理師竊笑起來，我假裝沒聽到她第二句話。

「這次就不要了。他們是殯葬業，想必會拜得很盛大，我還怕他們招來太多好兄弟。」我摩娑著手臂，突然覺得有點冷，沒辦法，想到就毛骨悚然。

我轉身交代行政部門的職員，「中元節是八月二十三日，在二十一日前就要先準備好採購清單的東西。要買一套全新的盥洗用品、浮爐、酒杯、燭臺和豐盛供品，紙錢的部分要買齊經衣、小銀、天金、太極金、刈金和銀紙。」

看著大家被長長的購物清單弄到頭暈恍神的模樣，我補充道：「拜好兄弟時，同時要拜三界公、祖先和地基主。公司行號就不用拜祖先了。還有，不可以買鳳梨，因為諧音是『旺來』，我們不希望好兄弟常來，也不要買香蕉、李子、梨子，因為諧音正好是臺語的『招你來』。」

「我還真不知道有這麼多規矩。」張莉雅張大嘴巴。

「那名字有鳳的是不是乾脆改名，以免招來太多不該來的東西。」鳳春阿長的話，比還沒成熟的土鳳梨還酸，「以前我在急診室待過很長一段時間，那時只要做錯事，就會被學姐藉著我的名字罵，怪我招來太多急診病患。」

「哪裡的話，阿長，妳是夏凡的頂梁柱，有妳才有媽媽寶寶一直來。」我挽起她的手，拍拍她的背，好像她是個護專剛畢業，被學姐欺負的小學妹。

中元普渡當大，舅舅從醫院趕來，照著我的要求扮演主祭者。

「今天是農曆七月十五日下午五點，主祭者蔡朝明，代表夏凡產後護理機構，在此準備飯菜水果等祭品來供奉，請諸位好兄弟享用。夏凡產後護理機構內有很多剛出生的小嬰兒，懇請各位好兄弟高抬貴手，別入內與小嬰兒玩耍打招呼。」

他拈香拜了三拜，將香一一插在供品上，後方員工們也雙手合十跟著鞠躬拜拜。

「等一下先燒經衣，再燒銀紙。」我交代行政部門人員，並轉身請大家回去繼續手邊的工作。

「喻晴，舅舅這樣說可以吧？我得先趕回醫院，其他的事情就交給妳了。」

舅舅怎麼說溜嘴了？我趕緊伸出食指壓在嘴唇上，但是在我身後的鳳春阿長已經聽到了。

舅舅邁開的步子突然停下來，「對了，喻晴，妳有沒有考慮繼續在月子中心做下去？」

「不可能啦，原本的執行長不是十二月底回來嗎？」

「她懷孕了，打算在美國生產。這個問題我們再討論。」舅舅疾風似的趕回醫院。

舅舅前腳剛走，鳳春阿長就火速湊到我身邊，劈頭就問：「蔡醫師是妳的舅舅？」

我點點頭，她都聽到了，我也無從抵賴——鳳春阿長該不會想要指責我，靠舅舅的關係才空降夏凡當特助？我覺得我一七〇的身高，在一五八的阿長面前，好像瞬間矮下去了。

「那妳是夏醫師的女兒？」鳳春阿長沒批評我，倒是自言自語：「我就想說，哪有那麼剛好也姓夏呢，妳的眼睛確實很像夏醫師。」

「咦，阿長，妳認識我爸爸？」我很驚訝。

「我以前在協和醫院工作，所以在婦產科見過妳爸爸。妳爸爸出車禍時，我除了是小兒科的護理師，休假時也兼職擔任救護車上的隨車護士。很抱歉，沒救回妳爸爸，他……」鳳春阿長眼神充滿遺憾，透漏了她很在意這件事。

「阿長，不是你們醫護人員的錯，是那個酒後肇事的混蛋的錯。」我想要趕快緩和氣氛，「還好有人匿名舉報，找出那個肇事的壞人……」

「說到匿名舉報這個人……」她微瞇起眼。

開始燒金紙了，空氣中瀰漫著煙霧，我眼睛有點痛，同時對於造成空氣汙染有點歉疚，唉，下次拜拜響應環保，開始實施免燒金紙吧。

阿長像是想起了很久以前的事情，「救護車到了經國路西大路口，我下車時，看到有個穿竹北高中制服的男生，從街旁電話亭裡衝出來跑了，警察說舉報電話是那個時間從那個電話亭打來的。後來警方在電話亭撿到一張竹北高中的學生證，因此認為學生證的持有者，就是舉報肇事車輛的男學生。」

「所以，阿長，妳見到鄭宜諾了？」

阿長搖了搖頭，「我見到的男學生，不像是妳說的鄭宜諾。」

「什麼意思？」

「我後來在醫院小兒科見到這個姓鄭的孩子，我和他的媽媽在協和醫院小兒科見過好幾次面，他媽媽很得意的告訴我，這孩子見義勇為報警，得到學校的表揚，我當場沒說什麼，只當自己夜裡眼花。但是，我真的覺得，鄭宜諾跟我看到的那位男學生，長相差異很大，應該不會是我記錯……」

「咦？」我覺得很奇怪，鄭媽媽為什麼會是協和醫院小兒科的熟面孔，鄭宜諾身體一向健康，就算生病也不會是去小兒科啊。

「鄭宜諾頭髮很多，皮膚很白，單眼皮，戴金邊眼鏡；從電話亭跑出來的男學生，皮膚比較黑，濃眉大眼，沒戴眼鏡，雖然只是匆匆一瞥，但我還是看得很清楚，而且，他腳上穿一雙超炫的球鞋，是耐吉飛人喬登(Nike Air Jordan)十三。我姐姐的兒子很迷籃球，為了向爸媽討這雙貴鬆鬆的鞋，他硬是從全班第三十名努力到前三名，連睡覺也捨不得脫下來，所以我一看到就認出來了。」

阿長的話，像是一記震撼彈，重重的撼動了我，我不敢相信自己的耳朵，幾乎快不能呼吸。

我認識一個人，完全符合阿長的形容，而且，就是這麼巧，那個人也曾經目睹一樁車禍……

我趕緊追問：「阿長，妳看到的男學生，個子多高？」

「幾公分我抓不準，是一看到就會說『你好高』的那一種……」

那個男學生，絕對不會是鄭宜諾。

煙霧瀰漫，我也開始咳嗽，難道，我當年看不清楚的事實，原來並不只 TR 小餅乾這一件嗎？

「你在哪裡?」我撥通電話，劈頭就問。

「在我媽家。今天中元節，我請假回來幫忙拜拜，明天下午才回臺北。」鄭宜諾的聲音聽起來很疲倦，他反問我：「不過，妳問這做什麼?妳找到戒指了嗎?」

我沒等他講完就掛掉電話，投入中元普渡的收尾工作。

我忍到晚上十點半才到明湖路的鄭宜諾老家，因為我知道前公婆習慣十點就寢，這樣可以避免打照面的尷尬。

我在明湖路巷子內打電話給鄭宜諾，他沒接。再打，還是沒接。我只好走到門口按電鈴。

一個膚色黑亮的年輕胖胖女生來應門，我沒見過她。她臉上極濃的眉、長長的睫毛、一雙大眼黑白分明，洩漏她的國籍。

我對於外傭應門這件事，絲毫不感到意外。我們婚後很少回來公婆家，但我還是留意到了，鄭家明明沒有體弱多病的老人要照顧，卻一直有外傭的身影，靜靜的出沒在透天厝一角，我一直以為是鄭媽媽請來幫忙打掃居家環境。

「找誰?」她的中文說得不錯。

「我找鄭宜諾先生，我是……」

「大哥在頂樓，自己上去吧。」

這位外傭也太放心了，雖然我長得不像壞人，不過，她為什麼叫鄭宜諾大哥啊?鄭宜諾是獨生子，她和鄭宜諾情如兄妹嗎?

我沿著透天厝的樓梯輕手輕腳的上樓，怕吵到應該已入睡的前公婆。

我以前從來沒到過頂樓，只知道有個加蓋的小房間。

我推開鐵門，走上頂樓，鄭宜諾和一個二十幾歲左右，身材矮短的男生點著仙女棒玩。男生又叫又跳，像個小孩子，我走近一看，那男生臉型特別寬，單薄的眼尾斜斜向上、鼻梁明顯比較塌、脖子特別短——他是個成年的唐寶寶，也就是所謂的唐氏症患者。短短幾年護理系的學習還是告訴我一些事。

「鄭宜諾！」我驚詫的喊出聲，他和那個男生才轉頭看我。

「緹娜讓妳上來的嗎？」鄭宜諾臉上沒有什麼表情，語氣平淡的為我介紹道：「這位是小我十歲的弟弟。」

「你、你不是獨生子嗎？」我的心臟快提到胸口了。

「十歲以前，我是。」原來外傭口中的大哥，是跟著弟弟叫——外傭也是請來照顧弟弟的吧？

鄭宜諾愛憐的摸摸弟弟的頭，「弟弟一出生，小兒科醫師就發現他有唐氏症。我阿公阿嬤愛面子不肯接受事實，因此一直讓他住在頂樓加蓋的房間裡，對外也不肯提起他。後來有帶他去上學，但是，結婚時我爸媽仍然不讓他參加婚禮，所以，妳沒見過他。」

「你的祕密，還真不少。」我想要繼續出言諷刺他，卻於心不忍。

我恍然大悟——身體不好的弟弟，要常常上醫院掛不同科別的門診，去醫院應該像是去自家廚房一樣熟門熟路了，難怪鄭媽媽會認識阿長；也難怪，鄭宜諾一直嚴厲自我要求，在學業與職場都要足以光耀門楣。

「我只問你，當年我爸車禍，報案的人，不是你吧？」我直接問了，不想再繞圈圈了。

「妳終於明白了。這些年，一直當妳心中的英雄與王子，我真的累了。」鄭宜諾嘆了口氣。

「所以你就外遇？」

「妳說妳只問一個問題。」

「真正報案的人是誰？為什麼現場會有你的學生證？」

「等妳找到戒指再來要答案吧。很晚了，我弟弟也要睡了。」

「大哥，我還——要——玩——」弟弟不肯。

我想起小乖離開前一星期，我在鄭宜諾的強烈要求下，去做了羊膜穿刺檢查，當時他的理由是，跑醫院看多了特殊的孩子。

「是不是因為你弟，所以我懷孕時明明還沒到三十四歲，你卻堅持要我去做羊膜穿刺？」

鄭宜諾點點頭。

我退後無語，轉身下樓，緹娜還在客廳，我問她：「妳怎麼會讓我上樓？」

「我看過妳的照片，妳不是壞人。」緹娜指著牆壁上，我和鄭宜諾的結婚照。

公婆對親戚朋友鄰里掩蓋的事實，除了唐氏症的弟弟，是不是還有我們破裂的婚姻？

離開鄭宜諾家，我走向南大路找到停在路邊的車子，鑽進車內，平息困惑、憤怒、難過交錯的心緒。

舉報肇事車輛的人不是鄭宜諾，那是……

答案很明顯了。

我發動車子，下一個目的地，民富街。

我將車子停在西大路上，手機裡顯示小夜班接待客服幫我查到的，邱蔓家的地址。民富街和經國路平行，與西大路在棒球場與民富國小之間交會，當年我父親的車禍就是發生在西大路與經國路口。他去現已改名臺大醫院新竹分院的省立醫院找同學，沒想到返家的路上，再也沒能回家。

我按了門鈴，葉望來應門。

他顯然剛洗完澡，頭髮濕濕扁扁，脖子上掛了一條毛巾，一身好聞的氣息。

看他這副模樣，我忍不住感到臉紅心跳。

他定定的望著我，我臉頰又熱又燙，好在他身上的衣服，讓我噗哧笑出來，化解了我的尷尬。

那是一件T恤，袖口鑲著藍色條紋，衣服正中央一個黑框雙線圓圈，內嵌一個綠色長方形。

「你還穿得下高中運動服？」綠色長方形上印著「竹北高中」四個字。

「感謝我媽沒把它扔了，質料不錯啊，到現在還能穿。」他聳聳肩。

「都超過三十歲，別裝嫩了。你家邱小姐去廈門了嗎？」

「嗯。」他點點頭。

「我有話問你，問完就走，你不用出來。」我深吸一口氣，「一九九七年，十月十五日，這一天對你有沒有意義？」

「我是那一年的十月十六日搭飛機出國的。」葉望疑惑問道：「怎麼了嗎？」

「你說過，出國的前一天晚上目睹了一場車禍，你嚇壞了，對嗎？」我看著葉望，感覺他的答案，即將改變我過去十多年來的認知。

「嗯。」

「肇事的車輛，是藍色的喜美，車牌是——」

葉望出聲打斷我：「高雄市——YX7351，我印象很深刻，但妳怎麼知道？」

「原來是你……」我緊咬嘴唇。

送我小餅乾的是他，見義勇為的也是他，我一直誤以為是鄭宜諾，卻沒看清楚，那都是來自另一個十七歲男孩的心意，他的正直和勇敢。

我為自己和葉望錯付的青春感到心痛如絞，我感覺強烈的情緒如大浪襲來，卻找不到宣洩的出口。

「原來一直都是你……」我看著葉望，他深邃的眼眸望著我，我終於真誠面對自己的內心，終於不再否定一件事，一件我一直不想承認的事——

葉望真的是個很溫暖的男人，他的出現，讓對愛情心灰意冷的我，感覺被關心，甚至被愛。

而我，也想要回應他的溫暖。

於是，我往前一步，一手搭上葉望的肩，微微踮起腳，我的唇向上找到他的唇。

葉望愣了一下，伸出手輕而慎重的抱住我，彷彿抱的是一件價值上百萬的青花瓷。

這一吻，有著淡淡的薄荷味，令我目眩神迷……

不知過了多久，葉望慢慢放開我。「如果讓妳進來，我怕我把持不住自己；這個時間在外面走動，也不安全。」

葉望拿了鑰匙，鎖了門，我們一起到頂樓天臺，夏夜晚風習習，民富街與經國路的商店招牌暗了大半。

我解釋了來龍去脈。

當葉望得知，鳳春阿長還記得他的樣子和腳上穿的籃球鞋，同樣驚詫不已。

「和妳這樣站在一起，是我從高二就夢寐以求的場景。」葉望看著我。

我感覺臉頰熱燙。

「但是，副班長，我希望妳想清楚一件事。」他繼續說。

「嗯？」

「妳會這麼做，是真的喜歡上我，還是因為想要報恩，就像當年對鄭宜諾一樣？」

我愕然，沒想到他會這麼說。

「高二開學第一天，我感冒請假，第二天，我才看到重新分班後的新同學。妳坐在我前面，穿藍色背心裙制服、頭髮在耳下三公分，一臉笑容的借我上課筆記，工整的筆跡，整齊的表格，從那時候開始，我就喜歡上妳了……但是，很快的我就發現，妳的眼光都在鄭宜諾身上。」葉望繼續說：「鄭宜諾真厲害，十七歲的男生怎能這樣全神貫注在課業，簡直是用跑一百公尺的爆發力，來面對大學考試這個馬拉松比賽。不過，既然你們兩情相悅，家人又要我去日本念書，我就沒說出心意，只是拖延繳班費作弄妳。

「目睹車禍的那一天，我約了補完習的鄭宜諾碰面。我要他好好照顧妳，他踋踋的表示不干我的事，我氣得推他一把，他也推回來，我還想再送他一拳，他卻跑得很快，我氣得呆站在原地。沒多久，我聽到撞擊聲，回頭就發現一個騎腳踏車的中年男子，被一輛汽車撞倒，而對方肇事逃逸。」

「學生證可能就是你們推打那時候掉下來的。後來警方撿到鄭宜諾的學生證，便以為是鄭宜諾報的案。」我深吸了一口氣，這場誤會竟然要歷經這麼多年才能解開。

如果不是誤把鄭宜諾當作恩人，我會不會主動告白？會不會蒙著心蒙著眼死守這段關係，直到他承受不住向外尋求出口？

如今一切真相大白，我此刻的激動，那股想回應他情感的渴望，又是什麼呢？

「妳還是一樣美麗，甚至比高中時更美。但是在妳華麗的外表下，彷彿被什麼東西困住。如果妳能真實面對自己的情感，妳才能快樂。」

我沉默許久，才緩緩說道：「你後來有交女朋友嗎？」

「日本妞，韓國妹，但是她們都抗議，說我心不在焉，忘不了初戀對象。」四周黑黝黝的，他的眼睛卻好像有些什麼在眼底深處閃爍。

我們兩個都沒再說話，彼此間的靜默像是拉滿的弓弦，一鬆手，我就會像箭彈射出去般，撲進葉望的懷裡。

但是，時間還沒到。

我極度壓抑自己內心的渴望——在這之前，我得先釐清楚這感情的成分。

我揮別葉望，回到西門街的家，老媽正在講電話。

「是誰啊？妳臉色這麼沉重。」待她低低講完電話，我忍不住問她。這麼晚又非得打來的電話，恐怕不是好事。

「是妳舅舅。他執業三十幾年，第一次遇到產婦發生羊水栓塞意外，心情很沮喪。」

「羊水栓塞？」我腦海裡搜尋久遠以前的產科護理教科書印象，「生產前後孕婦對胎兒羊水過敏而產生的母親與胎兒缺氧……」

「是啊。媽媽和小男嬰都走了。家屬很生氣，揚言要告妳舅舅，唉。」

低氣壓籠罩著我和老媽。

原本幸福的期盼孩子出生，卻在一夕間同時失去了母子倆，不再有機會共度美好的明天。舅舅行醫三十年，迎接那麼多孩子，卻得因為無法預測、無藥可治的意外，面臨家屬的指責與控告……

「生得過，麻油香，生不過，四塊板」，月子中心員工常把這句話掛在嘴邊，這句諺語不過十二個字，卻是滲著產婦、孩子、家屬、醫者的血淚。

我看著老媽眉頭，烙著深深的川字紋。

曾經我怨懟老天，怎麼不乾脆把我和小乖一起帶走，如今我感謝老天至少留下了我，不然，老媽怎麼辦呢？

「咦，特助，今天怎麼沒穿妳的招牌花洋裝？」張莉雅一早看到我就嚷嚷。

「齁，今天是不是要約會？跟葉協理嗎？」珈琪直接點破。

我仔細打量她——這小姑娘，怎麼又更瘦了？

「大花洋裝很適合妳，不過，沒想到這種寶藍色素雅的洋裝，特助妳穿起來更好看欸。」珈琪繞到我身後，品頭論足。

「大家快去工作！」我假裝生氣趕走這些打聽八卦的蒼蠅。

距離夜訪葉望已經整整一週，這天晚上，我在林森路的墨咖啡等待葉望，我們約好一起去看電影。

我裝作不小心早到，挑了窗邊的位子落座，看著林森路夜晚車燈如成群的流螢。

我點了個檸檬塔，用力切下明膠刷過的晶亮表面，派皮質地像餅乾一樣硬脆，送入口中，酸甜的滋味灌入喉腔，我突然發現，此刻的心情，也很像這檸檬塔的滋味。

一直以來苦澀無糖的檸檬原味，終於加入了平衡且雋永的甜香。

我打開筆記本，在紙上塗寫，隨意畫了表格。

一欄是「從陰到陽」，另一欄是「從陽到陰」——生命的起始與結束，好生與善終，原來有極其相似的過程與儀式。而月亮從盈到虧，從虧到盈，也是順向與逆向的差別而已。

階段	從陰到陽：人生的 Check-in	從陽到陰：人生的 Check-out
陰陽接駁工具	送子鳥	鶴（駕鶴歸西）
乘客	新生兒	往生者
第一道手續	剪臍帶	拔管、蓋白布
執行者	產婆、助產士、婦產科醫護	醫生
執行地點	產房、嬰兒室	太平間

第二道手續	敬神、拜天公、受洗	道士和尚念經、神父臨終敷油禮、牧師臨終禱告
第三道手續	報戶口	註銷戶口
必備證件	出生證明	死亡證明
第四道手續	報喜	發訃聞
第五道手續	坐月子	做七
執行者	月子中心、月子阿姨、家人	葬儀社、禮儀師
第六道手續	辦滿月酒	辦葬禮
主人贈禮	彌月油飯、紅蛋、蛋糕	毛巾、淨符
賓客贈禮	紅包、彌月禮	白包、罐頭塔、花圈、花籃
週年活動	週歲宴、抓週	對年祭祀

我在表格末端加上一行字，剛寫完，一陣腳步聲靠近。

「我們兩人產業的共同點在於以現代化的客戶服務，扮演常民禮俗的功能，原本執行者為親戚街坊鄰里……」葉望念出我才剛寫在紙上的字。

我連忙遮住表格，「不要看、不要看，我隨便亂寫的。」

「我一直很喜歡妳畫的表格，當年妳借我課本和上課筆記，我還拿去影印呢。」

我鬆開手，葉望拿出手機，「喻晴，我可以把表格拍下來嗎？」

我點點頭。

這是他第一次不喚我「副班長」或「夏特助」。

「我說，你有沒有可能換工作?雖然公司是你親戚的，他們自己難道沒有接班人嗎?」我雖然畫下比較表，還是打從心底不希望喜歡的人那麼樣靠近生命的另一端……從陽到陰的悲傷過程。

「我有苦衷的，我必須告訴妳，秋葉是——」葉望坐下來，懇切的想說什麼。

「有時候，有時候，我會相信一切有盡頭……」手機鈴聲打斷他的話，原來葉望把〈紅豆〉這首歌當成鈴聲，我想起七夕那天在月夜下的共舞，忍不住臉頰一熱。

「不好意思，是公司的電話。」

我默默咀嚼〈紅豆〉的歌詞，還真適合殯葬業者——一切都會有盡頭，而他們，正是守護盡頭的人們。

「嗯，嗯，我知道了，我馬上過去。」葉望掛斷電話，「喻晴，對不起，我們公司在景觀大道、靠近殯葬園區的會館失火，我得過去看一看……」

我趕緊點點頭。

我在墨咖啡待到凌晨一點的打烊時間，都沒等到葉望的訊息，電影自然是看不成了。

回家後，我睡睡醒醒，不時看一下手機是否有未接來電或簡訊。終於，天快亮時，葉望傳來LINE訊息。

「**對不起，今天沒看成電影**。」

我趕緊回撥電話，他的聲音聽起來很困倦，但也很驚喜，「妳怎麼還沒睡?」

「你們那邊還好嗎?」

「會館的員工因為不當使用香燭，而引起火災，還好無人傷亡。我們搶救了不少東西，但是那些物品必須另外找地方放。」葉望停頓了一會兒，「我們聯絡到的倉儲業者都有點忌諱，不願提供空間，租賃停車場也不願意讓我們停放靈車，可能需要暫時停放在秋葉禮學院大樓的地下停車場……希望不會對妳們造成困擾。」

「趁天沒亮趕快處理好，還有，不要嚇到我們的產婦媽媽喔。」雖然為葉望的奔波疲累感到心疼，我還是得義正詞嚴的提醒他。

我心底湧起一陣烏雲暗雨，好像飛行途中聽到機長廣播：「各位旅客，我們將經過一段不平穩的氣流」。

秋葉啊秋葉，這棟華美氣派大樓所象徵的產業，如同迫使牛郎織女別離的銀河，橫亙在我和葉望之間。

「我會的。」葉望保證。

「那，你先忙吧，保重身體，別太累了。」

「妳今天的寶藍色洋裝真好看。下次……再穿給我看。」

掛電話後，我還是遲遲無法入睡。我怎麼預感，這道銀河，會讓好不容易靠近的我們，越離越遠，難以再相見？

❀

BabyHome 首頁〈親子討論區〉送子鳥敲我家門

標題：請問夏凡月子中心好嗎？

發文者：ttmei0221（熱烈歡迎小龍女）

發文日期：2012/09/07 11:27:03

太慢去問月子中心，只剩竹北市白敬街的夏凡還有床位，他們房間格局我還滿喜歡的，接待人員和照顧的部分也很專業。我原以為，打著協和醫院蔡醫師的名號，應該客滿才是，這讓我有點吃驚，該不會……是有什麼隱情吧？

有人住過嗎？有推薦嗎？是不是有什麼問題？

發文者：marymary168（小QQ的娘）

他們隔壁是葬儀社喔……什麼秋葉人本集團，就在我家附近。

最近半夜有黑色靈車開進開出，好恐怖欸……

我們社區管委會已經請總幹事去表達不滿了。

發文者：annie_fanjiang（夢想正飛）

那不是葬儀社啦，是秋葉人本的辦公室、聯絡處、教育訓練中心，因為秋葉在生命園區那一帶的會館失火，才把東西放置在白敬街的大樓。

發文者：cuteflora7(芙洛拉)

annie_fanjiang妳怎麼這麼清楚？難不成妳是秋葉的員工？

發文者：ttmei0221(熱烈歡迎小龍女)

到底有沒有人知道夏凡月子中心怎麼樣？

旁邊是葬儀社的話，我真有點怕怕……

發文者：amanda_liang8119(小米姬)

我住過，說真的，如果我要生第二胎，我還是會去住夏凡！

房間、餐點都是中上之選，最近還有一些貼心小服務，例如：可以選枕頭、可以選餐，聽說負責人以前還當過空姐……

但最重要的是，照顧嬰兒室的護士都很專業，我最推珈琪，她還給我 LINE 帳號，我回家後照顧寶寶有問題，她都很認真幫我解答！超感謝她的！

隔壁是什麼我倒是不在意，窗簾拉著不要看就好啦！

想看風景的話，中庭有漂亮的庭院，坐月子時不會覺得自己好像籠中鳥。

發文者：annie_fanjiang(夢想正飛)

是不是員工又怎麼樣，重點是他們並沒有在大樓內執行殯葬業的業務。夏凡的董事長特助盯得可緊了，簡直是住海邊管太寬，三天兩頭來干預是不是有偷偷執行業務！·ttmei0221 妳儘管安心去住啦！

發文者··butterfly（小蝴蝶）

我也住過夏凡。

當時我的寶寶因為肺部發炎，必須留院兩星期，夏凡的主管每天幫我送母奶到醫院，還天天替寶寶照相，讓我可以看到寶寶復原的情況，我心裡非常感謝那位夏特助。

發文者··cuteflora7（芙洛拉）

所以 annie_fanjiang 真的是員工？·不然妳怎麼知道那麼多？

第八章　秋風吹起

「怎麼一大早就有彌月蛋糕試吃？」警衛先生將一個精巧的蛋糕盒交給我，我眼睛發亮。

「特助，我看……吃到妳小孩彌月蛋糕的日子不遠了，不過我更喜歡吃雞腿油飯喔，最好是竹蓮市場早上現做的。」

原來這不是試吃品，是葉望一大早請警衛轉交的小禮物。

然而，我看著甜蜜的蛋糕，配著 BabyHome 的論壇文章，卻覺得胃口盡失。

葉望將景觀大道會館的物品都搬到秋葉禮學院大樓了，即使他們總在深夜才把靈車開回來，在清晨天未亮透前又開出去，還是讓失眠的、晨起運動的、大夜班下班的民眾發現了。

葉望肩負景觀大道會館的重建事宜，整天東奔西走，我們只能透過 LINE 與電話聊聊天。這段不容易相見的日子，讓我確定了幾件事。我腦中浮現「夏喻晴的九月心願清單」。

好想見到葉望。

好希望秋葉不在隔壁。

好希望葉望不在秋葉上班。

我揉揉太陽穴，回到現實，該怎麼「消毒」BabyHome、批踢踢上的疑義文章呢？

入住的媽媽們，只要有網路論壇、部落格、臉書帳號，發表三百字以上的好評圖文，可以獲得三千元的回饋禮券。

加強母嬰照護與客服……

我在筆記本上塗寫。

就這樣又過了一星期。

「奇怪了，預定九月一號預產期的呂小姐，到現在還是沒有聯絡，打個電話給她吧！」我翻著客戶預訂表，呂小姐的河東獅吼，似乎早該迴盪在月子中心的長廊。

「也可能拖過預產期了，不是有些寶寶到第四十一週才出生，甚至被醫生抓去催生。」蔡惠芳拿原子筆戳了戳後腦的小髮髻。

「不過第二胎不是通常會快一點？」我想起呂小姐迅速的步伐，心裡湧現不安。不，希望這壞預感不是真的。

接待客服們議論紛紛：「她該不會聽說秋葉大樓最近有靈車出入，乾脆在家坐月子或是入住其他月子中心，直接放棄一萬元的訂金吧？」

「如果是這樣的話，她一定會來夏凡大吵大鬧，凶巴巴的討回訂金，然後在 BabyHome 貼文章大罵特罵。」

「誰來打電話給呂小姐?」呂小姐的名聲已經在月子中心內傳開，接待客服護理師妳看我、我看妳，就是不肯動手。

「特助，呂小姐入住期間，我自願調職嬰兒室，但是不要照顧她的寶寶，她看起來就是個難纏的貴婦，俗稱澳洲來的客人，意見一定特多。」蔡惠芳甚至想澈底躲開呂小姐。

「最近一篇調查報導說，住月子中心的產婦，只占所有產婦的百分之十五，」我瞪著蔡惠芳，「花了大錢的貴婦，當然可以提出合理的要求，這不是難纏。」

接待客服們還是不肯行動，我該去問問葉望的全員品牌大使施行細節，好好給這些客服人員再教育教育。

我親自拿起電話筒，以示對澳洲客人的特別關注。

「喂。」接電話的是個低沉的年長男聲，我迅速瞄一眼呂小姐資料表上的電話號碼，應該沒撥錯，於是我再次確認，「不好意思，請問這是呂南毓小姐的手機嗎?」

「她走了啦。」

「咦，是出門走走催生嗎?」我問。

「跟你說她走了啦!」年長男聲的主人似乎哭過，聲音有點沙啞。

「爸，我來，我來啦!」另一個年輕一點的男聲出現，一陣喧嘩，逼得我趕緊把話筒拿得遠離耳朵一些。

接著電話換成年輕男聲接聽。

「我這裡是夏凡產後護理機構……」

「她不會去你們那邊住。她過世了。」接電話的男人停了一會兒，「生小孩的時候，發生羊水栓塞意外，母子都沒醒來。撐了三天，走了。」

他是呂小姐的老公黃先生，聲音聽得出來很難過，但壓制著情緒。

我想起舅舅最近遇到的事，怎麼會有如此巧合，在我身邊發生兩件同樣的事？

不，該不會……

「請問接生的醫生是……」我急著想確認。

「協和醫院蔡朝明。」

沒想到，舅舅搏輸死神，沒搶救回來的母子，正是呂小姐和她的寶寶。

我渾身發抖。

當天下午，我深吸一口氣，走進關東橋附近巷弄內的老式透天厝，鐵捲門拉起，側邊門口貼著「忌中」兩字，門口擠擠的挨著幾座罐頭塔。

這是呂小姐的家，也是呂小姐的靈堂所在。

看著呂小姐的遺照，想起她曾說：「你們電臺廣告不是模仿宮廷劇嗎？請問，一邊看大體，是要怎麼保養鳳體？」我突然覺得很諷刺。

這是兩個月內，第二次走進從陽間通往陰界的禮堂。

廖老夫人的喜喪，淚中帶笑，是走完人生的圓滿。

而呂小姐這一場，只有深沉的哀傷。

一個幸福家庭就此崩解，丈夫沒有了妻子，父親失去了小兒子，而稚女沒有了最依賴的媽媽，與以後可以一起玩的弟弟。

我找到黃先生，退回訂金，又附上一包為數不少的奠儀。

我想，舅舅也會同意我這麼做。

我看見忙進忙出的一個黑色套裝身影，一會兒拿一些單據給黃先生簽署，一會兒又拿一些樣品照片給黃先生挑選，是范姜安妮。

「呂小姐家怎麼委託給妳們？」趁著黃先生去找印章的空檔，我拉住范姜安妮。

她聳聳肩，「誰叫我們深耕桃竹苗地區，即將躍升為區域第一品牌。」

「你們公司人手夠嗎？會館不是遭到火災？」

「所以目前只能承辦這種到府的告別式。」

我撇撇嘴，「當時就是呂小姐看到妳們的假大體，活活嚇一跳，我才跑去妳們公司抗議的。」

「妳是暗示她被我們秋葉帶衰嗎？」

范姜安妮揭露我沒說出口的想法，我反倒不好意思說什麼。

她看了我一眼，「妳倒是得多關心葉協理。他蠟燭兩頭燒，很累。我是不會幫妳照顧他身體的。」

這時，一陣悽愴的乾嚎聲傳來。

「嗚嗚嗚，阿毓——我要告那個蔡醫生，他怎麼沒幫妳檢查出來……我的媳婦，我的孫啊……」

「阿母，醫院社工師已經跟我們講了，羊水栓塞是完全無法預防的意外，告也告不贏，醫生已經盡力了。」黃先生耐著性子和老奶奶解釋，范姜安妮也撇下我，趕緊過去攙扶老人家。

這時，一個身型圓潤，戴眼鏡的二十多歲女生走來，她緊緊牽著一個大約兩歲半的小女孩。小女孩穿著一身黑，眼睛裡盡是驚恐。

她抬頭看著牽著她的女生，「古姑，我馬麻呢？我要找馬麻。」

我想她說的是「姑姑」，我趨前向小女孩的姑姑自我介紹。

「夏凡是蔡醫師開的吧？」她沒有笑容，眼睛透過黑框眼鏡瞪著我。

我點點頭。

「妳快走吧，雖然蔡醫生盡力了，我們也知道錯不在他，也不會真的提告，但是，我們還是……還是不想看到和蔡醫生相關的人。」

她嘆息著說：「我大嫂想說自己是高齡產婦了，第二胎找個名醫比較保險，沒想到，反而用到了她的壽險。」

她轉頭瞥了安撫老人家的黃先生，又轉頭看我，低聲說：「我哥哥雖然很鎮定，但是他只是在壓抑。那一天，我大嫂本來還在頤指氣使，叫我哥整理二寶專用的嬰兒房，突然大嫂臉色發青，眼睛睜得好大好大，好像房間裡的空氣瞬間抽空一樣，接著臉色變好黑，好可怕……我們趕緊叫救護車，醫生緊急剖腹，但小孩已經發紫了，來不及了……」

對黃小姐而言，那一幕應該很像是一再重播卻無法關掉的電視畫面吧？

「對不起，真的很對不起……」我全身發抖，鞠躬道歉，沒辦法講出其他的話。

「妳還沒結婚吧？我想妳是不會理解這種痛苦的。」黃小姐淡淡拋下一句。

我眼前一眩，像是飛機機身在無預警的情況下劇烈搖晃。

我撐著站穩，黃小姐對我點點頭，而後牽著眼眶噙著淚的小女孩離去。

走訪過呂小姐的靈堂後，照例，我應該要回家換套衣服、沐浴更衣再回到夏凡。

我機械性的脫下衣物、沖澡、換裝，但我忘了要準備艾草或榕樹葉，心裡念著的不是用力洗刷掉邪氣，而是呂小姐的女兒黑洞般的眼神。

邪可以避除，兇可以化解，至於傷心，該怎麼療癒？

隔天，我在員工午餐休息時間，將呂小姐的事，轉述給鳳春阿長聽，蔡惠芳在一旁也湊過來。

「都是我，沒有保護好呂小姐和她的寶寶，讓她看到秋葉的假禮體。」

「特助，這不是妳的錯啊。照你這樣講，寶山路到清華大學南門一帶，以前到處是墳墓，現在不只有至寶月子中心，還蓋了好多新房子，還不是一堆孕婦挺著肚子住在那兒。」阿長嘆了一口氣。

我搖搖頭，「但是寶山路那一帶，沒有人因為看到逼真的假大體而嚇到，我覺得，我應該反對秋葉到底。」

阿長又嘆了一口氣。

「特助，秋葉的葉協理，該不會是故意來追妳，和妳打好關係，這樣發生問題妳才會站在他那邊吧？」蔡惠芳發表了意見。

阿長白了她一眼，「別亂講！」

蔡惠芳癟著嘴，「我不是說他不真心，特助妳那麼漂亮，他一定很喜歡妳，只是這樣他就一舉數得嘛！」

阿長酷酷的說：「惠芳，快去找個口罩戴上，安靜一點。」

不，不會的，我相信葉望不會這麼做。

不會的……

晚上十點的秋葉大樓門口，映照著扇狀葉形水池，水光夜景像初見一樣攝人心魄，我卻無心欣賞。

我等了好久好久，才看到葉望的深灰色轎車停回白敬街路邊，盼回拖著疲憊身軀的他。

「妳還好嗎？發生什麼事了？看到妳的 LINE 訊息，我很擔心。」

我看著葉望，忙到灰頭土臉的他仍沒忘記把自己的鬍子刮乾淨。但是俐落如刺的短髮，因為沒時間去剪，已經長成一片我很想伸手去揉的短草地。

我拉住他的袖子，哀求道：「你換工作，好不好，我求求你……」

葉望皺起眉頭，「這很難，畢竟這是我親戚的公司。董事長對我的意義很不一樣……」

「什麼樣的親戚對你這樣恩重如山？你知不知道，我真的很害怕月子中心的媽媽寶寶出事？」

「他是……我……」葉望停了一會兒，似乎想解釋什麼，看到我快壓抑不住眼淚，他的手順著我的髮，似乎決定先安慰我，「我知道妳不喜歡秋葉大樓和這一切，我知道這些讓妳感覺很不安，相信我，再過一個月，就會有所改變。我絕對絕對不會傷害妳和夏凡。」

葉望伸手攬住我，緊緊的抱住我，我埋進他的西裝外套裡。

他雙手用力，把我抱得很緊，像是怕我跑開。

更像是……怕鬆了手就再沒機會擁抱。

回到家，我躺在床上翻來覆去，心煩意亂中，鄭宜諾又傳來 LINE 簡訊，想確定戒指的蹤影。

「**鄭宜諾，你煩不煩啊！**」

「**妳是不是弄丟了？**」他似乎也耐心用盡。

「**你不配知道。**」我不客氣的回擊。

「**我知道我說了太多謊。但懷著祕密，沒說出實話的，並不只我一人。妳遲早會知道。**」

說什麼奇怪的話呢？

我把訊息刪掉，把臉埋進枕頭，用力嗅聞薰衣草精油的味道，根本不想理他。

第二天早上，我才知道，鄭宜諾的話別有深意。

《臺灣時報》電子新聞網　桃竹苗新聞

秋葉人本集團新竹會館慘遭祝融，二代高富帥接班面臨考驗／記者　方紋妍 報導

國內第五大生命禮儀業者秋葉人本集團，位於新竹市景觀大道的禮儀會館，日前失火，幸無人員傷亡，且大火未波及禮體停放處與火葬式場，主要影響區域為倉儲與禮廳，然而仍有數十名預定舉辦告別式的往生者受到影響。由於擇定的日期時辰不便更改，且不少往生者家屬已安排好訃聞寄送事宜，秋葉人本集團採全額退費，協助轉移至其他業者辦理，抑或是於禮儀會館空地搭棚舉辦告別式之方式，目前尚未有客訴不滿事件傳出。

據了解，秋葉人本集團，坐擁土城福恩園與金山永念耘淨堂兩大生命禮儀園區，目前在苗栗山區開發「絕塵行館」，占地上萬坪，目標鎖定桃竹苗頂級客層。

秋葉人本集團由世代於新竹地區經營殯葬業的邱毅逵成立，他二十五歲入贅葉美建設公司董座葉紹華獨生女葉碧珠，結束家族世傳的邱田禮儀社，先後在民國八十二年與八十四年成立秋葉生命禮儀公司與秋葉建設公司。今年年中，留日多年的長子葉望(冠母姓)返臺加入集團，秋葉建設與秋葉生命禮儀合併為秋葉人本集團，由任職行政管理部協理的葉望負責整合與員工教育訓練，致力提升服務品質與公司形象，注入日系服務元素。

葉望於電話採訪中表示，會館重建工程即將啟動，費時約三個月，同時升級硬體設施，以提供最精緻高級的服務。此外，位於竹北市白橋一路與白敬街的秋葉大樓，將專注於秋葉禮學院的教育訓練功能，近期更有值得期待的轉型計畫。外型高大挺拔的葉望，堪稱高富帥，然而日前的火災事件與近日的應變，正在考驗葉望的危機處理與管理能力。

我關掉網路新聞，頭痛欲裂。

「沒說出實話的，並不只我一人。」

原來鄭宜諾是指葉望也說謊。

他像一個總是考第一名的好學生被抓到考試作弊，連忙供出第二名的同學也作弊。

「**這是今天早上的新聞，你怎麼昨晚就先知道？那位報社記者先告訴你的？我對她有印象，你們是高一同學對吧？**」我傳了LINE簡訊，問候此刻應該志得意滿的鄭宜諾。

果然，鄭宜諾像是早就打好草稿一樣，長串的 LINE 訊息從手機畫面蹦出來。

「妳父親出車禍的那一天，葉望莫名其妙跟我說，晚上等我補習結束，他想找我談談，我們在他家附近路邊說話，他說，他要出國念書，要我好好照顧妳。我羨慕得很，要不是為了弟弟的醫藥費，我也可以出國深造。所以我問他，他家做什麼的，他說他爸爸開邱田禮儀社，賺死人的錢，沒什麼。

「我問了我爸媽，才知道，葉望沒有講出全部的事實。

「當時已經沒有邱田禮儀社，他們家確實是開邱田禮儀社起家，但是他老爸早就已經成立秋葉，所以他才有錢買最新款的球鞋。妳知道我爸在國稅局上班，熟悉工商界動態，我向他打聽邱田禮儀社的發跡故事，他可是記得清清楚楚。」

我沒回覆，但鄭宜諾一定看到我的已讀。

LINE 幹麼要有這種設定呢？

「方紋妍記者是我高一同學。葉望是秋葉接班人，是我告訴她的。昨天我才聽說秋葉的會館失火，就藉故打給方記者聊聊天，說要辦高一的同學會，假裝不經意的提起這件事。」鄭宜諾再補一刀。

我把手機放一邊，我早已血流不止。

很好，鄭宜諾你贏了。

但我一點也不在乎輸給一個我已經不在意的人。

我只在意，葉望竟然騙我。

原來，葉望所說的親戚，是指他爸爸邱毅逵和媽媽葉碧珠。葉望沒有說謊，父母也是親戚的一種，而且他說過父母也在秋葉上班，他只是沒有精確指出事實——父母當然是對他「意義非凡」的親戚，那可是生養之恩啊！

我怎麼那麼傻……葉望說過，董事長姓邱。他從母姓，妹妹從父姓。一個姓邱，一個姓葉，邱、葉，秋、葉，難怪會將公司取名為秋葉啊！

昭然若揭的真相，又因我蒙蔽的心而看不清。

我守在秋葉大樓扇狀葉形的水池前，不知過了多久，才等到深灰色的車子穿過街燈明亮的白橋一路，停靠在路邊。

對我而言，那好像是一臺救護車，載著剛萌芽卻已停止呼吸的愛情。

還有救嗎？

「妳又在這裡乾等了？九月了，早晚溫差變大，妳怎麼只穿著無袖洋裝？」葉望脫下身上的西裝外套，披在我肩上。

是啊，秋天就要來臨了。

葉望的氣息包覆著我，外套很溫暖，我卻微微打起冷顫。

「妳怎麼了？」他雙手扶著我，像是準備好要擁抱，我身體微微往後縮……雖然，我真的很想很想抱著他。

「你看了今天《臺灣時報》的新聞嗎？」

「今天忙了一整天，還沒時間看呢。有秋葉的負面消息嗎？公關應該會通知我。」

「你是秋葉集團創辦人邱毅達的兒子，對吧？」

葉望的手僵住。

「上次在廖老夫人葬禮上遇到的那位方記者寫的，她的報導裡還說你是高富帥呢。」我努力拉提笑肌，想要擠出一朵微笑。

但葉望看得出來，我並不是在說笑。

「上次在墨咖啡，也就是我們會館失火的那一天，我本來要對妳坦誠的……」

我搖搖頭，推開他的手，將西裝外套從肩上卸下，放到他僵直的手上。

我卸下的不只是外套，是一身的溫暖，是麗似夏花的短暫幸福。

「我一直想跟妳說，但是找不到適當的機會，好好告訴妳……」葉望努力解釋。

這句話，讓我放棄對這段感情做CPR。

「太慢了，太慢了，你怎麼不懂，說實話、說真話，遠比在適當的、最好的時機說，來得重要？」

我轉身不看他，「再見。」我忍著不回頭。

我邁開腳步，想到之前在月子中心時，護理師蔡惠芳說過的話，我停下來，回頭問了最後一個問題。

「你該不會是怕我反對秋葉，所以才接近我、對我好吧？」

「怎麼可能，副班長，妳聽我說……」情急之下，葉望又叫了我的舊綽號。

「我不要，我不想再見到你，也不想再見到秋葉大樓。」

我大步走回僅隔一條街的夏凡。

晚風好涼，我的心好冷。

這短短的戀情，比夏花綻放的時間還短，在秋天來臨之前就宣告不治了。

請問，有哪一家禮儀公司，可以為它辦一場告別式呢？

還是我根本弄錯了——夏花和秋葉，本來就不該出現在同一個季節。

過了幾天，我在大遠百四樓的女裝樓層，腦海裡浮現出「忘掉葉望大作戰計畫表」。

一、刪除葉望手機號碼(已完成。)

二、刪除葉望 LINE 帳號(已完成。)

三、每天吃一塊蛋糕(目前完成次數：七次。)

四、買花洋裝(目前完成件數：兩件，藍綠色變形蟲洋裝、桃紅方形幾何圖騰洋裝。)

如果以推開葉望那日來算，今天，不就是「夏秋戀」的頭七？

「小姐，這件是本季廣告款，很適合妳，目前剩最後一件喔！」櫃姐熱情招呼打斷了我的自我解嘲。

我看了她手中展示的淺藍色洋裝，「嗯，長洋裝不適合上班穿……而且夏天快要過完了吧？還有，抱歉，我不喜歡葉子圖案，謝謝。」對，絕對不要葉子。

好，計畫表還要增加第五項，我要想辦法抵制秋葉大樓，讓他們歇業。但這一項最難，我還沒想到辦法。

我隨手拿了一件黃底白色圓形圖騰洋裝在身上比一比，我看著鏡子，唉，我的「忘掉葉望大作戰計畫表」要增加第六項了——買遮瑕膏蓋一下黑眼圈，最近都睡不好，薰衣草精油？早就丟了。

第二天一早，蔡惠芳向我報告：「特助，上次臉書專案得獎的孕婦謝冬珊說，今天會來參觀月子中心房型，她還說想要自費延長住兩個星期湊滿一個月。」

我在筆記本上記下了這件事，接著，衛生署來電，說是下星期三要來評鑑。

「什麼評鑑？」我疑惑問道。

「凡是開業滿一年的產後護理機構都要參與評鑑，這是第一年舉辦評鑑，去年只有抽查二十四家月子中心……妳不清楚這件事嗎？六月時我們和一位吳執行長聯繫過。」

吳執行長——就是暫代李執行長職務的那位，他的工作交接清單中並沒有這一項。電話中衛生署公務員告訴我，評鑑的實地訪查，包含機構負責人簡報、實地查核、書面資料查閱及晤談，還有綜合座談，總計約三小時。

不到一星期可以準備資料了——來就來吧，我嘆了一口氣，忙一點也好，我腦袋中趕緊開列評鑑準備資料清單……

我打開衛生署補寄來的「產後護理機構評鑑作業程序」，其中表格化與各項紀錄，我們完全沒問題，不過要製作母乳哺育政策海報，張貼在月子中心內，還有還有，我們的純母乳哺乳率不到百分之三十，會影響評鑑成績，看來還要加把勁。

忙了一個上午，當謝冬珊到達月子中心時，所有的接待客服人員，不是忙著準備評鑑需要的表格與統計資料，就是正在為參觀者介紹解說，於是我親自上陣接待她。

謝冬珊小姐個子非常嬌小，她有張白皙小臉，絲毫沒有孕期水腫；波浪起伏的長捲髮，單眼皮迷離而有韻味；脣上點了鮮紅的脣彩，看起來光彩照人。

她好漂亮、好有女人味……我好像在哪裡見過她？

「謝馬麻有點眼熟，妳搭過永青航空嗎？」我服務過的乘客，通常再次見面時會成為我腦海中「好像見過面」的熟面孔。

「嗯……我只有員工旅遊搭過國內線的立青航空，沒搭過永青航空。」

「這樣啊，謝馬麻預產期什麼時候？」

「九月二十二號，只剩不到十天，不過胎頭還沒下降，不知道什麼時候才會生。」

「妳是臺北人，怎麼會想跑到新竹坐月子？」

「臺北的月子中心費用太高，我想多存點錢來拉拔小雨。我家裡只有我媽媽，她身體不是很好，我也沒辦法麻煩她。我打算出院後，請朋友幫忙開車，載我們到新竹。車程一小時，希望寶寶可以忍住。」

「記得準備提籃型的安全汽座，確保寶寶的搭車安全。」我殷切叮嚀，「對了，謝馬麻，妳是做哪一行？」我隨口問問。

「保險公司電話行銷。」

「啊，妳聲音這麼好聽，業績應該很好。」我想像她的聲音迴盪在話筒另一端，甜而不膩，像是炎炎夏日的烏梅冰沙，應該不容易被掛電話。

「本來我業績很差的，打十次電話，會有七次被掛電話，兩次被痛罵，一次被耍。是小雨把拔教我的。」

「喔？怎麼說？」我也想知道如何提升業績。

「小雨把拔是外商藥廠的業務。」

聽見這個職業名稱，我本能的縮了一下，好巧，和鄭宜諾一樣。

「他教我一套『全能接近法』，打電話時，不要在電話中邀對方加保，先想辦法爭取到見面談話機會，當面遞送和解說資料。從此，我就變成十通電話，七次約見面，五次成交。」

「真是太厲害了。」我讚嘆！

「他還教我，業務說話要從胸腔發音，聽起來就會有發自肺腑的可靠感。以前我的主管都罵我，講話聲音像是沒關好的水龍頭，客戶聽了都很不耐煩。」

「這位小雨把拔教得真好！」

見我更加佩服，謝馬麻補充道：「夏特助如果要保個人的醫療險或壽險，我都可以幫忙，我也可以針對夏凡的媽媽寶寶提供各種諮詢服務，不找我保也沒關係，聊聊天嘛。」

我幾乎要為謝馬麻起立鼓掌，「那小雨把拔呢？我想，是否能邀請他來幫月子中心的接待客服們上上課。」話一出口我就後悔了，謝馬麻是單親媽媽啊！

她倒是沒生氣，臉上漾起微笑，「我們今年一月分手了，兩人雖然相愛，但因為很多因素無法在一起，之後我才發現自己懷孕了。」

「孩子的爸爸知道嗎？」

謝馬麻俏皮的嘟了一下嘴，「哈，既然分手了，我就沒告訴他，不想打擾他。」

「我要一步一步往上爬，等待陽光靜靜看著它的臉……」電話鈴聲音樂響起，這首歌我聽過，但怎麼感覺不太一樣？

謝馬麻說聲「不好意思」，很快的接起電話，聲音昂揚，禮貌的打招呼，聽起來像是保險客戶的來電。

我隨手翻了一下謝小姐填寫的資料卡，看到資料卡上的關鍵字，頓時間，心臟好像遭人向下拉扯。

我捱到謝馬麻掛了電話才開口：「不好意思問一下，妳手機鈴聲，是不是許茹芸的歌？」

「哇，夏特助聽過這首歌啊？這是周杰倫出道前幫世紀展望會寫的，合唱的歌手包括許茹芸、動力火車和齊秦，後來周杰倫在自己演唱會中也唱過，我的鈴聲就是周杰倫的版本。」

「小小的天有大大的夢想，重重的殼裹著輕輕的仰望……」謝馬麻逕自哼了兩句，「被掛斷電話時，我常常唱這首歌來鼓勵我自己，我覺得這首歌有滿滿的正面能量喔。以後，大概也會變成小雨的搖籃曲。」

好勵志的單親媽媽故事，但現在不是讚嘆的時候，我無比確信，我以前看過謝馬麻，但當時她是清湯掛麵的素直髮型，脣彩是嫩紅色。

「對了，夏特助，這裡不能帶貓咪入住，對吧？」她打開手機讓我看照片，畫面中央是隻白毛勝雪，豐滿肥潤的波斯貓，眼睛和主人一樣迷茫而美麗，眼神好像在渴求些什麼。

「這是小津在討罐頭吃的樣子。」

我盡量穩住聲音，「這附近好像有附設旅館的寵物醫院，我幫妳查一下，如果有的話，妳可以先帶貓咪過來安頓好，入住期間隨時可以去探望貓咪。」

謝馬麻又對我漾起一朵美麗的笑容，我卻覺得我必須使出全身力氣，才能穩住自己不要發抖。

「謝馬麻回去了？」忙碌完的蔡惠芳回到辦公室，隨口一問。

「是呀。」我抄起披在椅子上的針織外套，緊緊裹住自己，眼睛瞪著謝冬珊在客戶聯絡資料表上，填的電子郵件信箱。

winter5433.hsieh@gmail.com……

Winter5433，我怎麼可能忘記這個帳號呢？

如今，Winter5433 不再只是一個帳號，而是一個活生生的女人，我終於知道她的名字，她真正的樣貌。

她就是和鄭宜諾一起，將我從人生的幸福之春，推進嚴寒冷冬的女人。

如果不是她，我會離開鄭宜諾，回來新竹、進夏凡工作嗎？

如果不是她，我會和葉望重逢，弄得自己更加傷痕累累，甚至每天必須更用力，才能挺直腰桿往前走嗎？

這樣一個女人，我居然得為她做月子？

第九章　多事之秋

我和小薇約在護城河仁愛街巷弄裡的一間法式蛋糕店，這裡的蛋糕精緻可口，儘管此刻雨下得有點大，進來外帶或午茶的客人卻沒有停止過。

其實我不想出門，但小薇嚷著想帶小寶去喝下午茶，卻沒有把握可以自己一個人帶小寶出門，她約了我三次，希望我能同行，我才勉為其難的答應她。

「喻晴，妳不是最喜歡吃蛋糕嗎？怎麼只吃一口就放下？」

我看著剛送上桌的精美雙人下午茶套餐，銅色層架與厚重的骨瓷三層點心盤，陳列了可麗露、馬卡龍、單片要價一百二十元的蛋糕，何其賞心悅目！

見我不答話，小薇瞄了我身上的衣服，「妳的招牌大花圖騰洋裝呢？今年秋冬不是流行民族風印花嗎？妳穿這樣，我會以為妳要參加葬禮。」

今天早上我在衣櫃前試穿了十幾件洋裝，猶豫了二十分鐘，才選了這件很少穿的洋裝。「現在看那些大花圖騰洋裝，覺得很多圖案都像顯微鏡下的阿米巴原蟲。」看到小薇眉頭都要皺起來了，我只好苦中作樂。

「小寶現在好帶嗎？」

「穩定多了，快要滿三個月了，真不容易。」

經歷滿月酒的嗆奶事件，小薇現在再辛苦也甘之如飴。

小薇看著小寶的笑臉，一臉幸福。儘管她只有薄施脂粉，穿著簡單的藍色長版上衣配牛仔褲搭平底娃娃鞋，隨身攜帶超大橫條紋多層空氣包，被尿布、玩具、濕紙巾塞得鼓鼓的，取代了小巧輕盈的 Coach 托特包和化妝包……我卻覺得她閃閃發光。

這是我見過小薇最美麗的時刻，比結婚典禮上的華服濃妝還要更動人。

我忍不住算了一下，上次見到小薇與小寶母子，就是在喜來登飯店的滿月酒，也就是說，不到兩個月的時間內，已經發生了這麼多事，我覺得好像足足過了兩年。

我慢慢的把這陣子的事，一五一十告訴小薇。

「什麼？」小薇喝了一口咖啡，伸出左手前後「嚕」了一下停靠在桌邊的嬰兒車，小寶正仰躺在車裡，咬著奶嘴呼呼大睡。「這段時間沒跟我更新近況，已經發生這麼多事？那個謝小姐該不會知道妳在月子中心，故意來鬧場的吧？」

「應該不是，鄭宜諾是在小寶滿月酒才知道我在月子中心，他們一月分手後就沒聯絡了。而且，我還在不知情的狀況下，用了她的照片來當月子中心的形象廣告。」

「真要命，立委應該立法將全國的小三隔離到外太空！」小薇不可置信。

「說真的，我還做了惡夢，夢到我控制不住自己，恍神走進嬰兒室，失手掐死那孩子。我覺得自己好可怕……」我回想起最近的心緒，雙手有點發抖。

小薇用力握緊我的手，「那只是夢，妳這麼善良，妳不會這樣做的。」

「我知道，可是最近發生了這麼多事情，我實在無法阻止自己負面思考。花洋裝、蛋糕，好像都無法激勵我自己了。」

「這些事情是發生了，但是妳可以選擇不被這些事情傷害。我覺得，葉望說得很好。」

聽見葉望的名字，我忍不住皺起眉頭。

「不要因為是他說的話妳就不想聽。」小薇半瞇起眼看我一眼，而後圓睜雙眼，無比正經的說：「因為有死亡的陰影存在，所以我們更珍惜彼此相處的時候。如果滿月酒那天，小寶真的怎麼樣了，我想，我公婆會無比自責內疚，他們也很愛小寶，所以我決定不再去想坐月子時的不愉快。」

我無言以對。為人妻、為人母，小薇的確成熟了不少。

「說到那孩子，妳不告訴鄭宜諾，在道理上妳站得住腳，畢竟他虧欠妳這麼多。但是，如果妳不在乎他了，何必讓他錯過幸福的機會？」

「我的孩子不在了，小三的孩子卻即將出生，一想到這個，我就不打算原諒他們兩個。」我嘆了一口氣，「還有，我真的很想趕走葉望和秋葉大樓。不過我打算忍到十二月，作到跟舅舅約定好的時間，我就會離開月子中心了。」

「妳要怎麼趕？他們雖然把這裡當臨時倉儲，但是臺灣人還算通情理，只要沒有在這邊賣靈骨塔、清洗大體、設靈堂，應該都還可以接受。」

「是呀。」我淡淡的回答。

說到賣靈骨塔，葉望當時塞給我的生前契約和塔位簡介資料袋，還躺在我辦公室抽屜裡呢。

風雨更加用力敲打著玻璃窗，我有點懷念空服員生活——登機，起飛，落地，把所有不愉快在時差中忘掉；而後，在下一個航班，在打掃得乾乾淨淨的客艙裡，一切歸零，又是一個新的開始。

第二天，我在辦公桌右下的大抽屜中，撈出葉望給我的生前契約資料袋。

我心裡煩惱得很，不住的拉扯脖子上的碎花薄絲巾，索性離開座位，去嬰兒室看看可愛的小寶寶們。終於，我看到初生小嬰兒，心裡不再隱隱作痛，而是可以仔細端詳每個小嬰兒的睡臉。

下午四點多，嬰兒室護理師換班，我看見張莉雅興沖沖嚷著：「去聯誼嘍！大家動作快點！」

珈琪也跟著換了便服走出。

「珈琪，妳怎麼越來越瘦了？」我一把抓住她的手腕，骨架細瘦的她，感覺更加清減了，她的蘋果臉原本吹彈可破，現在下巴尖到像是可以戳人。「妳這樣是要怎麼抱小嬰兒？二〇八號房，那個患有妊娠糖尿病的王馬麻，嬰兒體重五千三百二十七公克，破紀錄了，妳抱得動嗎？」

「只要是可愛的小貝比，八公斤我也抱得動。」珈琪眼睛布滿血絲，卻還是自信滿滿。

「妳今天會去聯誼嗎？」我真心希望她可以趕快交個男友，甚至想逼她把「交男友」列入她的工作日標裡，限期在年底績效考核之前達標。

「會啊，雖然我不是很想去，可是莉雅說人數不足，叫我一定要去。還是我把名額讓給妳？」

「不，妳一定要去，但是妳怎麼都沒打扮啊？」珈琪今天穿著一身黑洋裝，襯得臉色更加蒼白，而張莉雅她們換好的便服，不是粉紅色花苞裙，就是淺黃色雪紡紗，每個看起來都比法式蛋糕還要精緻可口。

我搖搖頭，把脖子上的絲巾卸下來，在珈琪細瘦的頸項上，鬆鬆的打了一個交錯的結。

珈琪不好意思的想推卻，我拉起她的手，「這樣有精神多了，如果沒交換到優質男士的電話，不准還我喔。」

我轉頭看著嬰兒室裡，護理師正在餵那位體重破五公斤的巨嬰，他看起來快把壓克力嬰兒推床給塞滿了。「那個小貝比喝的母奶，怎麼有點紅紅的？我以為母奶是白色偏黃。」

「那位媽媽追奶追得很辛苦，每次親餵完還努力排空乳腺，拚命擠用力擠，擠到乳頭都破皮了，所以母乳裡帶了血絲。」

原來這是傳說中的「草莓牛奶」，我身體一縮，彷彿感覺到那種痛。

珈琪補充說：「過一陣子就沒那麼痛了，乳頭會破皮、流血、結痂，最後變成鐵打的乳頭。」

「喂喂，王珈琪小姐，妳聯誼時不要隨口冒出乳頭、陰道、會陰、嬰兒大便這些用字，會把男生嚇跑的。」

「現在不講這些，以後懷孕生小孩還是會講，妳看在這裡坐月子的馬麻們，還不是互相討論誰的乳頭破皮最嚴重，誰的下體撕裂傷最痛。」珈琪好像豁出去了。

「好啦，趕快去聯誼吧。我決定提高標準，沒交換到五個優質男士的電話，明天不准上班。」

看著這群年輕的護理師離去，其實珈琪說得沒錯，女人在懷孕生產前，日常對話裡大概不會提到這些話題。「產前」與「產後」差異如此大，為了迎接新生，女人身體與心理的變化真劇烈。

但我想，那位羊水栓塞的呂南毓小姐，是寧可承受這一切劇烈痛楚的變化，也不願帶著遺憾離開的。

而我，也是寧可承受這一切，也不要小乖就這樣離開我的世界啊。

第二天午餐時間，我和阿長在員工休息室討論衛生署評鑑事宜。

「特助，目前月子中心只有我有國際泌乳師證照，我建議再培植一到兩位，可以提供母乳馬麻們更多協助。」

「當然好，妳要不要推薦人選，我安排她們去上課？」

「我知道有一位最適合優先去受訓。」

「誰？」

「就是妳啊，特助！」

「我？妳知道，我只是暫代原來執行長的工作，只做到十二月底。」

「聽蔡醫師說，李執行長沒打算回來。特助，繼續做下去吧，妳是護理系畢業，又有服務業基礎，如果能增加產後護理的專業，對妳、對夏凡會更有幫助。」

「這……」

蔡惠芳插入我們談話的陣容，「特助，妳勸慰馬麻們的話很有效欸。二〇六號房的馬麻說，妳因為發現老公外遇，嚇得摔倒而流產，離婚了。她想到自己還可以抱著孩子餵奶，就覺得要格外珍惜這種幸福，沒想到這樣一想，心情放輕鬆，奶量好像就變多了。」

「其他馬麻也說，聽到特助的故事後，就覺得眼前的手忙腳亂、這裡痛那裡痛，好像都可以忍受。妳怎麼想得出這麼棒的說詞啊？」張莉雅附和道。

「咦，為什麼妳們會覺得我是為了哄馬麻們，才這樣說的？」我覺得自己講得很誠懇啊。

「妳這麼漂亮，又當過空姐，是人生勝利組，這種悲劇女主角的情節怎麼會發生在妳身上呢？」

珈琪附耳低聲問我：「特助，妳也是這樣安慰莊太太的，難道這是真實發生的事，不是安慰馬麻們的話嗎？」

我對珈琪笑了一下，揮揮手要她別擔心。

我看著大家，「是呀，是白色謊言，給媽媽們一點力量，讓她們有點鬥志可以撐過這段期間。」

蔡惠芳彷彿想到什麼，岔開話題道：「特助，妳那條絲巾是 YSL 的吧？好漂亮喔！」

啊，她說的是我借給珈琪的絲巾，她說送洗後會還給我。

珈琪低下頭，但是我好像看到她嘴角一抹淺淺的微笑。

蔡惠芳繼續嚷嚷：「那天全場最帥的男生，一個竹科的專案管理師，眼睛一直停在珈琪身上，聯誼結束後，他還請珈琪去吃三更半夜才開的金陵包子喔……」

「別，別亂講！」珈琪臉紅了。

蔡惠芳沒放過珈琪，「他超有才華的，聽說他很會摺紙，吃完金陵包子，他就用粉紅色的那種餐巾紙，摺成一朵漂亮的玫瑰花送給珈琪。」

這時，員工休息室的電話正好響了，珈琪迅速逃離座位去接電話，好遠離八卦的暴風中心。

「特助，找妳的，警衛大哥說布條送來了。」眾人詫異的望向我，「布條？什麼布條？」

我下意識的吞一下口水，感覺喉頭變得好緊好乾，我捏起拳頭走向電梯，心臟跳得好厲害。

一直以來，我希望秋葉大樓的陰影不再籠罩夏凡，如今，這是達成目標的最近一步，然而，我也知道，走下樓去，就是把我和葉望最後一丁點未來的可能，活活判死。

星期三一早，舅舅和我一起站在夏凡大門口迎接評鑑委員們蒞臨。

其實由我簡報就足夠，但我想，評鑑委員中，勢必有舅舅認識的學者專家，也許看在舅舅的面子上會幫我們打高分一些。

「你們各方面都很優秀，但是純母乳哺育率不夠高，如果這方面能追上，列為優等就有希望，明年請繼續加油。」經過冗長的簡報、座談和攻防般的問答，評鑑委員表示。

看著委員們搭車離去，舅舅轉頭向我說：「喻晴，評鑑資料準備得不錯。」

「謝謝舅……呃，我是說，蔡醫師。」

「我的外甥女工作能力真的很強。準備時間這麼短，還有餘力找記者來採訪。」

舅舅掏出手機，推到我眼前十公分的距離，他滑了一下畫面，YouTube 上的新聞影片開始播放。那是昨天的新聞。

「在殯儀館旁坐月子？秋葉人本集團涉違法！」

濃妝的女主播眼睛眨了眨，「竹科貴婦產後療養的竹北知名月子中心，外牆竟然掛上白布條，原來是——」女主播加重語氣，「僅隔一條小巷，是知名殯葬業者秋葉人本集團的教育訓練大樓，如今秋葉大樓違反使用規定，引起月子中心、幼兒園與附近住宅大樓不滿與抗議。」

畫面帶到夏凡，黃色建築物臨白敬街的外牆上，白布條上的黑字怵目驚心——「反對殯葬業，安心坐月子！」

鏡頭帶到一個身穿深灰色洋裝的女子，頭銜是「產後護理機構董事長特助」，那是我。

畫面中的我神情嚴肅，好像要上斷頭臺，聲音有點啞，「秋葉大樓本來說好只做教育訓練、辦公聯絡，不會買賣商品、放置殯葬禮儀用品，但自從他們景觀大道的會館失火以後，就把靈車停在大樓地下室，把骨灰罈啊、棺材啊等殯葬用品放在這裡。來參觀的準媽媽，聽說附近有靈車出入，感覺都很不安。」

接著，戴眼鏡的柏克萊幼兒園園長張女士出現了，「小朋友問我，園長奶奶，那是什麼汽車，為什麼比我把拔的黑色賓士還要長啊？我可以坐嗎？我都不知道要怎麼跟小朋友說那是靈車。」

昌域社區總幹事曾女士登場了，「之前秋葉大樓的行政管理部協理，跟我們保證過，只做教育訓練之用，所以我們也相信了。」曾女士雙手向上舉起，看起來有點生氣，聲音拔尖，和之前在里長辦公室的親切模樣完全不同。「現在他們的靈車進進出出，我擔憂周邊社區房價會跌至少兩成，我們訴求，要住得安心，別把整個社區格調弄低了。」

緊接著曾女士登場的是一位六十開外的阿伯，是附近住戶楊先生，「我擔心接下來他們會把整棟大樓當成殯儀館，開始在裡面誦經念唱，我女兒下個月要來這間月子中心坐月子，我怕吵到她和我外孫啊！」

鏡頭掃過秋葉大樓美麗的水池造景，寬敞的退縮空間，記者旁白：「日前秋葉集團位於景觀大道附近的禮儀會館慘遭祝融，搶救出的骨灰罈、棺木、禮儀用品乃至於禮車皆儲放於秋葉集團大樓中，造成產婦、小朋友、附近民眾的不安。」

接著，畫面出現《都市計畫法》規定的「住宅區不得作為殯葬服務業使用」一行大標題，與「申請僅供辦公室、聯絡處所使用不在此限」的次標題。

記者繼續說道：「新竹縣民政處專員表示，秋葉大樓所在地為住宅區，依都市計畫法臺灣省施行細則第十五條第八點，住宅區不得作為殯葬服務業使用，但申請僅供辦公室、聯絡處所使用，不作為經營實際商品之交易、儲存或展示貨品者，不在此限。如違反嚴重，秋葉大樓將可能遭罰款處分。」

然後，是一個我非常熟悉的聲音。

不必看那「葉先生／殯葬禮儀服務業業者(聲音來源)」的字幕，我也認得那如冬夜裡的熱清酒般，溫暖又厚實的男聲。

「本公司自從景觀大道附近的禮儀會館失火，一直在尋找適合的地方存放原本的用品，然而所有倉儲業者，因為暫存物品是喪葬用物，覺得不吉利而不願讓我們租賃倉庫空間；新竹縣市各大公私立停車場，也不願意讓我們承租停車位來停放禮車。

「因此，讓秋葉大樓暫存禮儀會館用品，實屬情非得已，但確實有違法之虞，為表示負責，秋葉大樓將暫停使用，我們將儘速處理殯葬禮儀用品儲放問題，直至問題解決為止。」

畫面停在白布條上，記者接續道：「這起殯葬禮儀業者、月子中心業者與附近住戶的紛爭，期望能早日解決，還給附近住戶與產婦一個安心與休息的環境，記者洪欣倫、彭利偉，新竹報導。」

我愣愣的看著影片結束，畫面變黑。

結束了……真的結束了。

不只是秋葉大樓，還有我和葉望之間。

舅舅把手機收回口袋，瞪著我，「夏喻晴小姐，發生這麼多事情，妳都沒跟我報告或商量嗎？」

我低下頭，「舅舅，對不起，我搞砸了。我沒有辦法在月子中心做下去，我打算跟您辭職。」

「不是說好做到年底？只剩不到三個月了！」

我告訴舅舅，鄭宜諾的小三也即將入住，我並不想在月子中心面對她。

舅舅瞪大眼睛，拳頭捏起來，完全忘記要罵我。「有這種事！妳得幫前夫的小三坐月子！小孩該不會還是我親手接生的吧？」

「幸好不是，她在臺北生產。舅舅，我怕我守不住職業道德這條界線。」

舅舅嘆了一口氣，「我相信妳不會。就算她真的來找我接生，我也得接，這是我的職業道德。妳以前在飛機上，如果遇到仇人，妳會破壞空服員的職業規範，在他的咖啡裡吐口水嗎？」

「怎麼可能，我在飛機上遇過大學時當掉我普通生物學的教授，我不僅沒有偷偷在他的飲料裡吐口水，還特別端了一份薑汁汽水和叉燒酥給他。」

「所以，好好照料那個小姐，還有她和鄭宜諾的小孩，我相信妳做得到。另外，答應舅舅，至少做到年底，妳還得幫我找好接班人。之後妳打算怎麼辦？」

「我可能回不了機艙了，我想試試看航空公司的公關行銷工作，我在夏凡做出興趣了。舅舅，謝謝你，讓我找到客艙工作以外的生涯發展興趣。」

「所以讓妳在夏凡繼續做行銷公關嘛！」舅舅伸手來回撥弄他滿頭白髮，「喻晴，妳再好好想一想。」

我點點頭，心想，我又讓舅舅擔心了。

我在夏凡的大廳，目送舅舅走出大門。感覺到強勁的秋風，舅舅拉了拉西裝外套。

我不喜歡秋天，萬物開始變得蕭瑟，夏天的燦爛明亮都漸漸消逝。

我特別討厭新竹的秋天，季節變換之際的九降風，總是大幅肆虐這個城市，隨著九降風而來的東北季風，更是沿著頭前溪河口長驅直入，吹得人頭痛欲裂，畢竟這可是吹出柿餅與米粉兩大新竹名產的疾風啊！

秋葉大樓熄了燈，招牌也卸了下來。白天窗簾緊掩，只有保全公司員工守著整棟大樓；晚間也不再亮燈，那令人屏息的美麗大樓，以及水池倒影，不再是白敬街與白橋一路口的一道璀璨夜景。

夏凡的警衛先生說，新聞播出的第二天夜裡，十幾輛搬家貨車從秋葉大樓出動，車上的東西都密密實實的遮蓋起來。他問了貨運司機，東西要載到哪裡，對方說是秋葉在苗栗頭份的禮儀會館。

為了避免自己想東想西，同時也是因為撐不住老媽的叨念，我開始整理家中房裡囤積了將近十個月的搬家紙箱，名為「恢復房間面貌大作戰」。

高中的畢業紀念冊？丟！

鄭宜諾曾經寫給我的信件？丟！

「無冬無夏」的印章？丟！

有鄭宜諾出現的照片？通通扔掉！

兩大本共三十六張的婚紗照？當初是誰說要拍這麼多張的？浪費！

我總共清出八大袋一般垃圾、三大箱資源回收，還有五大箱紙類物品，象徵十五年的時光。我不禁深深感謝電子郵件與數位相機，如果沒有這兩大科技發明，恐怕我和鄭宜諾之間，會製造出更多待丟、待回收的紙本信件與相片。

我把紙類垃圾搬到後院，拿了其中一封信，用打火機點燃第一株火花，丟進金紙桶中，而後把這些陳年舊物一一扔進去，金紙桶的火花越開越烈。

「妳在燒什麼？」老媽聞到燒東西的氣味，踱進後院瞧瞧。

「一些不需要的東西。」

「怎麼不拿去資源回收？這樣還製造空氣汙染。」

「妳太慢說了，我沒想到，糟糕。」

「這些是什麼？這裡面有塑膠包裝袋，是不可燃的！」

「媽，妳不要看啦！我哪有這麼沒常識？這、這我沒有要燒啦！」我把紙箱搶回。

老媽指的，是「待燒物品紙箱」中，最後、最小的一箱，裡面有一個貼著綠葉貼紙的餅乾包裝袋。

還有一瓶薰衣草精油（對，我說扔了，是指扔到紙箱裡）。

一枚刻著「麗似夏花」的印章。

一個熊貓圖案的紙盒。

一個鼓鼓的牛皮紙袋，裝著生前契約資料。

這些，不是和鄭宜諾有關的紀念物，而是葉望的。

「如果是不要的，就一起回收啊！」老媽念著。

原來我和葉望之間的紀念品這麼少。

「會啦，會啦，今天已經處裡這麼多資源回收和垃圾了，這些就先放著，反正我已經清出很多空間啦。」我趕緊把小紙箱藏回房間床底下。

在秋天來臨之前，我一定會把這些東西處理掉。

我一定要把葉望忘掉。

我……做得到嗎？

❀

寄件者：邱蔓 <mandy.chiou@mail2000.com.tw>

收件者：葉望 <nozomu.yeh@autumnleaf.com.tw>

主旨：還好嗎？

葉先生：

這次換我問候你了。聽說你被高中同學夏喻晴給修理了，還好嗎？

我知道你絕對不會承認你很傷心，但是不知怎麼回事，我總覺得有什麼東西踹著我的心臟，感覺低落又不安。莫非雙胞胎之間的感應，隔著臺灣海峽，在廈門也接收得到？

如果有要幫忙的，一定要讓我知道。

邱小姐

✿

寄件者：葉望 <nozomu.yeh@autumnleaf.com.tw>

收件者：邱蔓 <mandy.chiou@mail2000.com.tw>

主旨：re：還好嗎？

邱小姐：

的確，我並不是很好。

只能藉著忙碌來不去想夏喻晴的事。

我擔心的，不是她不願意接受我，而是她能不能放下過去，能不能快樂。

自己搞砸了一切，感覺真的很不好。

廈門一切好嗎？

傳幾張我外甥的照片給我瞧瞧吧！

葉先生

寄件者：邱蔓 <mandy.chiou@mail2000.com.tw>

收件者：葉望 <nozomu.yeh@autumnleaf.com.tw>

主旨：re：還好嗎?

葉先生：

廈門好熱，這裡的閩南語聽起來和臺語好像，卻又聽不懂。

這裡的蚵仔煎叫做海礪煎，蚵仔爆多，我卻想念城隍廟王記的蚵仔煎，濃稠甜辣醬、又香又Q的粉皮……

小寶寶超神奇的，每天看起來都不一樣，我感覺好像又戀愛了。

雖然有請家事阿姨幫忙，但我還是忙得團團轉，偶爾，真的想念以前一天十二個小時寫劇本的日子啊，現在我好像變笨變鈍了，一點靈感也沒有，下個月要交新戲企劃，一個字也生不出來。本來以為可以一邊帶孩子一邊寫作，看來是痴想。

把你的心情告訴夏特助吧，說不出來的話，用寫的，不要再悶頭又是一個十五年。

邱小姐

第十章　秋分，秋之分離

第二天，我去月子中心時，得知謝冬珊來報到了。

她在預產期前兩天平安誕下一女，我禮貌性的在她入住時打一次招呼，恭喜她喜獲千金，接著就裝忙，盡量避免和她打照面，如果遠遠看到她在走廊另一端，我就揮揮手閃回辦公室，交給護理師與接待客服去應對。

「那位謝馬麻的寶寶，頭髮好多喔，沒看過頭髮這麼多的寶寶欸！」

「就是啊，好像戴了一頂黑色安全帽，在嬰兒室裡超醒目的！」

即使我聽見珈琪她們討論謝冬珊的小孩，我也假裝沒聽到一般，不讓任何話語與感受入心。但每當我路過嬰兒室，我都盡量避免看那個戴著黑色安全帽的小嬰兒。

即使她真的很顯眼。

「聽說謝馬麻的寶寶，是非婚生子女？」

「那又怎麼樣，都什麼時代了？」

「她說等傷口恢復好，休息得差不多了，就要去報戶口，但是她還沒決定好孩子的名字呢，說要我們介紹姓名學老師給她。」

我輕手輕腳出現在員工休息室，「沒事不要議論客戶的隱私！」

眾人嚇得彈開，張莉雅趕緊揮一揮手中的文件，「不是啦，謝馬麻幫我們規畫壽險套餐，我們在討論人壽保險，她是超級保險業務員。」

還用妳說，我早就知道了。

我瞪了她們一眼，下樓回到座位上，專心完成「夏凡產後護理機構誠徵執行長條件一覽表」：

學歷：大學以上護理相關科系，具備碩士學歷佳。

經歷：產後護理機構護理長或行政管理經歷五年以上。

工作職掌：全館營運、品牌行銷、制定標準流程與管理機制、安排全員教育訓練、服務品質管理。

管理人數：三十人以上。

如具備下列領域相關證照可加分：國際母乳哺育指導、國際認證泌乳顧問、助產師或陪產員訓練師、嬰幼兒按摩等。

這樣的人才可能不好找，我轉動著原子筆，心裡想著，也許，由鳳春阿長升任執行長，讓阿長去上一些課，加強品牌行銷、服務管理的知識，然後再找一個專職護理長接她的工作，會比較容易些。如果阿長無暇增長品牌行銷的知識，甚至可以聘用一位專職的公關專員，也許我再找舅舅討論……

「啊！」會客室傳來一聲尖叫，硬生生打斷我的思緒。

發生什麼事了？

我快步走向大廳會客室，有位肚腹微隆的孕婦，和一位產婦馬麻在一起，而且孕婦抱著產婦，兩個人一邊哭一邊笑，情緒都相當激動。

「需要幫忙嗎？」她們的聲音太大，我趕緊過去關切，其他訪客也都投注好奇的眼神。

「我妹妹、我妹妹，」產婦喘了一口氣才有辦法繼續說：「懷孕十二週時作抽血唐氏症檢查，醫生說寶寶有唐氏症的機率是三十四分之一，我趕快請家人帶她去臺北有名的婦產科做羊膜穿刺，等啊等，等了兩個星期，剛剛收到簡訊報告，說寶寶一切正常。」她把妹妹的手機畫面秀給我看。

「您好，這裡是何海名婦產科，您在本院所做的羊膜穿刺檢查為染色體正常，報告整理好後將以限時專送寄出。」

「恭喜恭喜，這實在太好了！」我忍不住握住她的手，真心為她們感到開心。

「真的，這兩個星期，苦等檢查結果出來，我妹妹真的太煎熬了。」

孕婦和產婦姊妹倆，抱在一起繼續又哭又笑，其他訪客也紛紛收回好奇疑懼的眼神，露出了恭喜的笑容。

走回辦公室，想起她們如釋重負的笑容，瞬間，一個念頭竄入我腦中，我不由得停下腳步——

「特助，妳怎麼突然停下來，差點撞上妳欸！」我身後的清潔阿姨嚷著，我趕緊退一邊，讓她的拖把繼續在木質地板上揮舞。

我的胃糾結成一團，因為，我突然想到——我和那位媽媽在同樣的婦產科做羊膜穿刺檢查，為什麼我一直沒收到結果簡訊，也沒收到羊膜穿刺的檢驗報告？

原本我想請舅舅做羊膜穿刺，但我適合檢查的時間區段，他剛好要出國開會，於是舅舅大力推薦那位何醫生，說他是國內羊膜穿刺術的權威。

雖然我知道何醫生技術很好，檢查前一天晚上，我還是緊張到凌晨兩點多才闔眼。

到了診所，我急急掏了健保卡說要報到，護士要我先填寫資料，還給我一個信封，我端正恭謹的寫上新店小公寓的地址與姓名，就是怕報告寄丟或查無此人。

怎麼會這樣？難道是診所的作業疏失嗎？都怪我忙著離婚搬家，沒注意到這件事，雖然小乖已經不在了，想到有一份報告屬於她卻沒有拿取，總是怪怪的。

我加快腳步回到電腦前，上網查了那家婦產科的電話號碼，打過去，劈里啪啦的說明來意。

「我們這邊的紀錄是——電話通知異常，報告自取。」診間小姐冷靜的表明。

我愣了一下，「可是我沒收到，也沒接到電話！」難道是離婚搬家的忙亂，讓我錯過電話？

「當時經手的是……我看看……我請那位小姐來接聽。」

一位聽起來很資深的大姊接手，「我這邊有紀錄喔，當時電話聯絡夏小姐不通，改打給第二聯絡人的鄭先生，是鄭先生親自來醫院拿報告的。」她的聲音宏亮乾脆。

大姊跟我核對了拿報告的日期，我陷入沉默——那正是我發現鄭宜諾出軌且流產的那一天，我永遠不會忘的。

「喂喂？夏小姐？」

大姊的聲音讓我回了神，「為什麼是電話聯絡？難道胎兒有異常嗎？」我想起方才孕婦妹妹是收到手機簡訊，通知正常。

「病歷上寫著，胎兒有透納氏症。」

「什麼？安瑞症？」這不是到幼兒期才會發病，患者常常擠眉弄眼、哼哼唧唧，還常被誤診為過動的病症？羊膜穿刺檢查得出來嗎？

「是透納氏症。」大姊把病名念得更清晰。

我拜託診所大姊把報告傳真給我，她問完傳真號碼，又加上一句：「請問……胎兒有生下來嗎？我們可是有確認您的家屬收到報告了。」

我嘆了一口氣，「不用擔心你們有疏失，就在鄭先生拿到報告的那一天，我跌倒流產了。」

那位大姊連聲道歉，我草草的說聲沒關係，掛了電話，飛快的從傳真機上抄下嘎嘎吐出的熱感應紙，而後趕緊打電話給舅舅，幸好他剛好有空檔。

「舅舅，我有問題要問您。」我念出報告上的字：「T-u-r-n-e-r-S-y-n-d-r-o-m-e。這是什麼？」

「喻晴，透納氏症，分很多種，妳是指哪一種細胞核型呢？」

我迅速瀏覽報告，找到「細胞核型」的欄位，「上面寫著『45,X』。」一邊說著，我的腦袋一邊加速搜尋，我應該聽過這些醫學名詞吧，但是怎麼一片空白？

「透納氏症是先天性性染色體缺失，比起正常胎兒，寶寶少了一條X染色體，透納氏症有很多種，簡單來講，『45,X』有很高的機率流產或是死胎，而透納氏症的孩子，即使在很低的機率下平安出生了，女孩子的卵巢功能也會很快的衰退，甚至到青春期前就已經失去功能。」

舅舅停了一下，反問我：「怎麼想問這個？」

「我的寶寶是透納氏症。因為某些原因，我今天才看到診所的羊膜穿刺報告。這樣想起來，我跌倒流產前的那天早上，肚子就有點悶悶痛痛的。」

舅舅沉默了一下，緩緩吐出：「確實，很有可能原本就會流產的。」

掛上電話，我馬上打給鄭宜諾，劈頭就問：「為什麼不告訴我，你去拿了羊膜穿刺的報告？你知道小孩是透納氏症患者？那天到底發生什麼事情？」

鄭宜諾嘆口氣，聲音像是洩了氣的輪胎，不再有力與自信，「妳發現了？」

「告訴我！全都告訴我！」

「我們公司有一項藥品被中興醫院 DC 了……主管要我接手這個案子讓它死而復生，但是醫生讓我吃了閉門羹。算了，短期內，這醫生大概也不想見我了，我突然多出時間，就跟妳好好說吧。」

我原本堵到喉頭的話語硬生生哽住了。

DC 是醫院裡藥品管理上的專業術語，Discontinue，停止使用，一項藥品一旦被貼上「DC」的標籤，就是打入冷宮，很難有翻身的機會。我和鄭宜諾離婚前，他從來沒有藥品被打入 DC 的命運，讓已打入 DC 的藥品起死回生，這種吃力不討好的任務，更從來不會掉到他身上。

「你，還好吧？」我忍不住問。

鄭宜諾不埋我，逕自說話：「我承認，當天原本要見另一個女人。」

「在米朗琪？張阿姨打了好多電話給你都轉語音信箱，打去米朗琪也找不到你。」

「我沒有去米朗琪。那天我沒開車，我先搭捷運到辦公室，拿我忘記的手機，又再搭捷運到離咖啡店最近的捷運中山站，卻接到了婦產科診所電話。我馬上招了一輛計程車，趕往診所。」

「然後呢？」

「離開診所，我找了間咖啡店待著，一直想，該怎麼告訴妳。我的心情很複雜，我承認，我還沒有準備好當爸爸，但是，孩子有可能無法存活，我覺得很難過，我才突然意識到……我是爸爸了呀。不知道過了多久，我發現張阿姨一連串的未接來電，我趕到醫院，看到妳傷心卻假裝冷漠的樣子，我實在不忍心告訴妳孩子有問題。那天夜裡，我就傳簡訊給她，說我老婆流產了，我們不該在一起。」

「難怪那天你手機一直震動，在褲袋裡滋滋滋的，吵死了。」

「但是，妳在趕來探望的我媽面前，直接攤牌說要離婚。」

「對，你媽說要幫我做小月子，將來再生個男胎，我直接跟她說，小月子我自己處理，至於男胎，請鄭宜諾找一位Winter5433小姐生。」

「妳知道嗎?我媽回去後整整念了一個月的佛經，迴向給無緣的孫女。她還罵我，」鄭宜諾捏著嗓子學起鄭媽媽說：「阿彌投猴，什麼溫特五四三三，去哪裡認識不三不四的女人，到底是給誰帶壞了啦!」

苦笑幾聲後，鄭宜諾認真道：「我爸媽都不准我說出離婚的事情，還說要去找妳媽道歉，希望妳們母女再給我一次機會。我跟他們說，喻晴決定的事情，很難有轉圜的餘地。」

「難怪上次去你家，客廳裡還有我們結婚時的照片。」我繼續說道：「既然我說要離婚，你為何不把小乖有透納氏症的事實說出來?」

「我想說，既然妳已經知道了我出軌的事，就讓妳把錯歸咎在我身上，繼續恨我吧，把恨我當作目標，說不定，可以稍稍轉移妳的傷痛。」

我必須承認，鄭宜諾真了解我，那之後的半年，我的確是懷著對他和 Winter5433 的恨意，積極努力掩埋傷痛。

「那，你和那位 Winter5433 小姐，後來怎麼了?」

「妳，這次要聽真話嗎?」

「要，我想要知道，以一個朋友的角度。」

「嗯……」

「你可以用第三人稱來說我這個人，就像在和神父告解這整件事。」

鄭宜諾沉默了一會兒才開口:「我弟弟的情況，讓我從小就努力當優等生。我在高中時喜歡一個叫做夏喻晴的女孩，她也喜歡我，但她一直以為，我是見義勇為，舉報她父親車禍肇事車輛的那個英雄。我很喜歡她，一直不敢說出事實，但每天看著她的臉，聽她不時提起以前的事情，我總覺得很心虛，因為那個英雄根本不是我。

「後來那女孩在我碩士班一年級時飛上天，成了專業的空服員，而我只是一個每天讀書的研究生，所以我加入藥廠業務團隊，想要當她心目中永遠的第一名。

「我真的做到了!在藥廠業績排行榜中，我很快就成為最優秀的『波爬』，但是幾年後，換到現在的外商東美藥廠，壓力變得很大。我開始對自己沒有自信。」

我覺得很驚訝，我好像真的不了解鄭宜諾。

「關於 Winter5433，我稱她W小姐好了，一開始，她不知道我已婚。我剛轉到東美時，有一次我的車送保養，便借了同事的車去醫院跑業務，W小姐正好騎摩托車去探望生病的同事。因為不熟悉車況，我倒車時不慎擦撞到W小姐的摩托車，害她腳受傷，必須撐拐杖一個月，我為了表示歉意，每天接送她上下班。她是保險業務員，我順勢教她提升業績的方法，她看我的眼神，讓我覺得，我是一個貨真價實的英雄。

「後來，我跟她坦承我已婚，那時我們還沒跨越友誼這條線，便決定不再見面。一個月後，我正好去醫院跑業務，巧遇她返診，她想要跑走，情急之下卻跌倒了，我上前扶起她，然後……」

「然後，你們兩人就跌入萬劫不復的深淵？」我終於出聲回答他。

「對，很老梗吧？那一陣子，我的工作壓力非常大，也許我是用出軌來逃避壓力，但我相信，W小姐和我之間，是一段真正的感情。」

如果是九個月前的我，聽到這些話一定會氣得呼他一巴掌，但是，此刻的我並沒有感到心被撕裂的痛楚，只覺得心如止水，彷彿在聽著朋友分享八卦。

「那麼，既然你們已經分手了，你為什麼還跟我要回戒指？」

「我想過，等我重回業績第一名的寶座，我就去跟她求婚。W小姐是婚外情而生下的孩子，她曾經發誓不要走上媽媽那條路。我希望將那只戒指改成一個屬於她的戒指，去向她求婚，讓我當個真正的王子，讓她當個真正的妻子。」

隔著電話，我看不見鄭宜諾，但此時此刻，也許我才真正的看到他本來的樣子。

他竭盡全力，想要當父母的優秀兒子、夏喻晴的完美伴侶，不論是他的父母還是我，都把他的優秀視為理所當然，沒有人去撫慰他的挫折和壓力。然後，當他犯了錯，就把他打入萬劫不復的深淵。

我心口感覺疼痛，直到我不愛鄭宜諾了，我才發現這個人有多脆弱。

「你現在回到業績排行榜第一名了嗎？」我問。

「坐二望一了，如果今天這藥沒被 DC，一定可以衝到第一名。但是，我覺得只追求業績，沒有人可以分享努力後的成果，很空虛。」

難怪，上回在小寶的滿月酒上見到鄭宜諾時，他不再意氣風發。

「你這個大笨蛋！業績可以再衝，萬一W小姐突然嫁給別人怎麼辦？」話一出口，我愣了一下。多年來鄭宜諾是我心中的優等生，傻、笨、蠢、呆等字眼從來不會用在他身上。

「就當我是笨蛋吧！我們分開時，她說她再也不要談戀愛了。」

「她講的你就信？」

「如果她嫁給別人，我也沒辦法。」鄭宜諾苦笑道。

「對不起，戒指不見了，在離婚前就不見了，我找了很久都沒找到。我可以照價賠一個給你，雖然我覺得很對不起把戒指傳給我的鄭媽媽。」

我鄭重道歉，鄭宜諾並沒有生氣，只是淡淡的回答道：「那……我得想個好一點的方法來證明我的心意。」

我嘖了一聲，「我想，對W小姐而言，戒指不是最重要的，你可以用別的方式來表達你對她的心意。比如說——戶口名簿。」

「戶口名簿？妳……妳說什麼？」鄭宜諾聽起來很困惑，好像我講的是外星人的語言。

「對，戶口名簿。別管什麼業績排行榜了，幸福不等人，小孩報戶口也不等人。」我口氣很嚴肅。

「妳，妳到底在說什麼？什麼小孩報戶口？」

「你趕快來我們月子中心，先買個新戒指，不，沒有戒指也沒關係，一束花就好，動作要快，據我所知，謝冬珊小姐出關前會去報戶口——在她報戶口之前，你們先辦理結婚登記，以免孩子的父親姓名欄位空白。」

「什……什麼？」

「謝冬珊現在住在夏凡啦！她生下的孩子，剛出生就有一頭又濃又密又黑又硬的自然捲髮，超像戴著一頂黑色安全帽，跟你一樣。」

「今天不是愚人節吧？」

我拿出機上廣播的正式口吻宣布：「鄭宜諾先生，恭喜你喜獲千金。這一次，你一定要一諾千金，好好對待她們母女。」

電話的那一頭彷彿凍結了，我知道鄭宜諾心裡想著他最擔心的事。「你放心，孩子很健康，我們的小兒科醫生評估過了。」

「即使孩子有問題，我也會把她養大……我馬上請假到新竹！」鄭宜諾火速掛了電話。

這一天，我收到一封來自臺東關心之家的感謝函，讓我在淡淡的秋意中，覺得溫暖。

雙十節前，我請蔡惠芳整理月子中心倉庫，把一些即期備品整理好，並向廠商多訂購十箱尿布，加上我從家中整理出來的東西，打包好寄給臺東的關心之家，他們是照顧未婚媽媽與新生兒的中途機構。

「特助，好漂亮的小洋裝喔！妳怎麼有這些東西？」

蔡惠芳拎著幾包新生兒小襪子，數十條精緻的小圍兜，GAP 新生兒兔裝，嘆為觀止。

「這是以前別人送我的。空服員工作壓力大、勞務又重，懷孕很不容易。我懷孕時留職停薪，有些交情不錯的同事，會利用飛國外航班的機會，帶點小禮物表示祝福。」

「妳懷孕過？特助！我們都不知道妳已經結婚了，寶寶多大啦？」

「寶寶無緣，懷孕四個月時離開了。」

「這些東西還可以留著，等寶寶再來，特助，妳還年輕，還有機會的！」蔡惠芳空出右手拍拍我肩頭。

「很難的，我離婚了。」

蔡惠芳藏不住情緒，驚訝的張大了嘴。

「特助，對不起……我以為妳安慰媽媽們的話，是妳編出來的……」

這次，我不再轉移話題，更不再強顏歡笑，大方接受別人的安慰。

而在我收到關心之家感謝函時，鄭宜諾也用 LINE 傳來一張照片，是他和謝冬珊在戶政事務所，辦理結婚登記和新生兒出生登記的合照。這個星期鄭宜諾請了兩天假延續到星期三的雙十節，在月子中心陪伴他的新家人。

我傳送了大拇指比讚圖片，「你爸媽怎麼說？」

「我稟報二老時，把事情原委都說了。我爸本來大怒，說我行為不檢點，但一看到小孩照片，

我媽就感動得哭出來了。聽說寶寶還沒取名字，兩位老人家就趕緊重金禮聘姓名學老師，在報戶口前幫孩子取名。她叫鄭安卉。」

「很好聽的名字，一生平安，美如花卉。」

「謝謝妳，也祝妳幸福。」

等謝冬珊母女出關，加上白色波斯貓小津，鄭宜諾新成立的家庭就要團聚展開新生活了。他們未來還要一起養育新生兒，一起面臨人生種種的關卡……

我想，鄭宜諾已經明白，人生不必處處當優等生了。

「妳和葉望呢？」

「我想，我和葉望不會再見面了。」

其實，我每天都假裝到芳療室去視察，實際上是去看看窗外白敬街路邊，有沒有葉望的車。秋葉大樓早已人去樓空，葉望的車當然不在。

「葉望對妳是認真的，我看得出來。」隔了一會兒，鄭宜諾的訊息才浮現。

「第一次受傷時，我積極的慢跑、打扮漂亮、吃蛋糕激勵自己。第二次受傷時，我卻沒有力氣去想接下來的事。」我終於承認我過得不好。

「別那麼急，讓傷心慢慢好，妳會好得比較快。」

「哈哈哈，好矛盾的說法。」

「人間事哪有非黑即白、毫不矛盾？」

回想起當時，我一出院馬上逼鄭宜諾離婚，就是這種非黑即白的性格吧？難道，我應該給葉望解釋與改變的機會嗎？

「阿彌投猴，多謝上宜下諾法師開釋，可是，之前是誰去踢爆葉望的殯葬業小開身分？」

鄭宜諾傳來一個下跪道歉的貼圖，**「真的很抱歉，我太小家子氣，如果有什麼我可以做的，請告訴我……」**

我嘆了口氣，鄭宜諾故意讓我知道葉望的身分，但是，是我對葉望下重手，還讓他上了新聞，我怎能再出現在他面前呢？

兩個星期很快就過了，我請獵才公司約了幾個新任的特助或執行長人選來談談，有的人專精產後護理，有的人長於品牌行銷，但就是沒有一百分的人才，看來我得做個比較表來評比出最適合的人選。

而秋葉大樓開始有裝潢工務車進進出出，從芳療室窗外可以窺見巨大的木工工作機台，木屑如煙火般四起，大家都很好奇秋葉大樓將改做何用。

昌域社區的總幹事打探到，秋葉大樓將改做私人博物館。「住家附近有博物館，這樣整個街區的質感提升不少，也不會吵到妳們的媽媽寶寶，很好很好。」總幹事非常滿意。

我想，她是因為房價可以向上提升而滿意吧。

忙碌的事情還不只於此。

夏凡來了一位不諳中文的印度馬麻，她的先生平日在清華大學化學所工作。產後她獨自在家時，常常看著哭鬧的雙胞胎寶寶，束手無策，臺灣籍同事建議他們來夏凡月子中心。

接待客服看到膚色如蜂蜜、大眼晶亮、頭髮微鬈的印度寶寶，都大呼卡哇伊，但是一聽到要和印度馬麻用英文溝通，就像遇到手榴彈似的，嚇得趕緊跳開。

我只好親自上場，每天擔任印度馬麻的口譯員，傳達她的需求。例如她不吃牛豬、餐點不加酒、想吃家鄉料理，還要為她解釋湯品中的當歸首烏枸杞的藥性與用途，甚至去買印度拉茶，讓她一解思鄉之苦。印度拉茶意外的幫助她分泌母乳，把雙胞胎餵得飽飽的，因此這對新手印度爸媽非常滿意我們的服務。

連日的忙碌讓我暫時不去想很多事，還有個意想不到的好處——我好像累過頭了，我不再失眠，常常一倒頭就沉入夢境。

但我總沒夢到葉望。

而這一天的夢，讓我非常不安。

夢中，桌上有一個白色信封，上面寫著「夏喻晴小姐收」。

我拿起來打開，取出了一張白色的紙製卡片。紙有點厚，質感很好，底圖是淡淡的蓮花，但紙張太白了，白得刺眼，白得扎心，我不喜歡。

我打開紙製卡片，只看到卡片內有個「聞」字。

我霎時明白，這是一張訃聞，但，這是誰的？

我急了，額頭上冒出汗，卻沒想要去擦拭。

我想看清楚是誰的訃聞，卻怎麼樣也看不清楚上面的字，越急眼前就越模糊，我在夢裡急得想大叫。

第二天一早，我在惡夢的陰影籠罩下，出現在辦公室。

我去嬰兒室繞了繞，正好遇到小兒科醫生來會診。我連忙問了他好幾次：「寶寶們都沒問題吧?是吧?」

我把目前入住的馬麻檔案拿出來翻看，仔細盤問接待客服，確認馬麻們人人身體健康，忙著擠奶吃早餐，沒有人產後憂鬱想跳樓。

我還踱去備膳室，盯著戴髮帽、口罩和手套的廚師準備餐點，生熟食依規定分開處理，不銹鋼檯面連一點水垢都沒有，冷凍廚餘桶和垃圾桶都沒有異味和蚊蟲縈繞，烘碗機裡數百件的碗盤杯盞也都經過高溫消毒，看起來並沒有任何食物中毒或病毒感染的前兆。

一整個上午，胸腔裡好像有個小人一直踢著我的心臟。

好不容易捱到了中午，在員工休息室，珈琪遞了一個牛皮紙袋到我面前，她把那條碎花絲巾還給我。

「特助，謝謝妳。不好意思，拖了這麼久才還給妳。」

「沒關係。」我笑了起來，「大家都知道最近下班時間妳忙著約會。妳值完大夜班，他還來接你吃早餐才去上班，警衛先生都告訴我了。」

「我知道大家最近的八卦對象是我。」珈琪不好意思起來，「我男朋友說，是先看到這條絲巾，而後注意到我，所以，特助，我準備了個小禮物給妳，快看看。」

我打開紙袋，絲巾摺疊得整整齊齊，安穩的放在牛皮紙袋中。還有一個小小的紅色方形紙包，纏著紅色的棉線，看起來像是一個平安符。

「特助，我去霞海城隍廟還願時，順便幫妳求的紅線，已經幫妳過爐了。」

我打開紅色紙包，裡面有小小兩枚鉛錢，分別烙著「百年好合」與「百子千孫」的字樣。

「我還特別幫妳買了一束百合，送給月老公公，請他幫忙，希望妳和葉協理的紅線，不會因為這一次的事件而斷，你們可以百年好合。」

我眼眶一熱，「珈琪，謝謝妳。」

雖然我不知道，我和葉望還有沒有機會。

珈琪不知道，我偷偷下載了秋葉大樓事件的新聞影片，一再重播新聞畫面最後出現的男聲片段，不停重溫記憶裡的嗓音，如一盅本釀造清酒的溫暖。

記者怎麼沒當面採訪到他呢？我、幼兒園園長、昌域社區總幹事都入鏡了呀。

「特助，一開始我先幫自己還願，感謝月老公公讓我認識新的男朋友，可是我不小心把折疊陽傘拎在手上，有個阿桑提醒我，我才知道，拜拜時不能拿傘，不然怎麼拜都會散，怎麼辦呢？」珈琪的眉頭都蹙在一起了，苦惱的樣子相當可愛。

「不會的，不會散的，不要迷信，心誠則靈。」我輕輕拍她的肩。

「欸，從特助口中說不要迷信，好像不是很有說服力喔。」珈琪笑了。

這小姑娘交了新男朋友，蒼白的臉上有了紅暈，像是即將滿開的櫻花。

這時蔡惠芳走了過來，拿了一疊信件給我，「特助，有妳的信件，我順便帶上來了。」

「謝謝喔。」我隨意翻動信件，發現一枚白色信封，我一愣……和我夢中的白色信封好像。

「特助，妳怎麼了?」蔡惠芳關心問道。

「沒事的，沒事的。」珈琪握住我的手。

我戰戰兢兢打開信，「親愛的副班長」幾個字映入眼簾。

天啊，是葉望!我馬上把信闔起來，深吸了一口氣，才敢再打開。

親愛的副班長：

近來可好?我常常想到妳。

真的很抱歉，我不是有意隱瞞事實，只是一直在尋覓適當的時機好好解釋，沒想到，並沒有所謂最適合解釋的時候，只有儘早釐清事實才是正確的。

跟妳說些無關緊要、有點久遠的事。

我是爺爺奶奶帶大的，小時候和爺爺很親，很討厭我爸爸。

我爸好像有潔癖似的，每天奮力洗澡，還有出門一定要噴灑味道濃到嗆人的古龍水。他講話百無禁忌，喜歡開殯葬業的玩笑，但是他不吃肉，更討厭我們吃牛排時點五分熟，一刀劃開看到血水。

讀民富國小時，班上同學都笑我家以前是開葬儀社，排擠我，沒人要跟我坐在一起，我總是跟一個家裡開色情卡拉OK的男生坐在教室最後一排。

上高中後，脫離了以前的學區，沒人認識我，我就學乖了，絕不提及自己家裡的家族企業，而且當時就決定，長大後一定要拒絕接班——儘管我爸去看蓋靈骨塔的地時喜歡把我帶去，告訴我那塊寶地風水如何之好。

後來去日本念書，大學三年級的暑假，爺爺過世了，我趕回來奔喪，這才知道，爺爺是第一代葬儀社經營者，本來是黑道，後來改邪歸正做喪葬業，老爸是繼承爺爺的事業；我媽媽是建設公司千金，曾赴日學習音樂，為愛情而委身門第不合的婚姻，協助父親結合喪葬與建設轉型。

當我出生時，爺爺已經沒有以前在黑幫凶神惡煞的樣子，而是一個非常慈祥有耐心的人。他總是輕輕喚我 Nozomu，耐心的陪我玩，耐心的陪我學會自己倒水、拉拉鍊、穿襪子、穿鞋子，不像我爸只會罵我、催我動作快一點。

原來爺爺本來是不務正業的古惑仔，整天打架滋事，因為自己的好友被砍死，幫他收屍的過程中，決定不再當黑道，要幫可憐人做後事，因此借錢成立了邱田葬儀社。我爸從小跟著我爺爺幫人治喪，擦屍水、洗屍體樣樣來，那場合的氣味都銘印在他心裡了，因此，明明和媽結婚後就轉型了，卻還是忘不了早年辛苦的日子。

我知道這些事之後，回到京都繼續念大學，我沒再去「餃子的王將」端盤子，改去當地的禮儀社打工，被日本人細緻的禮儀服務所感動，我開始懂得尊敬這一行。

我不可能改變加入這一行的決定。我不僅對父親與祖父有責任，我覺得這是我想要投入的使命。

我也不敢要求妳理解，畢竟我們重新認識彼此的時間這麼短，還不夠了解彼此。

只是，可不可以，不要爭到你死我活？雖然，以我們各自從事的產業來說，應該叫做「我死妳活」。

我一直很喜歡「死生契闊，與子成說，持子之手，與子偕老」這句話，這也是我對感情的理想。我們一起經歷過這麼多和生死有關的事件，我們也都明白一段契合的感情有多不容易，能不能讓我牽起妳的手，一起走下去？

不論如何，下個月秋葉大樓會有所轉變，妳會喜歡的。

天氣變冷了，希望妳身心健康，一切順利。

葉望

我極力忍住眼淚。

對葉望來說，這似乎是一封掏心挖肺的告白信，對我來說，這其實是一封告別信，而昨夜的夢中信，大概就是我倆愛情的訃聞。

葉望既然絕無離開殯葬禮儀業的意思，我該怎麼做？我能怎麼做？

毫無保留的接受他嗎？為什麼要我讓步而不是他？

我呆呆的聽著珈琪和同事們的閒聊聲。

「下星期六，十一月三號那一週，我們要去武陵農場看楓葉。我們超幸運的喔，有人臨時退訂，讓我們搶到富野渡假村最後一間雙人套房。拜託拜託，誰可以跟我換班？我請喝大杯星巴克！」

原來，夏花的時節已經過了，現在是秋葉的季節。

我再怎麼不希望蕭瑟的秋天來臨，秋天終究還是來了。

張莉雅自願和珈琪換班，直嚷著大杯星巴克不夠，還要帶伴手禮給她才行。

「明天輪完班，我要去買衣服，希望照起相來會很好看。」珈琪羞澀的綻開笑容。

張莉雅湊近珈琪，「我看，是去買戰鬥服對吧。」她試圖壓低她的大嗓門，但在場的所有人都聽到了。

「什麼是戰鬥服?」珈琪一臉困惑。

「就是必勝內衣啊!你們第一次一起過夜旅行，一定要準備啊!妳快猜猜他喜歡什麼款式?」

珈琪聽了，臉霎時變紅，眾人推擠嘻笑，我也跟著牽動嘴角，儘管心裡在淌血。

我在心底默默祝福珈琪，希望她在這秋葉的季節，享受夏花一般熾熱甜蜜的戀情。

但是，星期一早上，珈琪沒來上班。

第十一章　重生之前

輪早班的珈琪，應該在七點五十分於嬰兒室就定位，然而，遲至八點半還沒見到她人影，也沒有人接到她請假的電話。這很不尋常。

鳳春阿長向來治軍嚴厲，沒人敢遲到，而珈琪到職以來，從不曾遲到早退、臨時請假，為了十一月初的武陵農場賞楓遊而事先調班，還是第一次。

阿長擔心獨居的她出了什麼事，急得撥打她的手機號碼，但接電話的不是珈琪，而是從臺北南下的王媽媽。

珈琪再也不能來上班了。

「珈琪在成德路的市立殯儀館。依照禮俗，意外喪生的人，不能回家。」阿長告訴我，我們決定馬上趕去殯儀館。

一進車內，我手不停發抖，幾乎不能推動排檔桿，阿長握住我的手，一股暖流竄過，我才冷靜下來，從P檔切到D檔，這才將車子開出停車格。

我聽著阿長的指示，一路直奔縣政二路的國道一號交流道，轉下寬闊無車的茄苳景觀大道，抵達我還沒來過的市立殯儀館。

上回送老爸，市立殯儀館還在西大路那。

現在，它叫做生命紀念園區。

「這裡，這裡，王媽媽說，在新館後面的靈堂。」

阿長拉著我走進禮廳的白色大門，穿越長長的走廊——阿長也太熟門熟路了。

彷彿讀出我的心思，阿長解釋道：「等妳到我這年紀，收到的熟人白帖，會和熟人兒女的紅帖一樣多。」

我看著阿長，沉默不語，心中百感交集。

遠遠的，我看見一名短髮女子，穿著黑色套裝，站在走廊邊低聲講電話，是禮儀行業的女性員工。

雖然沒貼眨巴眨巴的濃長睫毛，我還是認出她了，「范姜安妮！」

范姜安妮莊重的朝我鞠躬行禮，「我知道王小姐是貴公司的員工，請節哀。」

簡單素雅的靈堂裡，放著珈琪的照片。蘋果般可愛的圓臉與齊眉劉海，是我所熟悉、如自家妹妹的珈琪，而站在照片前的這位老婦人和瘦高男子，應該是珈琪媽媽和珈琪的新男友吧？

我心一酸，他們該多麼難過啊……

啪！老婦人一巴掌甩向這名瘦高男子，范姜安妮、阿長和我頓時停下腳步，彷彿聽到「一二三木頭人」的急凍指令。

老婦人情緒崩潰，哭喊：「你害我女兒傷透了心、拿掉孩子還不夠，現在還害死了我女兒！把珈琪還給我！還給我！」一陣哭嚎後，老婦人昏厥過去，范姜安妮和阿長衝上前去攙扶。

我嚇得張大嘴，因為，那名被掌摑而傻站一旁的男子，面容很熟悉，他不是什麼珈琪的新男友，而是——

我們之前的客戶，那位搞外遇、騷擾珈琪、現在正和妻子一起重建婚姻的莊先生。

阿長和范姜安妮將王媽媽帶到一旁休息照顧，我抓住莊先生，氣憤喊道：「怎麼回事？你給我說清楚！」

莊先生雙手覆在臉上，過了許久才放下。

「我真的，真的……太對不起珈琪了。」

我這才看清，莊先生襯衫發皺，還沾染了點點血跡，可能昨天到現在，沒睡也沒梳洗。

在莊先生凌亂的自白中，我拼湊出事件的經過。

昨天下午，珈琪去百貨公司買旅遊要穿的新衣，在百貨公司鄰近中央路旁的出口，和推著嬰兒車的莊先生狹路相逢。

莊太太上樓補換會員卡的來店禮，莊先生看到珈琪，試圖和她說話，珈琪急著想逃，莊先生上前拉住她袖子，想要為之前的事道歉，正好被莊太太看到。

「老公，你在做什麼！」莊太太大喊，寶寶嚇得大哭，莊太太氣得搶過嬰兒推車出了百貨公司大門，直闖雙黃線要去馬路另一側，這時，一輛加速的跑車衝過來，凌厲的緊急煞車後，還是直直撞上——飛奔過來擋住莊太太母子的珈琪。

警衛趕緊叫了救護車，珈琪卻在到院前就停了心跳，CPR 多次也喚不醒年輕的心臟。

我摀住嘴巴，不能接受這事實。怎麼有人這麼傻，為了保護嬰兒車，自己坐上救護車！

我怒瞪莊先生，「你幹麼要抓住珈琪？你太太忌妒心也太強了，不聽你們解釋就發飆！就是她！是她害死了珈琪！」

「不是我太太，是我害的。她看到我拉著珈琪衣袖，就知道我對珈琪的感情。」莊先生幾乎要哭了。

「什麼？」

「上次我太太去月子中心撒冥紙鬧事，妳都聽她說了吧？她很介意我的初戀女友。」

「是啊，這和珈琪有什麼關係？」

「珈琪就是我的初戀女友……因為我媽媽嫌棄珈琪家境不好，和我家沒有門當戶對，所以珈琪在我當兵時主動說要分手。」

「不會吧……」

「珈琪也曾經在不知情的情況下，做了我和太太之間的第三者。那時我太太剛懷孕，我們都還不知道，只知道她那陣子脾氣特別暴烈，就在那時，珈琪在我的苦追下復合——當然，她發現我已婚的事實後堅持要分手。」

我回想起珈琪說過的話，「她來新竹前，在臺北分手的男友，就是你？」

莊先生點點頭，「那是我們第二次分手。沒想到，我們幾乎同時間搬來新竹，然後在你們月子中心重逢。聽伯母說了，我才知道，那時珈琪懷孕了，她在伯母堅持下忍痛拿掉孩子。我真的罪該萬死……」

我想起七夕時珈琪問我：「七娘媽會保佑沒出生的孩子嗎？」原來那是她為自己問的。

我轉過身，我哭不出來，只想嘔吐，卻也吐不出來，激烈的嘔吐動作導致臉部肌肉收縮，逼出滿臉鼻涕眼淚。

最後，我哇的一聲，不顧形象的大哭。

月子中心的氣氛低到谷底，我和大夥兒懷著傷痛的心情，渾渾噩噩的從週一盪到週五，護理師輪班休息用餐時，平日交談嬉鬧、八卦的聲音消失了，像是有人把聲音的開關關掉，把大家的笑容也一併關掉了。我還注意到，員工專用女廁裡，如果有人在裡頭待得有點久，出來後往往紅腫著眼。而我下班後前往珈琪的靈堂幫忙折紙蓮花時，也都會遇上沒值班的同事。

最令人難過的，就是見到珈琪的新男友吳之松。

他每天在靈堂忙進忙出，當王媽媽哀痛欲絕時，他就負起接待之責，招呼來幫忙的大家。

如果是以前的我，一定會強顏歡笑，激勵大家正面迎向未來；但現在，我笑不出來，也不會勉強自己笑。

我知道，一切會好的，我們都會好的……只要再給我們一點時間。

然而，到了週六上午，再怎麼笑不出來，我也得打起精神，穿上一件和心情截然相反的紅色大花洋裝，加強力道刷了腮紅，上了晶亮的唇蜜，硬是把自己扮成喜氣洋洋的模樣，然後在早上八點零五分，抵達新竹縣政府廣場。

廣場迎著縣政六路六線道的入口，鋪了長長的紅地毯，紅毯上矗立了四道花拱門，一路綿延向縣府大門前的舞臺。粉紅香檳玫瑰、滿天星、粉紅百合，熱烈的環了舞臺一圈，草地上，擠滿了觀禮的家屬親友。

聽說今天有六十六對新人在此舉行婚禮。

九點整，結婚進行曲的音樂聲響起。

「新竹縣集團結婚典禮，典禮開始——」

我腦海裡，還反覆播放珈琪靈堂前，王媽媽掌摑莊先生後的嚎哭，此刻，卻必須以贊助廠商的身分，參加新竹縣集團結婚活動。

我真的萬分後悔主動贊助這活動，那是七夕前吧？當時我還想像葉望因為贊助雙人塔位遭新人白眼，而暗自竊喜，沒想到活動開始時，卻是這樣低落的心情。

我坐在舞臺前第一排，轉頭遙遙望著身穿白紗的麗人們，拿著玫瑰捧花，挽著她們各自的新郎，一一穿越四道拱門，走進集團結婚典禮會場。

冗長的縣長致詞、議長致詞，一大串的吉祥話，不忘融入政績建設，順便鼓吹一下新竹縣的高生育率，我心思飄搖，致詞句句入耳，卻讓我更坐立難安，好不容易熬到抽獎時段，眾新人也一臉剛睡醒的樣子——聽說她們從清晨五點，就開始排隊進入流水化作業，給包下梳化與禮服的婚紗公司，一個個著衣、化妝、弄髮。

「接下來要抽的是——夏凡產後護理機構所提供的高級套房兩星期住宿券！我們請夏凡產後護理機構的董事長特助，夏特助來為我們抽獎——」

我上臺，在摸彩箱中嘩啦嘩啦的攪一攪，撈起一張紙條。

「劉善政、趙儒吟」，我對著司儀遞過來的麥克風，念出幸運中獎的新人姓名，排在隊伍最後方的一對新人尖叫出聲，新郎還啄了新娘臉龐一下。

新人要上臺領取放大版住宿券，他們兩位動作卻有些慢，新郎小心翼翼扶五個月身孕的新娘緩緩步上臺階，臺下掌聲雷動。

我忍不住賀喜道：「恭喜你們——看來這張住宿券，你們幾個月後就用得到了。祝你們和寶寶，平安健康，幸福一輩子。」

這句話，沒有「雙雙對對、萬年富貴」的富麗，也沒有「新郎生作真將才，新娘美麗通人知」的堂皇，卻是我打從心底的祝福。

草坪外，停了四臺最新款日系名牌休旅車，當司儀宣布：「禮——成——」，工作人員將四臺休旅車的後門打開，數百顆粉紅、嫩藍、淺綠、鵝黃的氣球，迫不及待的隨風湧向藍天，新人與觀禮親屬紛紛發出驚呼。

珈琪，妳看到了嗎？

我望向藍天，希望已經成了天使的珈琪，也看得到這浪漫美麗的景象。

我想起第一次見面，珈琪眼神晶亮，向我仔細描摹她的幸福圖像。

「我還是期待將來遇見一個白馬王子，舉行一個美麗又浪漫的婚禮。我還要打扮得像《羅馬假期》裡的奧黛麗赫本，我未來的老公，要騎著速克達復古摩托車載我進場。」

珈琪，妳怎麼不給我們大夥兒機會，參加妳的羅馬假期主題婚禮呢？

草地上，新人與親友家屬忙著拍比 YA 合照，甚至即興丟捧花，我必須左躲右閃，才能避免不小心誤入了別人的幸福小劇場。

就這樣一路閃閃躲躲到縣政五路的路樹旁，總算找到一個沒有人照相的清靜地方了，我趕緊翻查手機通訊錄，撥出一通電話。

昨日，送六十六對新人踏上紅毯，完成終生大事。

今天，送一位如花年歲的女孩，走完人生。

我穿著順應心情的黑洋裝，出發前往參加珈琪的告別式。我的黑色包包裡裝有值班同事們委託我轉交的奠儀，大家在能力範圍內包了超出約定俗成的金額，聊表自己的心意。

禮廳裡，黑白映襯的牆壁，白色桌巾，白色百合，今天要送別的是早凋的花兒，空氣中浮動著佛樂與深沉的哀傷。

我遇上來參加告別式的同事們，大家一臉沉重，輕輕點頭招呼，不說話。

我還看到幾位黑衣的熟面孔，我上次見到她們，都是穿著粉紅色寬大褲裝睡衣，一星期甚至一個月沒洗頭。

她們是曾經在夏凡坐月子的媽媽們。

我想，她們是感念珈琪在自己坐滿月子後，仍持續提供育兒支援，因而來送珈琪一程。

我也看到謝冬珊——珈琪在她積極介紹下保了壽險，受益人是王媽媽，謝冬珊這幾日責無旁貸的幫她辦理理賠手續。

我真的感謝這樣的機緣，如果不是謝冬珊超強的業務手腕，我們就得擔心謝媽媽的晚年生活了。

范姜安妮宣布公祭開始，音樂響起。

「They say you've found somebody new.But that won't stop my loving you.I just can't let you walk away.」

是一首英文老歌，娓娓訴衷情的沉厚男聲，好像黑白老電影的主題曲。

眾親友也面面相覷，紛紛向鄰座確認自己是否聽錯。

我驚訝極了，范姜安妮他們辦到了——

此時，一位穿黑色西裝的年輕男人，騎著一輛淺綠色、復古到爆燈的速克達摩托車，從走道中央，直直駛入靈堂，摩托車最前面，綁著珈琪的照片，那是一張她更青春時期的照片，珈琪將頭髮盤起，前額覆著略短而不齊的劉海，有幾分赫本頭的味道——正是電影《羅馬假期》裡的造型。

「王珈琪小姐，生前最喜愛的電影與影星，就是《羅馬假期》中的奧黛麗赫本。王珈琪小姐的好友兼主管夏喻晴小姐為我們提供一項資訊，王珈琪小姐夢想中的婚禮，就是以赫本造型，由新郎騎著劇中的復古速克達摩托車進場。今天，由王珈琪小姐的男友，吳之松先生，為王珈琪小姐完成這個心願……您現在所聽到的背景音樂，就是《羅馬假期》的主題曲。」

我看見鳳春阿長拿起手帕按壓眼角，張莉雅早就癟起嘴抽抽噎噎哭了起來，而我自己，任由眼淚靜靜奔流。

止不住的淚水，好像清洗了沉積在心底的東西，我有不捨，也有感動，還有如釋重負。

吳之松騎著摩托車在祭壇前停下，從速克達摩托車的腳踏墊處，拿了一臺「紙紮版」的速克達摩托車，和一個「紙紮版」的超大鑽戒，放在珈琪的棺木旁。

范姜安妮不忘補充介紹：「這是吳先生親手製做的，送給王珈琪小姐最後的禮物。」淚眼中我們看完珈琪的生前故事影片，范姜安妮和他們的工作夥伴指引大家紛紛起身，獻花鞠躬行禮。

最末的弔唁賓客出現了。

是莊先生、莊太太，與嬰兒車內費力抬頭張望四周的寶寶。

阿長瞪著他們一家人，眼神洩漏了嚴厲的責難；張莉雅掄起拳頭起身，大概想衝出去打人，阿長拉住她。

莊先生與莊太太彎腰行禮，工作人員雙手合十、手往內又復翻轉向外，莊先生一家人理應退後離去，他們倆卻咕咚一聲跪下來。

「謝謝妳，救了我妻兒一命……這輩子，我實在欠妳太多太多了……」莊先生與莊太太泣不成聲，人們的眼神軟化了。

他們不是壞人，只是，他們沒想到自己犯過的錯，會鑄下這麼嚴重的後果，除了人們的譴責，這深入骨髓的內疚感，恐怕會是他們往後人生最大的懲處了。

等待火化時，我逮到范姜安妮。

「范姜小姐，謝謝妳，我沒想到你們做得這麼細緻，你們怎麼借得到速克達摩托車？吳先生怎麼趕得出紙紮速克達和大鑽戒？」

是的，昨天集團結婚典禮後，我所撥打的電話號碼正是范姜安妮的手機號碼。

我在電話中告訴她珈琪的婚禮心願，問她是否能徵求王媽媽同意，在告別式上增添一點與《羅馬假期》有關的元素，我相信珈琪會很高興。

「我知道了，我們試試看。」范姜安妮用專業的聲音回答道。

今天一早，我看到素淨的靈堂，以為王媽媽否決了這個想法，我真的沒想到，范姜安妮他們能執行得如此完美。

「不要謝我，要謝謝我們協理。」范姜安妮打斷我的思緒。

「咦？」協理，是指……葉望嗎？

「妳打電話給我時，他正好來交代會館整修重新開張的事情，我便跟他說了王小姐的事。是他費盡心思，說服王媽媽接受這個主意，幫女兒完成未完的夢想。」

我感覺呼吸急促。

范姜安妮繼續說：「協理派人幫忙王媽媽翻找王小姐的照片，終於找到了這張很有奧黛麗赫本神韻的舊照。速克達摩托車，也是協理去找某家美式餐廳，和對方借用的。我們和吳先生討論時，他當場就同意用另一種方式，載珈琪進場，於是協理和他整晚沒睡，完成了紙紮摩托車和大鑽戒。」

我什麼都說不出來。

原來，在風雨肆虐的時候，有個人，默默的撐起了傘，遮蔽風雨。

「他在走廊上等妳。」我發誓，范姜安妮原本肅穆又專業的神情裡，偷偷的洩漏出一點笑意。

我加快腳步走向門外，終於，見到那久違的濃眉大眼。

我和葉望互相看著彼此，沒開口說什麼話。

儀式結束後，我們一路陪著王媽媽和吳先生，看著火化爐噴煙，看著珈琪住進淺紫色罈罐，定格在高塔裡，屬於她的小小一方新居所。

「要不要去走走？」一切落幕後，葉望終於發話。

我坐進他的車，他看了我的包包，「妳這次沒帶榕樹葉和艾草？」

我搖搖頭，「我倒還希望珈琪跑出來跟我說說話。」

四周到處是殯葬設施、紀念園區，我似乎沒那麼害怕了。

只是，葉望要帶我去哪兒呢？

車子鑽出小路，進了景觀大道，葉望指著不遠處一動彩色的建築物，「這裡有家景觀餐廳。」

「真的假的？看夜景時應該很多『人』吧。」

我們從低處的停車場，沿著緩坡草皮向上走，草皮中央有棵大樹，前面有幾張顏色繽紛的木頭椅，星期日的午後，很多孩子在草皮上追打嬉戲。

葉望看著遠方，「這裡還有露營車呢！如果我是這家餐廳的老闆，我會在農曆七月舉辦試膽大會。」

「到時我會在凌晨三點打電話叫你起來上廁所。」我停了一下，繼續說：「謝謝你為珈琪做的事。」

有點突兀，但是葉望說過了，真心有話想說時，時機不是最重要的。

「為了借那臺速克達，我答應餐廳老闆，尾牙在那家餐廳包場。」葉望笑著回答。

「老闆不避諱那臺車曾在葬禮上使用嗎？」我問。

「如果在婚禮上使用，會有人說不好嗎？而且老闆很洋派，不介意的。」

「也是，對珈琪而言，今天的儀式，和婚禮的意義是一樣的。」

「讓人懼怕、讓人歡笑，以此證明每個靈魂的無可替代性。」葉望沒頭沒腦的迸出這句話。

「什麼？」我有點摸不著頭腦。

葉望笑著說：「這是村上說過的話。」

「村上？高鐵新竹站前那家有名的布丁蛋糕店嗎？那叫『春上』，捲舌音的春。」

「我說的是日本小說家村上春樹，他說，這就是故事的意義。」

葉望臉上沒有訕笑之意，我紅了臉，卻發現，這是我近日第一次想到蛋糕。

「新生讓人歡笑，死亡讓人懼怕，所以生命才可貴。我的工作不是小說家，卻也是紀念每個靈魂的無可替代。妳的工作，正是迎接每個無可替代的靈魂，不是嗎？」

我的心，因為葉望的話語而躁動。

突然，一個一歲多的學步兒顛簸走過我們眼前，他一不小心向前撲倒在草皮上，哇哇哇扯著嗓子大哭，他的爸媽笑咪咪的把他撈起抱進懷裡。

我和葉望相視而笑，而後——我放任自己像支彈射出去的箭，正中葉望的懷裡。

陽光有點炎熱，孩子的嬉耍聲有點吵鬧，然而，這些無法阻止他的唇找到我的，無法阻止他的指尖探入我的髮，無法阻止我的淚沾濕他胸前的襯衫。

在這個瞬間，我終於明白，候鳥遠離北方風雪，來到溫暖的南方，是什麼感覺。

是再也不想走，再也不想離開。

但嬉戲的孩子圍在我們身旁，瞪大眼睛「參觀」，我們只得依依不捨的遏止繼續纏鬥彼此的渴望，以免被在場的父母投以指責的眼光。

我們之間隔著一個人的寬度，但葉望的左手，仍舊緊緊牽著我的右手。

我們交錯的手指，像是大樹錯節的根，只想密密的盤著草地。

「知道怎麼開回去吧？」葉望載我回成德路取車。

「我又不是路痴。」

然後，我想起一件事，趕緊問他：「你會不會……怪我害你們秋葉大樓歇業，不能使用？」

「其實那棟樓早已有其他規畫，要不是這一連串的事件……這我真的得賣關子，到時候再告訴妳吧。」

「怎麼還是這麼愛製造祕密？」我嗔了葉望一眼，「晚上打電話給你，去忙吧。」話一出口我才想到，我已經刪掉他的電話號碼，只好回去翻邱蔓的檔案找出來了。

車子一路走到牛埔路與中山路的大岔路口，我應該沿中山路返家，方向盤卻往左邊打，經過我很少走的牛埔路，上了六十八號快速道路，直直開抵南寮，又向右轉，奔上西濱公路，一直開一直開，說不出明確的目的地。

車流往前，我看到磚紅色的隧道入口，「鳳鼻隧道」。

隧道一面是山壁，一面開通見得到藍天與綠樹，明、暗、明、暗……

光影在車窗上交錯，隧道很長很長。

這天沒有下雨，只是，我的眼睛，似乎需要雨刷。

終章　新生

「在這裡。」

我看了眼前的金褐色小方格，左右張望，「這，是不是在珈琪的位子附近？」

「對，左邊就是她。」

葉望幫我打開納骨位置的小門，我從包包中一一取出預定放進去的物品——一疊護貝的超音波照片、媽媽手冊、一雙芭蕾學步鞋，還有一張卡片。

「夏小乖，媽媽心裡無可替代的寶貝，曾在地球短暫旅行，忘了拿行李而先回去一趟。這短暫的時光裡，妳讓媽媽學會了，什麼是愛與重生。」

關上門前，我低聲祝禱，「要跟珈琪姐姐好好作伴，妳們兩個都要早日出發，去新的地方旅行喔！」

從珈琪葬禮至今，已經過了一個月，大夥兒慢慢開始又有了笑容。

而且，大家對嬰兒室裡愛哭嚷餓的小傢伙們，更加疼惜，更有耐心。

我關閉了一〇四人力銀行的執行長職缺，寫信給獵才公司告知不需要再找新的面試者，也打電話報名了國際泌乳顧問課程。

現在我知道，要守護夏凡，不能只靠平安符和開運風水物品，而是需要更多的專業知識。

舅舅非常高興，他說，等我通過泌乳顧問的考試，就把我的職稱改作執行長。而在上課之前，我還完成了一項任務：陪二〇七號房楊玲依馬麻去醫院接黃疸而遲了兩天出院的寶寶。

「夏特助，謝謝妳。我不會開車，而我老公臨時被抓去修機台，他其實真的很想來。」

「哪裡，妳傷口還在痛，我幫忙拿東西辦手續是應該的。」我指著駕駛座後方，「接了寶寶後，楊馬麻妳就坐到後座陪寶寶吧，提籃式汽車安全座椅已經安裝好了，妳的寶寶是我們接送服務開辦的第一位乘客喔。」

我們到協和醫院，停好車上了九樓嬰兒室。護士核對楊馬麻的證件資料後，又問了幾個問題，才讓我們接走寶寶。

楊馬麻接過寶寶，小貝比臉上的肌膚已經從黃轉白，她看了幾乎要哭了。「寶寶，馬麻好想妳——」

但是下一秒，楊馬麻臉一僵，「我傷口好痛——」她手一軟，我扶著她的手臂，她抬頭央求我，「夏特助，妳幫我抱寶寶，好不好？」

我不得不接過小傢伙，這是我第一次抱小嬰兒。

天啊！她好小、好嫩、好軟，她的頸骨還沒變硬，我必須一隻手輕輕托著她的脖子。她和我對望了一會兒，又陷入沉沉的安睡。

「不愧是夏凡的特助，抱得好安穩，我剛剛抱她手還在抖耶。」

我看著楊馬麻的寶寶，睫毛好細好長，我有點想哭——不是傷心而哭，而是滿滿的感動，這樣精巧細緻的小生命竟能全心信任我、倚賴我，還有比這更讓人開心的事嗎？

而安頓好楊馬麻的小寶寶後，我還要趕著「敦親睦鄰」，去參加秋葉大樓重新啟用的記者會。

葉望面前站了好幾位記者，擠到最前面的正是方紋妍。

秋葉大樓從未這麼熱鬧，它現在正式的名稱是「秋葉禮學院暨生命禮俗博物館」，一至二樓是博物館，其他是教育訓練場所，也就是說，我再也不會在大廳見到有人模擬洗禮體的教育訓練了。

我沒去打擾葉望，逕自在接待處簽了名，領了開幕紀念品，是一個木質小棺材，上面寫著「升官發財」，一進博物館，是一條長而暗的甬道，像是一條時光隧道，走出隧道口，我想，會是什麼呢？世界各國的棺材嗎？

隧道出口處的地面上，寫著「出生」兩字。

有個男人身上套了一件胸部與腹部隆起的怪異充氣裝，原來這是全套重達十八公斤的懷孕模擬裝，讓男人或未生育過的女人體驗孕婦水腫肚重的負擔，這位體驗者直嚷著好重好不舒服，參觀者都笑了。

我環顧四週，發現展館中還擺滿了許多和出生相關的展示品。

有樂高小積木堆砌的模擬場景，從產婆和助產士到府接生，到現今醫院的產房。

對抗新生兒黃疸的設備，昔時是紅紙，現在則是將寶寶的眼睛遮起做燈光浴的照光設備。

有古時候的竹編搖籃，還有現代化可折疊的西式嬰兒床。

不變的是滿月剃胎毛、製作胎毛筆、肚臍章的習俗，還有抓週的習俗——雖然以前抓週物品中的算盤，在現代已代換為計算機。

而屋頂懸掛一隻栩栩如生的仿真大鳥，嘴巴很大，我仔細一看，大嘴內叼著一個光屁股的小嬰兒……原來這是送子鳥。

這裡跟我想像的真不一樣，我跟隨眾人走上二樓，樓梯的終點有個箭頭，寫著「入死」。

有人在一個小隔間前排隊，上面有個牌子，寫著「遺囑撰寫體驗」與「棺材試躺體驗」。一位體驗者從小房間出來，淚流滿面，她對朋友說：「我邊寫邊哭……一定要更珍惜生命，才會沒有遺憾啊！」

我放眼二樓，還真的有世界各國的棺材與墓葬文化。我走過去看，手機這時滋滋作響，是小薇傳來的 LINE 簡訊。

「恭喜啊喻晴，我的兒子等著當花童啊！」

「誰的花童？」我又摸不著頭腦了。

「妳的啊！」

「？？？」

小薇丟來一串新聞網址，我點開閱覽：

「十月下旬暫停使用的秋葉人本集團大樓，今日重新開放使用，大樓用途除了教育訓練，一至二樓改為生命禮俗博物館，介紹從生到死、從死到生的文化，秋葉集團行政管理處協理葉望表示，原本博物館的規畫僅止於殯葬文化，橫跨生死的構想來自未婚妻，她發現從生到死、從死到生的儀式有驚人的相似，簡直像對仗一般，會場還有個比較表列出箇中相似點，有興趣的民眾不妨……」

還沒看完，小薇又傳來一句：「未婚妻，不是在說妳嗎？妳們不是已經和好了嗎？」

我氣得想下樓去找葉望，卻發現，他已經站在我背後。

「我怎麼不知道你有未婚妻？」我雙手叉腰質問，那個人不准是別人，最好是我，不，只能是我！

「就要有了。簽了這個妳就是了。」他遞一個牛皮紙袋給我，「妳看，我已經學聰明了，想到就說，不會龜毛等待最適當的時機。」

我探看牛皮紙袋內的東西，「這是什麼？又是生前契約嗎？」

「對，契約內容是，死後要跟我葬在一起。」葉望給我一個燦爛的笑容。

我頓了一下，發現「死後葬在一起」這句話大有玄機，我急得跺腳。

「喂，你這是在求婚嗎？哪有人這樣求婚的啦？」

「蜜月旅行想去哪？」葉望不直接回答我，逕自拉著我，走向各國喪葬文化展覽區。

我看到一張鐵塔照片，高興得大叫：「巴黎！」

「巴黎好，妳看，這是蒙帕納斯墓園，這裡有沙特和西蒙波娃的合葬墓。」

「不要，」我搖搖頭，「我要去捷克，我更喜歡布拉格。」

葉望指著另一張圖片說：「好，距離布拉格兩小時車程，有個人骨教堂，戰爭和黑死病讓墓園不敷使用，所以有人想出直接用人骨蓋教堂……」

看到我翻白眼，葉望改口道：「還是妳想去印度看泰姬瑪哈陵？」

我挑出泰姬瑪哈陵的照片，「這一樣也是墳墓，只是更大、更豪華、更有名的墳墓。」

「倫敦的西敏寺也是啊！國王在這裡加冕也在這裡長眠，陪歷任君主的總計還有三千多人，都是英國歷史名人。」葉望手指指向另一張照片，照片中的雙塔建築高大而雕刻細緻。

「算了，去日本吧，航行時間短。」我聳聳肩。

「那我們可以去參觀歧阜縣的瞑想之森，是建築師伊東豊雄的作品。」

「很好，總算不是墳墓了。」我呼了一口氣。

「其實這裡是市立火葬場，」他找到照片了，一汪碧湖，正對著白色波浪狀的廊簷。

我本要反駁，但是，這真的讓人難以聯想到火葬場，挺美的，我看著葉望，忍不住笑了。

「如果順便去岐阜縣白川鄉合掌村，吃飛驒牛，我勉強可以接受。」

「需要幫妳找好人氣蛋糕店嗎？」

「飛驒牛奶做的起司蛋糕就可以了。」

「對了，聽說西非有個國家叫迦納，舊名黃金海岸，那裏的棺木文化很特別，有飛機、可樂瓶、手機、鞋子、相機等各種造型，值得考察，說不定可以來個公平貿易棺材……」看到我眉頭開始聚攏，葉望很識相的改口，「還是不要好了，我自己去，以免妳不肯簽這份生前契約。」

葉望黑漆似的眼瞳，直直望著我，微微點頭，「要趕快簽啊。」

「知道了。」

我們相視而笑。

秋葉大樓的窗簾不再密實的遮掩，從窗內往外看，陽光正好，還有新人在秋葉的水池邊拍婚紗，水光瀲灩映著蕾絲白紗，拍起來一定很美。

「在你們集團大樓旁拍婚紗，挺不忌諱的，是你們的員工嗎？」我揉揉眼睛，「咦？那是范姜安妮和……」

新郎穿著白色燕尾服，圓潤身材、黑框眼鏡，他撐起馬步，用新娘抱的方式捧起范姜安妮和那簇豪華的多層次蓬裙……

「那位新郎，我認識他！」

「是的，他是皓齒牙醫的廖正飛院長。」

「哇！」我差點咬到自己舌頭，「他和范姜……他們從什麼時候開始的？」

「小寶的滿月酒，廖院長煞到辣妹版的范姜，展開熱烈的追求。」

我拍拍胸口，仍然不可置信，「金鏈子還在你家吧？可以先借給他們用，范姜來夏凡坐月子的話，我會給她打折！」

經歷了被莫名其妙求婚，和范姜安妮喜訊轟炸的一天，傍晚下班後，我搔了搔頭髮，其實每天這樣盤空服員包頭也膩了。我在白橋一路繞了一下，發現經過 TR 麵包店轉向縣政九路後有家髮廊，就走了進去，沒有預約，也不指定設計師。

「想要怎麼弄呢？」染了麻綠色長髮的年輕女設計師，幫我拆卸包頭。

我想了想，回答道：「剪短好了，看起來俐落輕快一點的。」

「妳的頭髮梳得很嚴謹，妳是空姐嗎？」

「是呀，我本來是空服員。」

「那現在呢?」

「在附近的月子中心,做行政的。」不只現在,未來我也是要繼續守護夏凡與一屋子的媽媽寶寶。

助理幫我洗過頭髮後,設計師拿了幾本髮型書讓我挑,「妳的工作,保留一點親切感比較好喔,但也不能太稚氣。」她建議我剪到齊肩,層次打得高一點,「不過,這樣以後就不能盤髮嘍!」設計師開始動手撥整審視我頭髮。

「沒關係,我不會回去當空服員了。」我篤定回答。

「月子中心的工作怎麼樣?聽說只有貴婦可以去月子中心,她們會不會很難伺候?」

「嗯,與其說是貴婦,不如說是『跪婦』,跪下來的跪。為了寶寶的平安健康,每個媽媽都願意跪下來請求上天保佑。」

「好有道理欸——妳是因為失戀,所以換髮型換工作嗎?哈,開個玩笑。」

「不是,」我搖搖頭,「是因為新生,新的人生。」

「那今天來剪頭髮,就像嬰兒滿月剃胎毛嘍?」設計師停下手,拿出口袋中的手機,滑了幾下,秀出一個光頭圓滾嬰兒的照片,「這是我姊姊的小孩,幾個月前他滿月時,我幫他剃胎毛,哇賽,剪過那麼多人的頭髮,我的手比第一次剪頭髮還要抖……因為他的頭還是軟的!我好怕弄傷他!」

「有做胎毛筆嗎?」

「他髮量太少,湊不到一枝!妳的頭髮滿多的,這下可以做好幾枝胎毛筆了。」

我忍不住哈哈大笑。

設計師開始專注手上的工作，鏡子裡，我的頭髮一綹綹落下，像是秋風吹落樹葉。

搬回新竹、進入夏凡、重遇葉望，這一年，舊傷口結痂長出新皮的過程，也像是坐了一場漫長的月子。

曾經我以為夏花和秋葉不應該出現在同一個季節，我只想留住絢爛的夏花，不想面對蕭瑟秋天的來臨。

我也曾在秋天來臨之前，以為自己又要埋葬一段戀情。

現在我明白了，夏的花，秋的葉，都會化作塵泥，為的就是孕育新生的芽，以待下一次的綠葉與繁花。

❀

寄件者：邱蔓 <mandy.chiou@mail2000.com.tw>

收件者：葉望 <nozomu.yeh@autumnleaf.com.tw>

主旨：恭喜啊！！！！

葉先生：

昨天我看到你寄來的超音波照片，整個跳起來，太好了，恭喜你和大嫂！我要當姑姑了！

不過，你前世也太花心了——一次來了一對雙胞胎女兒，兩個前世情人，看你怎麼應付！

請轉告大嫂肚裡的兩位小公主，夏春雪和葉冬雨是吧？（非得再讓兩個小孩不同姓氏嗎？開玩笑的，我知道大嫂是獨生女）小表哥的衣服買來買去都是藍色汽車、黃色小鴨，好無趣，姑姑會送很多漂亮衣服給兩位小姪女的。等小表哥和小表妹們大一點，就可以一起去民富國小玩，小時候我們常在百年蒲桃樹下乘涼，相信也會是他們美好的童年回憶。

對了，我寫的迷你劇《秋天來臨之前》提案通過了，現在正在趕本中，結合老爸的產業，和我自己坐月子的經驗，寫得超得心應手。男女主角當然是脫胎於你和大嫂的故事，謝謝你們願意讓我寫進劇本中！

真正開拍時，劇組人員可能會去秋葉大樓勘景和借景，你猜，男主角禮儀公司主管，是預定誰來演——新生代的優質演員吳慷仁！你一定會說他跟你不同型，我不管，他比你帥，我喜歡他。至於女主角月子中心主管，製作人還在和經紀公司評估中，恕我難以奉告，請大嫂不要太緊張，安心養胎最重要！

P.S.我總有種感覺，你就當我是一廂情願的想法吧！你知道我相信佛法輪迴之說，也許……夏春雪和葉冬雨，是珈琪和大嫂之前的孩子結伴一起來找你們，迎接新的開始。寫到這裡，我又想哭了，當媽媽之後，哭點好低啊！

邱小姐

番外　塔裡的公主

夏媽媽在中庭揮舞著掃把，明天就是獨生女再次出閣的日子，吉時一到，獨生女要再度披頭紗，離開這家門。

對，再次！

人生路上難免跌倒，是第二次又怎樣？女兒再次爬起來，她感到很驕傲。至於最愛八卦碎嘴的左鄰右舍呢？當她秀出準女婿葉望的照片，對門李媽媽、隔壁朱太太，都羨慕的直喊——

「天啊！濃眉大眼的，好帥喔——他是禮儀公司的小開，沒關係啦，這行業是做功德的，唉唷，長這麼帥，別說妳女兒，我都想丟下我們家老頭嫁給他了啦！」

夏媽媽得意的暗笑，就在這時，她聽見一個低沉好聽的男嗓叫喚：「媽……」

她心想，是對門的李小弟找自己媽媽吧，自己只有喻晴一個獨生女，哪來的兒子？雖然這聲音聽起來好耳熟。

「媽……」男聲繼續靠近。

夏媽媽抬起頭，一個高大的身影矗立在眼前，還幫忙擋了來得太早的春天暖陽，原來是葉望啊！

他叫自己什麼來著？不是一向叫自己「伯母」嗎？

「媽……好像嚇到您了，對不起，我想說明天就要登記和宴客，該叫您一聲『媽』了……」葉望困窘的抓抓頭髮，顯得相當不好意思。

「哈哈哈，沒事沒事！叫得好！」被高大英俊的女婿叫聲媽，她開心得不得了，「來找喻晴啊？在樓上呢，自己上去吧。」

葉望笑著揮別夏媽媽，踏著透天厝的階梯拾級而上，心裡卻隱隱不安，因為手機裡那幾條LINE訊息。

小薇：「**喻晴她怎麼回事？昨天半夜居然傳LINE跟我說，這是她第二次婚禮，不能包紅包給她，不然她會良心不安。搞什麼啊！我準備了八八八八大紅包，還挑了一件超美的睡衣要給妳們耶！那八十八塊零錢是我兒子的撲滿挖出來的，他交代一定要給喻晴阿姨的，不能包的話，他會崩潰大哭的啦！**」

鳳春阿長：「**是說你要不要去探望一下喻晴？今天陪她去拿禮服的張莉雅說，喻晴回來後就悶悶不樂，好像是對禮服沒修改好很焦慮，婚紗店剛來的助理想安慰她，不小心說什麼『沒關係啦第一次結婚誰都會緊張』這些話……**」

葉望嘆了口氣，那位助理應該被夏小姐用眼神暴打過了，希望助理小姐此刻心靈平靜、精神沒受創。他敲敲門，夏喻晴的房間裡卻沒有任何回應。

「在睡覺嗎……」葉望竊喜，想趁機偷襲一下，橫豎夏媽媽正在樓下認真打掃……不過，讓夏媽媽自己一個人打理居家環境，這不太像夏喻晴的作風。

葉望隱隱覺得不安，果然，打開未上鎖的房門，一個人都沒有。

「喻晴？」葉望心裡暗叫不妙，他的未婚妻哩？該不會落跑了吧？他可是苦等十多年，才盼到愛苗有再次生根抽長的機會哪！

是因為那位助理的無心發言嗎？

想想也是，即使過去已經雨過天青，他相信夏喻晴內心裡還有一塊柔軟、容易受傷的角落，就像是傷口脫落結痂後，新生的肌膚總是最脆弱敏感。

葉望慌了，他趕緊開始搜索，但夏喻晴不在家中任何一個角落，不在月子中心，也不在小薇那裡。

他握起拳頭，他也要加入用眼神暴打婚紗店助理的行列！

但轉念一想，那個無辜小助理可是無心之過……他明白，這是一個機會，他要幫助夏喻晴，再次清創心裡的傷。

可以的，他們一定做得到的。

葉望低頭尋思良久，他想，他知道自己的未婚妻在哪裡了。

他開著車來到景觀大道附近的生命紀念園區，那裡有秋葉人本金碧輝煌的氣派高塔，而他的公主，此刻應該是把自己關在這塔裡，關在心裡深處的一角。

葉望熟門熟路的在塔內走了幾圈，像是走自家廚房一樣(是說這塔本來就是他家的)，果然某一排走道最底端，有道高䠷美麗的米白色長洋裝身影，金褐色的塔位門片開啟著，洋裝的主人低著頭，像是在對塔位內的已逝靈魂說著話。

「珈琪……我不知道自己怎麼了……明天我就要結婚了，不對，我『又』要結婚了，第二次結婚還辦這麼盛大的婚宴，我突然覺得很歹勢，這樣真的可以嗎？來的人是真心祝福我的嗎？葉望真的可以一輩子愛我嗎?鄭宜諾當年也說會一輩子在我身邊的啊……嗚嗚嗚，婚姻真的是愛情的墳墓，早知道不要結婚了啦!為什麼結婚前一天，會這麼糾結、這麼痛苦啊?」

夏喻晴內心狂打結，說出來的話語也不成篇章。照理說，明天應該是幸福滿溢又繽紛美麗，但是她卻覺得，眼前好像有個跨不過去的門檻……

或許，那位婚紗店助理的無心話語，只是提醒了她，心裡還有這道大門檻。

她想起發現鄭宜諾出軌的那一剎那，腦海裡彷彿被炸得破碎，在極度痛楚中，她把自己冰封起來，彷彿這樣就不會感覺疼痛，直到後來葉望這個大暖陽，幫她融化心裡的寒冰。

她此刻如此信任葉望，可是……他們之間，難道可以保證，永遠沒有傷害、沒有欺騙嗎?

突然間，有雙溫暖的臂膀從她背後，溫柔的圈住她。

靈骨塔裡有色狼?

她本能的想要給對方來個過肩摔(最近她去上巴西柔術課程健身)，但是她聞到J牌琥珀與薰衣草男香的氣息，她的肩膀垂了下來。

這手臂的觸感，這男香的氣味，毫無疑問，是葉望。

「妳果然在這裡。」葉望好聽如醇厚清酒的聲音，從耳畔傳了過來，他沒問她為什麼跑來這裡，就只是輕輕的說著——

「如果不是鄭宜諾犯錯在前，我就沒機會來到妳面前。我不會跟他犯一樣的錯，但如果後面還有比我更好的人等著妳，我願意扮演壞心渣男——除非妳不要我，否則我不會先放開妳的手。」

夏喻晴的眼淚從眼底溢出。

她是怎麼了呢？為什麼會忘記，是葉望幫助自己再次看見幸福的可能；為什麼會害怕愛情的根苗，無法順利生長茁壯呢？

如果因為受過傷而不敢再愛，那就太傻了啊。

「回家吧。今天回妳家，明天，就是回我們的新家了。」葉望說道。

夏喻晴轉身，埋進他的臂彎，點點頭。

第二天早上，婚宴會館的教堂大門前，厚重的大門開啟，葉望深吸一口氣，伸長了脖子，就怕大門後面沒有人——經過昨天那一場驚魂記，他隱隱擔心，自己的新娘，會不會……臨陣脫逃？

逆光中，高䠷美麗的新娘，曳著長長的白紗，笑意盈盈的向他走來，賓客們一陣讚嘆聲。

葉望看著夏喻晴明亮美麗的笑顏，心想，看來塔裡的公主，已經從心中的高塔走下來了。

「如果說，婚姻是愛情的墳墓，今天在這裡歡迎兩位進塔。」司儀開口，葷素不忌的勁爆開場詞，讓在場賓客炸了鍋，驚叫、大笑、拍手聲不絕。

葉望牽起夏喻晴的手，兩人一起面對聖壇，他為夏喻晴戴上戒指後，從口袋中拿出一只沉甸甸的金鑲玉同心鎖，交付到她手中。

這是他們生前契約裡專屬塔位的鎖，象徵永結同心。

「死後也要在一起，妳已經簽好生前契約，不可以違約喔，副班長。」葉望叮嚀。

「倒是你，塔位費用不要拖欠不繳，像你高中時不繳班費一樣喔……哎呀，我忘記了，這整個塔都是你家的啊！」

兩人相視而笑。

從今天開始，曾經把自己囚在心靈高塔的公主，不會再回到那座寂寞清冷的塔。

她會好好的經營家庭，妥妥的照顧整個月子中心的媽媽寶寶，也許會忙得喘不過氣，也許偶爾灰頭土臉，但她會在尋常不過的柴米油鹽中，和一位很會蓋某種高塔的王子，一起體會美麗的人生……

後記

算算日子，這本書出版的時候，就是我在 POPO 註冊帳號滿四年的時候。

四年，正好讓一個大學生完成四年的學習與成長，「四」是一個象徵穩定的數字，也是「四季」，象徵春夏秋冬完整的體驗與學習歷程。

四年前，我抱著剛寫好的小說處女作《夏花秋葉》，想要給它找一個公開發表的舞臺，很多朋友建議我直接投稿給出版社，但我沒有這麼做，因為多年前我曾出版過一本遊記，銷量很慘，半年後出版社也因故黯然結束營業。那次出版經驗，讓我知道，在毫無人氣基礎下，除非有很強的話題性，不然即使出書了也很容易成為一顆小石頭丟到寬闊大海裡，無聲無息，無論出版社或作者都會事倍功半。因此，這一次我堅持要先在網路上公開發表、從零開始累積聲量，讓讀者慢慢知道我、認識我。

但我不知道該從哪裡開始，當時的我，只知道批踢踢和部落格(笑)——就在這時，我看到喬一樵作家寫的《山城畫蹤》，也從書介中知道，《山城畫蹤》這樣精彩的故事，是從 POPO 原創這個網路平臺起家，那是我第一次知道 POPO 原創。

我看不見未來的路，但是心裡好像看到綠燈亮起，直覺可以通行，於是，我在 POPO 註冊了帳號，開始這本連載小說處女作。

四年來，我在 POPO 陸續連載了七本小說，如今我的起點《夏花秋葉》有了新的名字《秋天來臨之前》，這個故事也將踏上新的旅程。回頭看當年這個決定，我感謝當時猶如綠燈亮起的直覺。

而在這個時間點，因為修稿而再次重讀這本處女作，看到自己當時的青澀，也看到自己好像已然消失的某種無畏——「讓人懼怕、讓人歡笑，以此證明每個靈魂的無可替代性。」這句話是小說家村上春樹說的，在這故事中我藉由男主角葉望之口提到這金句，我幾乎已經忘了這一幕，卻也像是創作之神提醒我、協助我再次校準自己寫作的初衷。

真的很謝謝 POPO 原創提供了舞臺，謝謝前前後後照顧我的責編們：瀅瀅、章敏、尤莉（從《只想悄悄對你說》到《秋天來臨之前》，來來回回努力溝通許多細節，真的辛苦妳了），還有皇佑經理和所有在幕前幕後努力的編輯們，在一次次的比賽和活動中，你們參與也協助我四年來的成長，幫助我有機會認識更多讀者，更謝謝你們讓《秋天來臨之前》成為一本實體新書。

也非常謝謝四年前第一個留言、第一位收藏書、第一位送我珍珠、第一位和我討論劇情的文友和網友，後續不吝給我回應的每一個你，以及這些年一起努力碼字的文友們——是你們讓創作的路充滿笑聲和話語聲；也謝謝最開始被我找來看小說衝人氣的三次元親友們，你們都是陪伴我、陪伴這故事成長的美麗起點。

最後要感謝我的人生伴侶H先生——你是最早收看這本書的讀者之一，當時你就堅信這本書會有自己的路，也一直支持我、鼓勵我繼續創作，我好像沒這麼支持你的興趣（打電動），真是汗顏哪（笑）！

希望往後有更多的四年，我能有幸在這裡繼續寫下更多更多的故事。

花聆

國家圖書館出版品預行編目資料

秋天來臨之前 / 花聆作 . -- 初版 . -- 臺北市：
POPO 出版：家庭傳媒城邦分公司發行，民 108.02,
面； 公分 . -- (PO 小說 ; 32)
ISBN 978-986-96882-3-9(平裝)

857.7 108000828

PO 小說 32

秋天來臨之前

作　　者／花聆
企畫選書／簡尤莉
責任編輯／林修貝、吳思佳
總 編 輯／劉皇佑
行銷業務／林政杰
版　　權／李婷雯

總 經 理／伍文翠
發 行 人／何飛鵬
法律顧問／元禾法律事務所　王子文律師
出　　版／城邦原創 POPO 出版　城邦原創股份有限公司
台北市中山區民生東路二段 141 號 6 樓
電話：(02) 2509-5506　傳真：(02) 2500-1933
POPO 原創市集網址：www.popo.tw　POPO 出版網址：publish.popo.tw
電子郵件信箱：pod_service@popo.tw
發　　行／英屬蓋曼群島商家庭傳媒股份有限公司城邦分公司
聯絡地址：台北市中山區民生東路二段 141 號 11 樓
書虫客服服務專線：(02) 25007718．(02) 25007719
24 小時傳真服務：(02) 25001990．(02) 25001991
服務時間：週一至週五 09:30-12:00．13:30-17:00
郵撥帳號：19863813　戶名：書虫股份有限公司
讀者服務信箱 email：service@readingclub.com.tw
城邦讀書花園網址：www.cite.com.tw
香港發行所／城邦（香港）出版集團有限公司
地址：香港灣仔駱克道 193 號東超商業中心 1 樓
email：hkcite@biznetvigator.com
電話：(852) 25086231　傳真：(852) 25789337
馬新發行所／城邦（馬新）出版集團 Cité(M)Sdn. Bhd.
41, Jalan Radin Anum, Bandar Baru Sri Petaling,
57000 Kuala Lumpur, Malaysia.
電話：(603) 90578822　傳真：(603) 90576622
email:cite@cite.com.my

封面設計／苡汩媄
印　　刷／漾格科技股份有限公司
經 銷 商／聯合發行股份有限公司
電話：(02) 2917-8022　傳真：(02) 2911-0053

□ 2019 年 (民 108) 2 月初版　Printed in Taiwan.

定價／ 260 元
 ISBN 978-986-96882-3-9